中国当代作家论

谢有顺 主编

二月河论

中国当代作家论

谢有顺 主编

郝敬波／著

二月河论

作家出版社

郝敬波

■ 文学博士。江苏师范大学文学院教授，博士研究生导师。台湾大学访问学者。主要从事中国现当代文学研究和文学评论，著有《中国新时期短篇小说论稿》等，在《文艺研究》等刊物发表学术论文六十多篇。主持国家、省部级等社会科学基金项目三项。曾获第五届"长江杯"江苏文学评论奖等奖项。

主编说明

自从到大学工作以后，就不时会有出版社约我写文学史。很多文学教授，都把写一部好的文学史当作毕生志业。我至今没有写，以后是否会写，也难说。不久前就有一份高等教育出版社的文学史合同在我案头，我犹豫了几天，最终还是没有签。曾有写文学史的学者说，他们对具体作家作品的研究，是以一个时代的文学批评成果为基础的，如果不参考这些成果，文学史就没办法写。

何以如此？因为很多学问做得好的学者，未必有艺术感觉，未必懂得鉴赏小说和诗歌。学问和审美不是一回事。举大家熟悉的胡适来说，他写了不少权威的考证《红楼梦》的文章，但对《红楼梦》的文学价值几乎没有感觉。胡适甚至认为，《红楼梦》的文学价值不如《儒林外史》，也不如《海上花列传》。胡适对知识的兴趣远大于他对审美的兴趣。

《文学理论》的作者韦勒克也认为，文学研究接近科学，更多是概念上的认识。但我觉得，审美的体验、"一个灵魂唤醒另一个灵魂"的精神创造同等重要。巴塔耶说，文学写作"意味着把人的思想、语言、幻想、情欲、探险、追求快乐、探索奥秘等等，推到极限"，这种灵魂的赤裸呈现，若没有审美理解，没有深层次的精神对话，你根本无法真正把握它。

可现在很多文学研究，其实缺少对作家的整体性把握。仅评一个作家的一部作品，或者是某一个阶段的作品，都不足以看出这个作家的重要特点。比如，很多人都做贾平凹小说的评论，但是很少涉及他的散文，这对于一个作家的理解就是不完整的。贾平凹的散文和他的小说一样重要。不久前阿来出了一本诗集，如果研究阿来的人不读他的诗，可能就不能有效理解他小说里面一些特殊的表达方式。于坚也是一个典型的例子。很多人只关注他的诗，其实他的散文、文论也独树一帜。许多批评家会写诗，他写批评文章的方式就会与人不同，因为他是一个诗人，诗歌与评论必然相互影响。

如果没有整体性理解一个作家的能力，就不可能把文学研究真正做好。

基于这一点，我觉得应该重识作家论的意义。无论是文学史书写，还是批评与创作之间的对话，重新强调作家论的意义都是有必要的。事实上，作家论始终是中国现代文学的一个宝贵传统，在1920—1930年代，作家论就已经卓有成就了。比如茅盾写的作家论，影响广泛。沈从文写的作家论，主要收在《沫沫集》里面，也非常好，甚至被认为是一种实验。中国现代文学研究界的许多著名学者都以作家论写作闻名。当代文学史上很多影响巨大的批评文章，也是作家论。只是，近年来在重知识过于重审美、重史论过于重个论的风习影响下，有越来越忽略作家论意义的趋势。

一个好作家就是一个广阔的世界，甚至他本身就构成一部简易的文学小史。当代文学作为一种正在发生的语言事实，要想真正理解它，必须建基于坚实的个案研究之上；离开了这个逻辑起点，任何的定论都是可疑的。

认真、细致的个案研究极富价值。

为此，作家出版社邀请我主编了这套规模宏大的作家论丛书。经过多次专家讨论，并广泛征求意见，选取了五十位左右最具代表性的作家作为研究对象，又分别邀约了五十位左右对这些作家素有研究的批评家作为丛书作者，分辑陆续推出。这些作者普遍年轻、锐利，常有新见，他们是以个案研究的方式介入当代文学现场，以作家论的形式为当代文学写史、立传。

我相信，以作家为主体的文学研究永远是有生命力的。

谢有顺

2018 年 4 月 3 日，广州

目
录

导言：人间再无二月河

"人间再无二月河。"这是一句感伤的怀念和叹息，带着些许民间质朴的惋惜，激起我们对"落霞三部曲"的多少阅读记忆。那宏阔的历史如此苍茫，如同我们的哀伤。

如果不是将文学视为谋生的工具，而是将它理解为一种高级的精神形式，我们就可以记住二月河对文学最初的承诺和最终的坚守。——让我们首先做一个简短的回顾吧。

二月河，原名凌解放，1945 年 11 月 3 日出生于山西省昔阳县。1948 年二月河跟随同为军人的父母从昔阳渡河南下至河南陕县、洛阳。1958 年父母调至邓县，小学刚毕业的二月河因考中学的结果没下来，一个人留在洛阳。十六岁父母又调离，他又一人留在邓县。二月河的学生时期因父母工作调动而频繁转学，后于南阳第三高中毕业。1968 年应征入伍，随部队总后勤部工建 206 团前往山西大同进行施工任务。在每天开山、放炮、打坑道、挖煤窑等工作的间隙，二月河阅读了大量历史书籍。后被任命为文化教员，几年后升任团部宣传科长。十年军旅生涯，是二月河重要的学习时期。

1978 年二月河转业至南阳市委宣传部工作，业余时间开始研究《红楼梦》。红学家冯其庸鼓励其创作小说，二月河人生走向开始变化。随后二月河尝试创作了电影剧本《刘秀》《康熙》，未获成功。1982 年 10 月第三次全国《红楼梦》学术研讨会在上海召开。会议间隙红学家们谈论清史，有学者提出，康熙除鳌拜、平三藩，解决台湾、新疆问题，融合满汉文化，促进民族一统，如此文治武功、雄才大略之人杰，居然至今仍无一部像样的写他的文学作品。一旁的二月河突然发言："我来写！"大家皆一笑了之。

1984 年年底，二月河正式开始《康熙大帝》的创作。写作多在每晚十点以后开始，至凌晨三点左右结束。1985 年"康熙"系列第一部《康熙大帝·夺宫初政》由黄河文艺出版社出版。1987 至 1989 年，二月河每年一部，相继推出《康熙大帝·惊风密雨》《康熙大帝·玉宇呈祥》《康熙大帝·乱起萧墙》，完成了四卷一百六十余万字的"康熙系列"。香港、台湾随即出版，引起很大反响。1991 年、1993 年、1994 年分别推出《雍正皇帝·九王夺嫡》《雍正皇帝·雕弓天狼》《雍正皇帝·恨水东逝》，完成三卷共一百四十余万字的"雍正"系列。1994 至 1999 年又相继推出六卷本二百余万字的"乾隆"系列：《风华初露》《夕照空山》《日落长河》《天步艰难》《云暗凤阙》《秋声紫苑》。至此，二月河完成了三部十三卷五百余万字的"落霞三部曲"的鸿篇巨制。之后，二月河还与薛家柱合著历史小说《胡雪岩》，还出版有《二月河语》《密云不雨》《人间世》《旧事儿》等散文集。2018 年 12 月 15 日凌晨，二月河与世长辞。

从上述简短的回顾中，我们足以看出二月河那种巨大的文学热情、惊人的创作毅力和非凡的创作能力。其历史小说创作的直接缘起是"我来写"三个字，这三个字是二月河的一个承诺。这个简短而庄重的承诺开启了他一生漫长的事业。从某种意义上说，文学创作并非他有意选择，而是起始于实现书写那段历史的念想和愿望。二月河为什么会选择历史题材？这似乎是一个简单的问题。偶然因素，兴趣使然，这些都可以作为答案。在许多人看来，历史叙事并不是什么具有探索意义的事情，远不如"先锋小说"等思潮创作那么令人炫目，带着神秘的迷人光芒，炫耀着技术创新的"先导"姿态。似乎任何人都可以从历史的、艺术的角度来指责历史小说，比如"历史观有问题""缺乏现代性""写出历史的本质了吗""套路老旧"，等等。因此，真正的历史小说家要具有藐视所谓"思潮"的勇气，并具有把这种藐视的勇气转换成实践结果的耐力和能力。我们关注的正是二月河历史题材的选择方式，以及这种选择所体现出来的艺术旨趣，特别是在当时的文学场域中，这种选择所生成经验的可能性。

从1902年《新小说》报社开始使用"历史小说"这一概念，自此，历史小说便以独立演绎正史的姿态登上中国文学舞台。二十世纪八九十年代，开放的时代背景给予历史小说家更加开阔的创作空间。在风云涌现的创作浪潮中，二月河的创作无疑是最醒目的现象之一。二月河的文学创作属于那种"半路出家"的，是偶然的，他只是想把一段历史展现出来。而且，他想讲一个像《红楼梦》那样让人们喜欢并耐得住寻思的故事，因此也按照《红楼梦》的方式去叙说。如果把时间拉回到1980年代中期，我们会意识到一个很有意思的问题：二月河朴素的、以自己的方式只顾写下去的创作行为，与那个时代的文学浪潮是那么不相融合。在中国文坛思潮迭起的潮流中，二月河更像一名战士。战士没有高扬的手势，更多的是匍匐前行。他以历经磨难的方式表达自己对文学的激情和敬畏，以拒绝姿态写作的方式唤醒沉睡在时代中的某种创作精神。无疑，二月河下了"功夫"，以自己的方式靠近真正的创作——一种严肃意义而非一时追逐浪潮的创作，以日积月累的积淀来面对创作的难度，以作品的艺术冲击力来赢得读者。从文学经验的意义来看，这不仅是一种积淀，更是一种召唤。在这个喧嚣的时代，我们一直希望文学给予沉静的心灵慰藉。然而在这个时代，作家的心灵往往也是动荡不安的。在文学消费的光影里，许多作家都加入了这场时代的饕餮之宴。在这样的背景中，找到一位始终不为喧哗所动、安静地以自己的方式创作的作家，或许并不是一件容易的事情。二月河就是这样的一位作家。

二月河以历史叙事来"照亮"世界。米兰·昆德拉在《小说的艺术》中说:"假如小说的存在理由是要永恒地照亮'生活世界',保护我们不至于坠入'对存在的遗忘',那么,今天,小说的存在是否比以往任何时期都更有必要?"[①]这句话对于当下的文坛来说或许更有意义。作为叙事文体的小说怎样"照亮"变化纷繁的"生活世界",实际上是当下每一位小说家都值得重新思考的问题。当然,由于小说形式的发展,它对于生活世界的"照亮"方式也是不断变化的,但无论怎样,小说家对生活世界的深入了解和深刻把握应该是小说能够"照亮"生活世界的重要前提,否则,小说的"照亮"只不过是作家的乌托邦想象,它割断了小说艺术与丰富生活之间的审美关联,在很大程度上削弱文学的审美意蕴。这种现象在当今文坛可谓比比皆是,我们很容易能感受到许多小说家对其作品中"生活世界"的隔膜感,而此时他们的书写策略往往是:用一种观念或"思想"作为其生活经验缺失的掩体。显然,二月河是不同的。二月河沉潜在生活深处,匍匐在自己熟谙的历史世界里,用丰富的小说世界来表达他对文学和世界的理解,建构着自己的文学理想。他很有耐心,没有试图走捷径的欲望和浮躁,而是踏踏实实地描绘着历史和生活,形成了蔚为壮观的"落霞三部曲"。

显然,二月河的小说是围绕着几个帝王展开的。"写帝王"——从一定意义上说,这似乎成了一个问题。这个问题实际上也伴随着当下读者和评论界对二月河的评价。从文学意义上说,写帝王——写任何人——没有任何问题。有什么问题呢?——文学是人的文学。二月河努力将帝王置放于具体的历史环境之中,遵循人物性格发展的逻辑,从而使其笔下的帝王形象充满了强烈的感染力。但有一个耐人寻味的现象是:在当代文学中写帝王就似乎要求具有"正确"的历史判断,否则作家的"历史观"好像就有"问题"。这里我们依然要重复地强调,这对历史小说家来说是不公平的,也有悖

---

① [捷克]米兰·昆德拉:《小说的艺术》,董强译,上海译文出版社2004年版,第23页。

于文学创作的审美要求。尽管也没有哪位批评家站出来说不可以写帝王，但是，从文学批评的实践来看，帝王题材在一定程度上束缚了我们对二月河创作的探讨。小说家不是哲学家，也不是政治家和历史学家，他不需要为"政治正确"和"历史本质"负责。——否则的话，写乡土文学的作家要写出中国乡村发展的"本质"吗？写城市文学的作家呢？

而对于我们，如果要讨论二月河，就要倾听不同的声音。二月河的创作有时面临着来自不同方向的批评和质疑，这恰恰说明其历史小说依然重要。只是我们要尽量平心静气地倾听自己内心的声音，检视自己的真诚与虚伪，反思自己的批评立场与批评姿态，并以这种方式走进一个作家，走进作家的艺术世界。如果要展开讨论，我们就必须准备一个基本的前提：真正实现文学意义上的阅读。在当下，作为一个批评者，恐怕首先要问自己的是：我的评估多大程度上是建立在阅读经验基础之上的？如果我们不能清晰地回答，恐怕接下来还应该问另一个问题：我对谈论的对象是否做到了一般性阅读？——如果含糊其词，那就别说细读和批评性阅读了。而这些，恰恰是对于专业读者的要求，是真正评论一个作家的开始。在这个基础上，我们有必要强调批评的维度——更多的文学维度而非其他，比如历史语境中的真实性、文学虚构能力和文学想象能力等维度。很清楚，二月河没有把自己打扮成思想家的冲动，也不耐烦在作品中揳入哲学性的元素，他只想老实地做个小说家，在历史的冲突中释放生命的况味，在过往的烟尘中追寻生命的表情。在争斗冲突的故事背面，细心的读者会体味到小说有着一种浓郁的抒情。这是二月河特有的抒情，它带有广阔、悲叹和忧郁的特征，只不过人们往往被故事吸引而忽略了它。而这也构成了二月河历史小说特有的复杂性和审美性。——譬如阅读中的一个感受：即使你想找到福柯的"权力"观念，也可以在各种关系的纠结中发现它。还有，西方现代文学或后现代的一些艺术因素在二月河小说中也是存在的，比如，盛世历史叙事中潜在的悲剧叙事，时代变迁可能性的某种想象，个体人格的分裂，等等，这些都把其历史小说指向一个具有现代文学意识和特征的复杂文本。只是这些特征被"稀释"在宏阔的历史叙事中去了，弥散在历史鲜活的不同场景中去了。这样说，并不是要"抬高"二月河历史小说的文学意义，而是讨论其创新性因素存在的可能，以及在此基础上生成的某些文学经验。

很显然，二月河并不打算去清算历史，这与新历史主义小说家的想法不同。新历史主义小说家在西方文化思潮中找到理论武器，基本上从"个体"和"解构"的方向去击打历史的某种部位。二月河不关注别人在做着什么"时尚"的事情，他只是专注自己想做的事，去完成一个历史时空的复杂书写，包括写英雄的雄才大略，包括写普通人的生活琐屑。二月河的笔下不仅是帝王的世界——他并不是"歌功颂德"——还有各色人等的物质世界和精神世界，小说注重在风云变幻的历史时空里更多以中国方式讲述中国的人情世故、悲欢离合以及成功与失意、希望与迷茫。新历史主义小说的创作诉求往往以荒诞、神秘、变形等方式走进历史的"真实"，追求一种纤细、尖锐的穿透力；而二月河的历史叙事则保持在更为现实的轨道上，在广阔、深厚的空间中探寻历史的真实貌相，追求一种宏阔、厚重的表现力和冲击力。只是我们在新时期过分关注西方批评话语的背景下，往往强调了前者的意义与价值。当然，我们也不能遮蔽时代的文学场域之于二月河创作的影响，因此，还会在新的历史观和文学观的影响中来阅读其历史小说。只是在这个路径上，不能仅从概念出发，而是强调从阅读感受出发，讨论二月河小说在历史和文学观念变迁中的艺术特质，探讨其生成艺术经验的可能性。

二月河的历史小说还展示了重建宏大叙事的可能。莫言曾说过一句耐人寻味的话："重建宏大叙事确实是每个作家内心深处的情结。所有的作家都梦想写一部史诗性的皇皇巨著。"①之所以说这句话耐人寻味，是因为"宏大叙事"的概念在当代文学发展中是别有一番"意味"的，充满了某种意义的警惕与排斥。中国当代文学发展到今天，我们对待"宏大叙事"的姿态是值得重新考量的。莫言这句话实际上也是对"宏大叙事"观念的反思，其中涉及了当代作家的创作情怀和主题话语。二月河的小说中有一种显著的感时伤怀之情，通过帝王的故事展示人的命运，述说着对那个特殊时空中家国变迁的诘问和感怀，让一种复杂的感伤之情游走在今昔之间，滋生出悲悯沧桑的文学意味。"落霞三部曲"的命名就充满了这种悲凉的沧桑感悟。二月河在书写惊心动魄、波谲云诡的历史的同时，也在进行内在的文化反思，于是形成了这种"落霞"式的历史悲叹。

我们这里需要强调一下二月河历史小说的"文本"特征。美国学者罗伯特·司格勒斯对文本的界定："以一种代码或一套代码，通过某种媒介从发话人传递到接受者那里的一套记号。这样的一套记号的接受者，把它们作为一个文本来领会，并根据这种或这套可以获得的和适合的代码，着手解释它们。"②从这个意义上说，文本的意义是开放的。西方学者将文本存在形式区分为"第一文本"和"第二文本"，法国文论家罗兰·巴尔特还将文本区分为"可读的"和"可写的"两类。有一个问题是：二月河的历史小说是不是可以归为"可写的"文本类别呢？在我看来是可以的。一些读者可能并不认同。"可读的"和"可写的"划分依据是文本是否具有能调动读者积极参与意义创造的特质，二月河的历史小说故事清楚，意义指向明确——书写康乾之盛世和帝王之伟业，于读者"可读"而

---

① 莫言、崔立秋：《"有不同的声音是好事"——对〈生死疲劳〉批评的回应》，《文学报》2006 年 9 月 28 日。

② ［美］罗伯特·司格勒斯：《符号学与文学》，谭大立、龚见明译，春风文艺出版社1988 年版，第 246 页。

已，何谈"可写"？其实，"可读"的印象可能还是停留在"一般性阅读"的层面，没有进入到"细读"和"批评性"阅读的环节。如果我们的目光稍稍从波谲云诡的故事上移开，就会发现"落霞三部曲"宏阔文本结构所提供的"能指"功能，就会体味到其具有的更多的阐释可能性。伊瑟尔说"文学文本只有当其被阅读时才能起反应"①，从这个意义上说，作为读者和批评家，如何实现有效阅读，在二月河的历史叙事结构中解读更多的可能意义，是深化二月河研究面临的重要问题。因此，我们反对仅在纯粹个人化的反应层面做某种简单甚至粗暴的"评判"。同时，我们还应该注意到，"环境"是二月河历史小说中尤其值得重视的一个要素。在当代历史小说家中——也包括新历史小说家——如二月河那样把"环境"要素处理得如此出色的作家并不多。这体现为一种艺术观念，更体现为一种创作的姿态、立场和能力。二月河以足够的耐心把"环境"处理得非常成功，其丰富性、复杂性和真实性给读者留下了极其深刻的印象。正因为如此，小说的人物才自然、鲜明地"立"了起来，情节运行得才如此扎实和自洽，这使得二月河历史叙事的艺术品格大大提升。此外，就语言而言，二月河的小说语言有一种艺术张力，使其与传统的"讲故事"的语言区别开来，并带有某种反思的意味与审视的力量。这容易使我们想起二十世纪哲学向"语言学转向"的变化。文学是语言的艺术，是通过语言与世界建立联系的，因此，可以说小说家对语言的态度和策略是其文学观念和文学审美的重要表征。几乎所有的作家都不会否认语言在作品中的价值和意义，但在当下的小说创作中，不少作家由于在一定程度上偏离了文学的审美路径，重在对所谓"思想"的表达，往往在实践上形成了对语言的忽视和弱化，正如有学者指出："受市场之手的指挥，更多的作家重量轻质，很多人嘴上认同'语言是文学的第一要素'，但是实际上语言观念淡漠，压根儿就没有把语言当作一个'问题'。一些

---

① ［德］伊瑟尔：《阅读行为》，金惠敏等译，湖南文艺出版社 1991 年版，第 207 页。

实力派作家更多地沿袭旧的语言策略，在已有的语言习惯上滑行；而文学'新秀'关注较多的是'写什么'，而不是'怎样写'，语言更不会受到特别的注意。"①二月河小说在讲故事的同时，语言的力量往往被释放出来，并使得整个历史叙事都变成语言的"虚构性"，这样一来，二月河历史小说就具有在一个全新观念中进行阐释的诸多可能。

即使做以上的分析，对二月河的探讨似乎仍不理想，远没有达到令人满意的效果。这是因为，我们想知道二月河历史书写到底提供了哪些文学意义上的东西，或者说，它在提供文学审美和文学经验方面的可能性有多少。——那我们就不能仅仅在历史小说潮流中去看二月河，有必要扩大视野，而不是局囿于当代的"历史小说"概念对二月河创作进行分析，应该在中国当代文学发展的场域中来讨论。因此，我们有必要展开对其他类型作品如先锋小说、新历史小说、新生代小说等文本的细读分析，或者对一些文学现象进行反思与探讨，比如阅读问题、经典化问题，等等。这样可能会给读者有某些脱离研究"对象"的感觉，我们愿意尝试这样的风险。因为，我们感到必须从"外围"走进二月河的小说创作，才有可能找到二月河的文学史位置到底在哪里——尽管这样做的效果未必能尽如人意。

"人间再无二月河。"二月河留下了宏阔想象的小说文本和艺术世界，留下了值得尊敬的叙事耐心和叙事能力，留下了气势磅礴和汪洋恣肆的历史叙事话语，留下了独特艺术经验生成的可能。这是中国当代文学经验和价值的组成部分。实际上，我们对二月河小说的重读与回顾，也是对中国当代文学反思的一部分，或者说是这个反思过程中一个不可或缺的区域和路径。

---

① 张卫中：《当代文学应再造汉语诗性的辉煌》，《文艺报》2014年1月6日。

第一章　二月河历史小说的阅读与评价问题

对二月河的讨论，我们从二月河去世之后"读者"对其历史小说的再次"发声"说起。或许我们都没有料到，二月河先生的离世竟引起人们对其小说的再次热议。现在，"读者"的声音在网络上还可以轻易找到。在这个过程中，我们尽量平心静气地倾听自己内心的声音，检视自己的真诚与虚伪，反思自己的批评立场与批评姿态，并以这种方式走近一个作家，走进作家的艺术世界。在媒体和资讯发达的时代，我们不以任何理由回避任何一种声音。相反，我们尊重这些声音，正如有批评家指出："对一个时代文学的判断应该是全体阅读者共同参与的民主化的过程，各种文学声音都应该能够有效地发出。这个时代的文学阅读，最理想的状态应该是一种互补性的阅读。为什么叫'互补性的阅读'？因为一个批评家再敬业，再劳动模范，一个人也读不过来所有的作品。举个例子：一年五千部长篇小说，一个批评家如果很敬业，每天在家读二十四小时，他能读多少部？一天读一部，一年也只能读三百多部。但他一个人读不完，不等于我们整个时代的读者都读不完。这就需要互补性阅读。所有的读者互补性地读完所有作品。在所有作品都被阅读过的情况下，所有的声音都能发出来的情况下，各种声音的碰撞、妥协、对话，就会形成对这个时代文学比较客观、科学的判断。因此，在这个问题上，每一个阅读者都是一个命名者，都有命名的

'权力'、使命和责任。"①

当然，我们需要辨别这些声音——连同我们自己的声音一起，我们需要知道它们来自于哪里，是否真正意义上的"文学声音"，能够回响多久。我们期望这样的初衷和讨论能够形成一种对话关系，让不同的读者参与讨论和辨析，以形成自己更明晰的情感和立场，以不同的倾向和方式参与当代文学的批评建构。

一、从读者与阅读说起

人们对于二月河去世的关注如同之前对于金庸去世的关注一样，充满了惋惜和追思的情感。置身其中，我们在新媒体对该消息的传播中能够强烈地感受到这一点。这是当代文学发展的特征，它给我们提供了文学现场，让人如此切近地观察和感受，并一起见证、参与文学的进程。同时，这种"近距离"也给当代文学的评判带来了复杂性和不确定性，增加了当代文学评估的"难度"。如果把这种"难度"都付与未来的时间，丢给未来的研究者，这不仅不是一种积极的学术态度，而且在一定程度上还会造成当代文学批评的某种失语，正如吴义勤在谈到文学"经典化"问题时指出："文学的经典化和历史化很多人认为都是由后人完成的，这其实是一个极大的误解。拿中国现代文学来说，它的经典化和历史化与中国现代文学的进程其实一直是同步进行的。胡适、周作人在五四时代就开始了白话文学史的写作，而第一个十年的《中国新文学大系》更是中国现代文学经典化过程中里程碑式的工程，它的'导言'以其不可替代的权威性为中国现代文学的经典化和历史化确立了标准和方向。我们今天对中国现代文学、现代作家的评价仍然要以此为依据，很难想象如果没有这个'大系'没有这个'导言'，中国现代

---

① 吴义勤：《我们为什么对同代人如此苛刻？》，《文艺争鸣》2009 年第 9 期。

文学的历史化和经典化会是什么模样。"①因此,我们应该在"文学现场"中来讨论二月河。近一段时间以来,二月河故去所引发的读者评判,也是我们值得关注的现象。我们就从这里为起点,展开对二月河历史小说的新思考。读者对二月河历史小说整体上是如何评价的?它可能的意义和价值有哪些?它对于我们评价二月河带来哪些反思?我觉得这些问题都需要认真地思考,而且应该在更为开放的视阈中进行展开。

首先我们有必要了解哪些"读者"参与了对二月河的评论。我们常把读者划分为一般读者和专业读者,一般读者指的是社会上广泛的普通读者,专业读者多指高校和研究机构从事专门研究的读者。在很多情况下,我们对阅读和接受的讨论是以这两类读者为参照的。在市场化和新媒体发达的时代,"读者"的情况实际上要复杂得多。二月河小说因为与影视的"联姻"而广为传播,影响广泛,因而其拥有的"读者"群体在很大程度上代表了目前文学"读者"的类型和状况。

一是普通的文学"接受者"。这里"接受"可以通过一般的阅读,也可以通过影视作品来了解文学作品。从实际情况来看,后一种方式可能要更多,我们把这部分"观看者"也作为"读者"。之所以如此,我们基于两点考虑,一是1990年代以来文学创作、传播和接受的实际状况,二是避免对当代文学阅读研究的某种"遗漏",因而采取这种较为"宽容"的类分。实际上,在新媒体传播时代我们有时很难区分传统阅读意义的读者和通过其他方式了解作品的接受者。譬如,"有华人处就有二月河小说""有华人处就有金庸小说",这样的描述就包括了各种的接受方式,这些"接受者"应该视为一类"读者"。

二是一般的文学读者。相对于第一种的"接受者",一般的文学读者是通过对文本的阅读来了解作家作品的。这与传统意义上一

---

① 吴义勤:《我们为什么对同代人如此苛刻?》,《文艺争鸣》2009年第9期。

般读者的概念是一致的。但是，他们的阅读行为实际上要复杂得多。因为，与过去相比，现在的文化环境和阅读环境发生了很大的变化，正如有学者指出："读者接受的能动性在当代文化工业和大众传媒的运作中已受到了很大销蚀。当人们面对充满商业营销气息的大众文化产品时，被要求的是'消费'而不是'再创造'，因此，在文学阅读的地位得以提高的另一面，则也存在着重新被贬低的趋向。"① 在这种情况下，如果读者依然能够保持文本阅读——特别是对于二月河历史小说这样的"大部头"作品的阅读，那么这种阅读行为就尤其值得重视。

三是专业文学读者。"文学批评家多集中在院校，属于常说的学院派或精英类批评家，用学院话语的方式阐释着他们对文学的体认。但问题在于，批评家的声音多在自己的'系统'内回转，不能有效与一般读者和批评者的声音形成和音。"② 专业文学读者即指的是上述意义上的研究者和批评家。当然，当下的专业文学读者也在以开放的视角调整着自己的阅读行为，努力地与不同读者进行对话。就二月河的研究而言，我们关注的是：对看起来似乎有些"保守"和"传统"的二月河历史小说，专业读者的阅读行为的有效性和影响力到底如何。

对当代文学的批评和评价问题一直是人们关注的重要课题。我们暂时放下关于二月河小说阅读的具体问题，先从整体上谈谈当代文学的阅读与批评问题，然后再回到二月河的小说上面，这样有助于把话题引向更深入的层面。近年来，对文学批评的反思愈来愈多，但对文学批评的质疑和诘难似乎一直没有停止过。自新时期以来，从文学史重写的浪潮、文学评价标准的讨论，到对各种文学奖项的种种质疑，这一切似乎都在突显出当代文学批评的一种危机。

① 童庆炳：《文学理论教程》，高等教育出版社1998年版，第32—33页。

② 郝敬波：《转向、对话和叙述：走向新时期文学的经典》，《南方文坛》2010年第5期。

在诸多危机的现象中，"无力"之感已成为当下文学批评广受诟病的重要原因之一，应该引起人们更多的关注和反思。

我们首先谈谈批评的"力度"问题。有学者指出："中国当代文学缺乏一个令人信服的评价体系，极端的、二元对立的、非此即彼的文学判断再次'复活'，批评界无力让全社会在当代文学问题上形成普遍的共识。"①一定意义上说，批评的无力让文学批评本身应有的阐释力量缺失了，从而造成文学批评孱弱的病相。德国汉学家顾彬的关于"中国当代文学是垃圾"的言谈，固然是对中国当代文学的不屑一顾，我觉得也是对当代文学批评的轻视，试想，文学批评如果真的有力度切入中国当代文学的内部，真正触摸到了当代文学最为真实的内核，中国当代文学是否"垃圾"也应有自己的说法，批评界也不会为顾彬的一句话大为哗然。因此，在我看来，当下文学批评的真正力度还没有形成，甚至从某种程度上还缺少形成建构力度的努力。如果从批评力度形成的维度来考察，以下两个方面至少是应该重视的：

一是批评的幅度。这里的批评幅度，是就批评对象的范围而言。毋庸置疑，新时期以来特别是 1990 年代以来，中国文学创作可谓是众声喧哗，尤其是由于文学传播媒体的多样化，文学创作出现了二十世纪以来前所未有的复杂变化，文体的范式和文学创作方法更是处在不断变迁之中。无疑，文学批评对象的范围在急剧延展。然而，实际的文学批评范围并没有得到相应的调整，批评的幅度没有随之扩展，仍然固囿在原有的阵地和平台，说到底，这就等于失去了驾驭整个批评对象的能力，当然有一种"小马拉大车"的动力缺陷。我们仅从每年众多的作品年度选本来看，被选作品的文类面貌在很大程度上仍然不能令人满意，诸如网络文学、通俗文学等就很难登上选本。尽管批评家的文类观念从整体上来说早已解放，但

---

① 吴义勤：《中国新时期文学的文化反思》，江苏文艺出版社 2009 年版，第 246 页。

在批评实践上依旧保持着原有的批评惯性和操作上的警惕性，这也是当下文学批评一个值得关注的问题。

二是批评的深度。深度是文学批评一直追求的学术向度，游离这个方向，文学批评便会变成泛泛的评说。遗憾的是，当下的文学批评的深度不"深"，对批评对象深层次言说显得苍白无力。我们想起现代文学经典作品的感受，其实内心的深度理解在很大程度上来源于某些经典批评，比如对鲁迅小说的领悟我们可能想起钱理群对鲁迅式的语言、节奏、生命哲学、艺术审美等独特解读，从而在一种深度批评的引导中又一次完成对鲁迅作品的再解读，鲁迅作品的经典地位再一次被建构。然而，当下这种"深度化"的批评显然做得很不够，不少研究者不仅阅读量达不到应有的广度，对文本更缺乏细读的功夫，只能印象式评说，很大程度上丧失了文学批评所应达到的"深度"品格，更别说具有创造性地阐释、发现"经典"的可能性了，这实际上大大减损了批评的力度。

如何探讨和调整文学批评无力的状况？在我看来，应当从当下文学批评运行机制的一些环节中展开考察。文学批评在某种意义上是对文学秩序进行规约的一种努力，它的研究对象无疑是文学生产，更多的是对作品的文学性进行指认和评估，因此，文学批评的整体运作要能契合文学生产的机理，深入文学生产的腹地，那么文学批评才能行进在可能规范、客观的轨道上，否则将谬之千里。概括而论，文学批评的整体运作最重要的莫过于文学评价机制，文学批评机制的任何一个环节、部位的缺失都将导致其滑离文学生产场域，或与评估对象的真实状态扬道分野。从这个意义上说，找到文学批评机制中与文学生产场域中咬合、交锋最为密集的环节是探讨文学批评问题的关键所在。在我看来，这个环节就是阅读选择。

阅读选择是在阅读分化的现状基础上产生的。所谓阅读选择，简单地说是指在文学阅读和批评行为的过程中，阅读和评价主体对于文学作品的选择态度和选择方式。阅读选择处在批评主体和批评客体的中间地带，是一个重要的枢纽和链条，在很大程度上决定了批评范围和批评结果。如果选择态度和选择方式差距较大，阅读视野将会呈现出很大的差异性，评估结果当然会因此有所不同，接下来批评主体之间的相互抵牾也自然在情理之中，以至于在一定程度上造成文学批评指向的四分五裂，难以统一，力量分散。当然，我们并不是试图建立一个一统江湖的评价体系，百家争鸣本来就应该成为文学批评的常态，但当下过于分散和片面的阅读选择，过于零散化和碎片式的评价方式，过于失去威信力和公信度的评价结果，却造成了批评秩序的紊乱，即使把这种评价结果以文学史的方式书写下来，也可能是一种虚拟的文学秩序，并将招致不同方向的话语抵抗，继续形成"无力"的文学批评。

其实，阅读选择是社会文化和文学发展进程中必然和正常的现象，也是文学批评机制内部调整和改善的重要路径，对整个文学评价的公正性和客观性有着内在的促进作用。但问题在于，尽管阅读选择日益分化，但批评机制中的其他因素却依旧保持着原来的面目，依旧按照原来的目标、标准和方式进行评估，特别是文学批评家的阅读范围相对于文学创作多样性发展来说过于局促，文学批评忽视了阅读分化中的广大读者，造成批评家建构的文学评价的权威性和公信力无从建立。1980年代是一个让很多人回忆的文学时代，也是一个文学批评与文学生产共谋的文学时代。这个时期以及以往的文学批评机制，尽管其中的评价标准、评价机构等因素存在时代的限制，但评价机构、评论家、一般读者阅读选择的取向和范围的差异性并不大，获奖作品与社会反响基本上形成互动，以文学史方式划分的文学秩序更是少有质疑，尽管也出现诸如"重写文学史"的讨论和实践，但相对来说对主流文学评价机制也没有形成太大的撼动，文学批评机制拥有的权威性、公信力依旧维持着它的良好运转。但是，随着文学生产的日益复杂化和扩大化，人们生活价值观念和文化文学观念的不断多元化，阅读选择便有了广阔的空间和适当的理由。特别是网络盛行以后，文学的传播媒介发生了根本革命，创作的大分化时代也随即到来，一时间网络写手风行天下。更为重要的是，网络作品的流行吸引和培养了大批读者，并很快成长为"偶像写手"的"粉丝"，网络作家也干脆专门为其"粉丝"而作，保持和稳固了一批忠实的读者群。如此一来，阅读选择变得更为复杂，在相当多的情况下，网络作品不是评论家、批评机构等重要评论主体的阅读选择。而这一切，从文学批评机制运转的行为因素进行考察，阅读选择是评价机制运转出现异常的首要原因。

归根到底，正是由于广大读者参与的缺失，文本阐释和认可的环节出了问题，正如拉曼·塞尔登在考察了姚斯、胡塞尔、伊瑟尔等批评家的批评观点后指出："读者反应批评的方法如此之多，以至于很难概括它的总体意义。即便如此，我们至少可以说，如果不考虑读者的参与，就很难讨论文本的意义。"[①] 有学者已经指出，目前已出现了专业读者、大众读者和网络读者之间较为严重的隔膜，主要是专业读者与二者之间的隔膜。我们一方面承认当下文学生产是以读者消费为主导的，另一方面又对这种阅读选择置若罔闻或无所适从，由此而形成的尴尬使得文学批评话语越来越固囿在"圈子"以内，因此，面对文学批评无力的现状，如何适应文学批评机制中的阅读选择变化，弱化和消除评价行为中的"隔膜"现象，是当前文学批评过程中需要特别关注的问题。

尽管在理论上批评的主体是多层次的，包括专业读者、一般读者等，但在实践中文学批评的声音和评估秩序的确定主要是专业读者所为，院校学者和文学批评家（官方机构，文学刊物的文学评估也多由他们参与）的评判可以说基本就是文学批评的主要话语，"文学批评家构成读者群体（确切地说，是其中具有艺术修养的一部分）中的一种先锋派。批评家们的活动，是文学在其当代的功能

---

① ［英］拉曼·塞尔登编：《文学批评理论——从柏拉图到现在》，刘象愚、陈永国等译，北京大学出版社 2003 年版，第 186 页。

中一个十分重要的组成部分（同时也是一个构成因素）"。[①]。一般读者只是文学生产的消费者，对于他们的阅读选择，文学批评只有尊重的权力，最多也只是进行分析研究和沟通引导，因此，应对和解决阅读选择造成的种种问题，只能靠专业读者，或者说只有专业读者调整自身的阅读和研究行为，适时调整文学批评机制中的部分环节运转，才能缓解阅读选择带给文学批评的压力。如果从阅读和研究方式来考察，我觉得以下几个方面的问题是值得注意的：

其一，从研究的角度扩大阅读选择。从文学批评主体的角度来看，文学批评家的阅读应该更多地随着一般读者的选择而选择，只有这样，才可能引起一般读者的回应，才可能凭借自身的发现能力和审美能力获得权威的公众认证，从而建构文学批评的公信秩序，而不是凭借专家的话语平台进行不及物的印象议论。而现实情况远非如此，许多专业读者多年来留守自己固定的阅读和研究阵地，不去过问一般读者的阅读选择，甚至还带有学术封闭的抵触情绪，在一般读者阅读对象的评判中主动选择了失语。更为糟糕的是，一般读者在阅读愉悦、审美引导、精神提升等方面得不到专业读者的话语支持，便会质疑专业读者的批评能力和批评水平，从而大大削弱了批评家学术阵地的影响力。

其二，从接受的角度调整评述方式。当然，并不能要求每一个专业读者调转研究方向去密切关注一般读者的阅读选择，其实，也并不是没有专业读者去研究一般读者的阅读选择。近年来，也有不少专家学者已经关注这种阅读分化，并从不同的角度对一般读者关注的作家作品进行了探讨，积累了一些研究成果。但值得注意的是，这种研究成果往往不能引起一般读者的关注和回应，实际上出现了文学批评与批评对象的大多数读者之间的疏离和隔膜。我觉得，造成这一问题主要的原因之一是批评家的评述方式。专业

---

① ［俄］瓦·叶·哈利泽夫：《文学学导论》，周启超、王加兴等译，北京大学出版社2006年版，第161页。

读者多集中在院校和研究机构，用"学院派"的评述方式阐释着他们对文学的评价。如果从一般读者的接受来看，这些话语太"学究"气，太"僵硬"化，一般读者难以读懂，学者们的声音多在自己的"圈子"内封闭回转，不能有效与一般读者的评价声音形成和音，于是，一般读者并没有受到专业读者批评的影响，只是按照自己的方式去阅读和理解，那么，文学批评的"力量"根本没有传递出去。

其三，从实践的角度调整批评的指向。阅读分化的加剧，更需要重树批评的威信，更需要提升批评家的公信力，然而，社会上对文学批评尤其对批评家的指责不绝于耳。原因当然是多方面的，在我看来，一个重要的原因是，面对日益复杂的文学生产和不断涌现的文学现象，文学批评的"介入力"不够，从实践层面上引领的力量较弱。当然，文学批评的目标和指向并不一定要求去"指导"文学创作，但面对纷繁的文学现场和积淀已久的当代文学，时代要求当下文学批评能有一种穿透的审美能力，从实践的角度给当下的文学创作带来某种影响。然而，当下的文学批评显然对此准备不足或力不从心。新世纪以来，已有一些年轻批评家正在提升文学批评对创作实践的影响力，以其文学批评指向的调整影响着当下文学批评机制的悄然转型。

其四，从传播的角度提升阐释能力。面对阅读分化，文学批评界需要更强的声音去辐射文学生产领域和一般读者。这就涉及批评话语的传播问题。只有把批评话语扩散开去，才能被认知、了解和接受，才能使主张的文学评判秩序得以建构和确立，促使批评机制运转的良性循环。文学批评话语要能被广泛传播和接受，从根本上说，要具备足够强大的阐释能力，而在阅读分化的今天，从传播的角度提升阐释能力显得尤为重要。我们注意到，尽管阅读分化，仍有不少一般读者关注所谓"纯文学"和"经典"作品，不断讨论茅盾文学奖和鲁迅文学奖等奖项的获奖作品，这时就需要批评家提供具有"经典"意义上的批评阐释文本，并通过多种传播媒介走进一般读者的视野，以期引起他们的互动反应。然而，从目前的批评状况看，文学批评在传播意义上的阐释辐射能力还远远跟不上阅读分化的节奏。我们一般会把文学作品影响力的弱化归结于作家作品本身和社会的其他原因，并能列出让人感到可信的种种证据，但往往忽略文学批评阐释的传播能力。一方面是一般读者的阅读分化，另一方面是专业读者的阐释能力及其传播能力的弱化，如此一来文学评判结果的社会认可度便可想而知了。

阅读选择只是影响当下文学批评的重要因素，其本身也会受到社会文化、政治经济以及文学生产等诸多因素的制约，是随着历史的变化而变化，"假如历史必然伴随着解释，那么阅读行为本身也将与特定的社会和文化背景联系在一起"[①]。对于当下文学批评而言，如何从提升批评力量的角度进行阅读选择，形成批评主体的有效批评行为和独立的话语品格，是文学批评界需要长期关注的一个问题。

现在回到二月河。上述的诸多问题同样存在于二月河小说的阅读与批评方面，而且涉及的一些问题恐怕还有"加重"的可能，比如文本细读程度、批评家的关注与有效阐释，等等。我们有必要在了解二月河研究现状的基础上进行下一步的讨论。

二、研究现状和评价维度问题

如何评价二月河？从目前讨论和研究的现状来看，评论界对二月河及其历史小说的评估似乎进行了相对简单化的处理。新时期文学思潮迭起，评论界忙着追逐新潮，争夺命名权，划分潮流边界，

---

① ［英］安德鲁·本尼特、尼古拉·罗伊尔：《关键词：文学、批评与理论导论》，汪正龙、李永新译，广西师范大学出版社 2007 年版，第 112 页。

对二月河这种貌似"传统"书写的轻视也自然不难理解。近几年来，一些学者已经在反思这个问题，特别是在重视中国文学经验的思考中开始重新审视当代历史小说创作。在这个过程中，二月河的小说创作是不应该忽视的。在这里，我们有必要从几个维度入手，讨论二月河历史小说意义生成的更多可能。在这之前，我们需要从整体上梳理两个问题，作为我们下一步讨论的前提：一是二月河对历史书写的选择，二是关于二月河及历史小说研究的现状。

可以说，新时期历史小说在文学潮流风起云涌的历程中，以凝重厚实的风格和广泛传播的影响占据了不可忽视的位置，确立了在中国当代文学格局中的地位。新时期历史小说尤其是 1990 年代以来的历史小说在提高历史小说审美品格方面，在历史小说的探索和创新方面，在与社会变迁和文化转型对话方面均达到了历史题材创作的最高成就。特别是，当新时期文学的那种一波接一波的"试验"浪潮渐已退却，当时间给了我们适当的距离和视野，我们对当时并不太"新潮"的历史小说应该有一个更为理性的回顾姿态和学术态度。有学者指出："长期以来，我们对新时期文学的评价实际上都处于一种'同步'、'共谋'状态，评价者就是新时期文学的参与者和实践者，这就难免产生激情遮蔽理性、主观淹没客观的弊病；另一方面，新时期文学其实是一种'速成'的文学，它是中国文学与西方几百年文学成果奇特'杂交'的产物，不仅新时期文学本身需要沉淀，而且对新时期文学的阅读和评价也需要更长的'时间'距离和更广阔的参照视野。从这样的角度出发，我觉得我们对新时期文学的认识和评价需要一个'再认识'与'再评价'的反思过程，而这个反思'过程'的基础和保证就是'三十年'的时间以及批评主体'世界性'文学视野的确立。"[1] 实际上，我们对二月河小说的重读与回顾，也是对新时期文学反思过程的一部分，或者说是一个必不可少的区域和路径。

---

[1] 吴义勤：《中国新时期文学的文化反思》，江苏文艺出版社 2009 年版，第 1 页。

二月河为什么会选择历史题材？这似乎是一个非常简单的问题。偶然因素，兴趣使然，这些都可以作为答案。我们要关注的是二月河历史题材选择的自觉性，以及这种选择所体现出来的艺术旨趣，特别是在当时的文学场域中，这种选择所生成的经验可能。二月河走上历史小说创作本身就是一个有意思的话题。二月河是一位大器晚成的作家，1985年出版《康熙大帝》时已进入不惑之年，相继完成《康熙大帝》《雍正皇帝》《乾隆皇帝》的"皇帝系列"，可谓蔚为大观，并以此确立了自己在当代文学史上的位置。二月河选择历史叙事并成为作家，似乎是一个偶然的"转机"。按照二月河的回忆，自己的历史小说创作源于一个偶然的事件。"1982年，在上海召开中国红楼梦学会那个年会，冯其庸先生呢，就推荐我去参加这个会议，其中有一个朋友就讲啊，像康熙这样一个人在位六十一年，没有一部像样的文学作品，当时我感觉到我那时候就脑子一热，我说我来写，大家也都当玩笑来看。"① 当然，当初二月河"脑子一热"决定写康熙，与他对历史的兴趣以及相关的历史知识的积淀密不可分。二月河入伍期间，喜欢阅读，涉猎较广，但偏好于历史，"《二十四史》、范文澜的《中国通史简编》、任继愈的《中国哲学史简编》，还有这个《资治通鉴》《续资治通鉴》，这个《藏书》《续藏书》，像这一类的书读得比较多，历史资料这方面的书比较多"② 。此外，二月河的童年经历和心灵影响也与其创作选择有着重要的关联，比如父母的革命生活经验对二月河的记忆所产生的印痕。在二月河的心目中，母亲"是一个'有着大漠孤雁式的苍凉雄浑气质'的人"，"我是把她当英雄那样崇拜的"。③ 或许，二月河帝王书写中的"英雄情怀"可以从这里得到某种解释。在小说中，二月河很大程度上是把康熙、雍正和乾隆作为"英雄"来处理的。在

---

① 见中央电视台2010年3月23日《二月河访谈》。
② 见中央电视台2010年3月23日《二月河访谈》。
③ 参见鲁钊：《直面"皇叔"二月河》，河南文艺出版社2011年版，第27页。

二月河看来，康熙、雍正、乾隆对中国历史的发展有重要贡献，可以称得上"英雄"，譬如他对康熙的评价："所写的三个皇帝，我最钟爱康熙，其他都称'皇帝'，独称他为'康熙大帝'。我用三个标准来衡量历史人物：是否为国家统一、民族团结作出了贡献，是否对发展当时的生产力、改善民生有贡献，是否对当时的科技教育文化发展有贡献。这几个方面，康熙都作出了卓著的贡献。"①二月河一方面叹服于康熙的纵横捭阖、攘外平内，钦佩雍正的勤政严明、励精图治，乾隆的潇洒风流；另一方面也感喟于时代历史的颓败衰落，他需要把对历史的认识和感怀表达出来，文学毫无疑问是最形象、最生动、最丰富的一种形式，于是就有了二月河式的关于帝王书写的"落霞三部曲"。作为一种创作选择，这也应该是二月河艺术情感的某种归属和取向。

可以看出，二月河的文学创作属于那种"半路出家"的，是偶然的，是"民间"性质的，只是想把一个人物、一段历史展现出来，用自己熟悉的章回体进行布局、推进。如果我们把时间拉回到1980年代中期，就会意识到一个很有意思的问题：二月河的朴素的、以自己的方式只顾写下去的创作行为与那个时代的文学浪潮是那么的不相融合。这个问题我们下面会具体展开。我们先来讨论一个问题：人们对二月河的历史叙事是如何评价的？也就是研究现状问题。对这个问题的梳理可以帮助我们更冷静地分析其创作选择，也更有利于我们在前人研究的基础上展开更有效的探讨。整体来说，目前读者和学术界对二月河的讨论主要有以下五个方面：

一是关于思想倾向问题的讨论。有评论者认为，二月河的小说中包含着对传统道德失落的惆怅，其中也有歌颂"明君"的倾向。②也有评论者认为，二月河的"清帝系列"批判了"汉民族正

① 张定有、吴春刚：《二月河、孙皓晖"秦清"对话》，见吴圣刚编《二月河研究》，河南大学出版社2015年版，第54—55页。

② 参见陈建新：《历史题材小说的道德抉择》，《浙江大学学报》（人文社会科学版）2000年第4期。

统观"和"阶级论学说"，对顺治、康熙、雍正和乾隆等几位皇帝做了比较客观的评价，"这种以国家民族至上而非政治道德的价值观念，作为评价清帝标准的写作模式，与以往的同类题材大不相同"①。有评论者认为，二月河的历史书写具有为这些皇帝们"翻案"的强烈意味，尤其是对雍正的叙写。雍正一出场，就是一个"冷面王"的形象，惩治盐商，与弟弟胤祥一起支持施世纶保护张五哥，活脱脱是一个清正贤明的皇子形象。但显然，对雍正性格中阴毒的一面，二月河却"手下留情"，甚至对其使用"浪漫化"的处理手段，"雍正软禁十四阿哥后，又强行从这位政敌兼亲兄弟身边夺走他心爱的女孩子引娣。这件事在道德上无疑是雍正的一大污点，但作者却编造了一个纯情的故事，因为引娣与当年和雍正有一夜鱼水之欢的情人小福很像（其实引娣就是他和小福的女儿），才使雍正把引娣留在了身边，并对她言听计从，从而最终感动了引娣，自愿投怀送抱于他"②。我们认为这种虚构或许不仅是为历史人物"翻案"这么简单，应该还有人物塑造方面的艺术考量。二月河的这种历史书写在很大程度上与其文化立场和文化态度密不可分，体现出他对中国传统文化的某种审视态度。一方面，二月河在新的视阈中观照历史，以"开放的眼光和科学的历史观，去展现'康雍乾盛世'130 多年的历史"③。二月河对清朝入主中原采取开放的态度，对清朝初期统治者开创基业的精神持赞赏的态度。另一方面，二月河在权力之争中也展现了封建传统文化的某些"恶质"，扯下封建社会的表层面纱，在一定程度上揭示出封建政治的残酷性。

二是对二月河小说历史真实与艺术真实的讨论。讨论历史小

---

① 刘克：《误读的小说和小说的误读——二月河清帝系列小说的历史叙事化借用传统文化资源的经验和教训》，《贵州社会科学》2004 年第 1 期。

② 陈建新：《历史题材小说的道德抉择》，《浙江大学学报》（人文社会科学版）2000年第 4 期。

③ 张书恒：《倾斜的道德与思想天平——论二月河"帝王系列"的思想文化内涵》，《南京师范大学文学院学报》2003 年第 4 期。

说，历史与艺术的真实性都是审视作品的重要维度。二月河坚持历史真实和艺术真实的结合，"但是，如果发生了这样的情况，这个（历史）事件对这个人物的性格不利，不合这个意思，不好看，不符合艺术的真实，我宁可让历史的真实为艺术的真实让步"①。这是二月河创作的原则。就小说文本而言，"清帝系列"在历史的维度上遵循重大历史事件的发展线索，同时也在相当程度上对历史细节进行了合乎情理的艺术创造。另外，二月河努力在历史真实与艺术真实之间寻找合适的调配比例。从小说还原历史真实的角度来看，有学者认为二月河"在追求描写的历史性、质定性和整体性"②上，都试图复现历史原貌。小说尽可能向读者还原清朝的社会生活原貌，情节由重大真实历史事件串联，从皇宫到市井，从帝王到庶民，或惊险跌宕，或和缓平静，众多元素在历史真实的范畴内合理交织，故事的演进非常具有历史的真实感。尽管有学者认为二月河在取材上存在"偏向性"，比如对雍正史料的"过滤"等，但一般认为二月河秉持了较为客观的写作态度，依据史实、尊重历史的真实性，并在此基础上展开了丰富、自洽的艺术想象。

三是关于小说"雅俗"问题的讨论。显然，小说在讲述"正史"的主要线索之外，描绘了大量的社会风情和人文景观，表现出雅俗共赏的审美旨趣，"采用章回小说形式，以生动有趣的故事情节取胜"，又"融历史、人情、侠义、公案小说于一炉"，另外，其"语言既具有古代小说的韵味，又适合现代人的阅读欣赏习惯"③。有研究者指出，在具体的叙事内容上，二月河以世俗欲望为表现重点，并置权欲与情欲两条线，二者"既是二月河解读封建文化特别是封建政治文化的极佳的切入点，同时也是作家提高作品趣味性和

---

① 卫庶：《文学真实与历史真实——访二月河》，《社会科学论坛》1999年第2期。

② 吴秀明：《当代历史小说中的明清叙事》，《文学评论》2002年第4期。

③ 齐裕焜：《二月河"清帝系列"小说得失谈》，《福建师范大学学报》（哲学社会科学版）2000年第2期。

娱乐性的有效手段"①。二月河在不避"俚俗"的创作中呈现出对诸多历史问题的思考努力，这也是一些学者将其作品视为"纯文学"的理由："这部印有墨线插图的章回体小说，起初混在一大堆通俗读物里没有人理睬，但是当有人一页页翻下去时，竟爱不释手，读完后目瞪口呆的感觉无以形容。二月河对创作主题的深刻把握显示出他是一位正统的纯文学作家，而他的创作方式又显示出他是一位充分学者化的纯文学作家。"②此外，有学者从雅俗融合的角度出发，认为二月河"雅俗"的创作风格给我们提供了一些文学经验："传统的小说到底如何进行审美转换，寻找既合乎小说艺术又契合市场规律及读者需求的新的历史还原的叙述方式，最大限度地发挥娱乐消遣功能，处理雅俗之间的关系，二月河的创作对我们无疑是很有启迪的。"③

四是与当代其他历史小说的比较研究。二月河曾说："写作品有个忌讳，你写胡雪岩，我也写胡雪岩，我就不看你的胡雪岩，高阳的胡雪岩我就不去看。我在写《康熙大帝》的时候，凌力已经有过一个康熙，他们说你是不是去看看，我说我不看，一看就会影响到你。"④而从创作探讨的角度来说，研究者往往会选择比较分析的方法。就目前的研究而言，学者多将二月河与高阳、凌力和唐浩明三位作家比较。学界普遍认为他们都较为尊重历史事实，叙写沉浸在历史氛围中的故事，"在追求艺术描写的历史性、质定性和整体性，尽可能地复观历史原貌方面"，"具有惊人的相似或一致之处"⑤。凌力认为尊重客观历史真实是写历史小说的基础，二月河与唐浩明也多次强调历史真实和艺术真实的重要性。关于二月河创作

① 王军宁：《大众文化视野中的二月河历史小说创作》，《海南师范大学学报》（社会科学版）2006年第6期。

② 胡平：《评〈曾国藩〉与〈雍正皇帝〉的竞领风骚》，《当代文坛》1997年第4期。

③ 吴秀明：《当代历史小说中的明清叙事》，《文学评论》2002年第4期。

④ 王巧玲：《二月河：我从不含沙射影》，《新世纪周刊》2007年第36期。

⑤ 吴秀明：《当代历史小说中的明清叙事》，《文学评论》2002年第4期。

与三位作家的不同之处，研究者进行比较的视角各不相同，总体而言有以下几方面：其一，叙事角度不同。凌力注重从帝王的家庭内部出发，"着重关注宫廷生活与宫廷情趣"，"写后宫生活，写祖孙、兄弟、夫妻等的日常生活及伦理关系，着重反映一种柔情，通过家庭、婚姻、爱情、友谊来渲染历史人物的成长环境"[①]。而二月河则更关注朝廷斗争，写擒鳌拜、收台湾、平三藩等重大政治事件，展现历史人物的谋略、权力与欲望。高阳与二月河对历史的关注点也不同，高阳倾向于描写王朝的衰败气象，二月河却聚焦王朝的繁盛时期。其二，风格的差异。吴秀明认为，唐浩明在小说创作上更显得谨慎、规矩，他的创作多是史传式的历史正剧，书卷气较浓，极富理性色彩；凌力前期创作偏重史实还原，《少年天子》之后更注重人物的内心和情感生活的书写，具有女作家的细腻特征；二月河的创作更注重艺术的真实，将正史、野史糅合一处，在史、诗结合与雅俗合流的风格上做了大胆的尝试，"二月河从平民的叙事立场出发，不被'历史之真'与'艺术之真'的苑囿所左右，而能巧妙地将小说的诗学范式与娱乐特性对接起来，在文本中编织了许多扑朔迷离的情节"[②]。还有学者认为，比较而言二月河的小说更为精致："高阳对小说的艺术技巧不太经意，不仅解构随意、叙事拖沓，在人物的塑造上笔力也不够集中。相形之下，显然二月河更注重小说架构和人物刻画，笔下帝王也更能具震撼力、冲击力。"[③] 其三，地域文化和社会背景对创作的影响。高阳的创作激情很大程度上源于他的"吴文化情结"，二月河则受荆楚文化影响较大。作家创作也不可避免地受到时代背景的影响，高阳创作时，台湾正受到欧美

---

① 张喜田：《性别话语下的历史叙述——凌力、二月河历史小说创作比较》，《河南师范大学学报》（哲学社会科学版）2001 年第 5 期。

② 秦晓帆：《同源异质的历史诠释——对高阳、唐浩明、二月河文化观的考察》，《小说评论》2008 年第 2 期。

③ 庄若江：《"民间立场"与"政治话语"——高阳、二月河的清史本比较》，《江苏社会科学》2004 年第 5 期。

文化的冲击，"快节奏、商品化、功利性"是其社会文化的标签，高阳"'重艳史轻政事''蔑视威权'的小说特色，正是这一社会环境温床孕育的文化产物"[1]。

五是关于"清帝系列"的局限性。在二月河"清帝系列"的主题话语和思想倾向方面，研究者有以下两种声音：一是对历史人物评价标准的问题。在二月河看来，努力、勤奋做事就是"善"，因此，他把三位皇帝描绘为"勤勉"的人生榜样和历史英雄，认为他们是不折不扣的明君。一些研究者认为，从历史、文化的发展来看这种评价标准是值得审视和反思的。二是知识分子批判立场的某种弱化。有评论者认为，尽管二月河的"落霞三部曲"有表现清王朝行将就木的成分，然而在阅读过程中，读者能够明显感受到作家对帝王、王朝的某种赞叹和惋惜的强烈情感，这在一定程度上弱化了作品的批判力量。关于叙事艺术方面的批评主要有以下两点：一是材料运用较为"杂芜"。正史、野史、戏剧话本、民间志怪等材料的融合，大大丰富了小说的内容，增强了情节的生动性，但同时也有材料过多堆砌、杂糅的弊端。有的材料运用也不是非常精当，例如"夏器通"的故事，用在二十岁出头的明珠身上并不合适。[2]此外，小说中穿插描写了许多江湖术士，有些情节颇似清代的公案小说，这在一定程度上游离了小说的主题话语。[3]二是有些"荒诞"叙事技术的运用显得较为"生硬"。有些评论者认为，二月河在基于史实框架的小说叙事中，植入了一些"荒诞"情节，但这种艺术效果并不理想。譬如，贾士芳为雍正治病，"仗桃木剑，念符咒，天上响起惊雷，不久，太监报告番僧已在神武门外被击毙"，这样

---

[1] 庄若江：《"民间立场"与"政治话语"——高阳、二月河的清史本比较》，《江苏社会科学》2004 年第 5 期。

[2] 参见齐裕焜：《二月河"清帝系列"小说得失谈》，《福建师范大学学报》（哲学社会科学版）2000 年第 2 期。

[3] 参见王增范：《二月河清帝系列小说的缺陷》，《中州学刊》2006 年第 6 期。

的情节叙写显得有些"过火"。①

　　以上是二月河"落霞三部曲"的研究现状。我们如此细致地梳理评论界对"落霞三部曲"的讨论状况，缘由之一就是试图审视二月河的创作选择所形成的文学"效果"。二月河的创作选择——包括走上文学之路和从事历史书写——具有显著的"自发性"特征，结合 1980 年代的文学生态和创作浪潮，其"自发性"的选择带有某种程度的"固执性"。我们这样说，并不是从某种什么角度去"质疑"二月河的这种创作选择，恰恰相反，我们试图把二月河的创作选择与同时期文学浪潮中其他作家的选择区隔开来，探讨二月河创作经验的某种可能。当然，对二月河及其历史小说每个读者都可以有自己的看法，作为研究者，我们这里要强调的是一种评价立场，正如有评论家指出："毋庸讳言，我们生活在一个关于文学的共识已然断裂的时代，人们在不加辨析的多元主义话语中各执其词，莫衷一是，这当然是文学的民主与自由的显现，但同时也意味着某种坚定而高尚的价值观的涣散。在这样一个急剧变动而又生机勃勃的大时代，个体意识到自己的不足，必然要面对的是昨日之我和今日之我的交战，有无胆识突破既定思想的牢笼，如何冲决固有话语的网罗，而理论评论在这种文学语境应当起到什么样的作用，无疑值得每一个从业者深思。"②简单地说，评价立场就是读者对待作家作品的态度和角度。在上述"读者"类分的情况下，如果笼统地探讨评价立场是没有意义的。读者的立场是与其文学能力密切相关的，而一个人的文学能力直接决定了他在作品中"能读出什么"，以及他对作品的期望，正如卡勒指出："文学能力这个概念着重于读者（和作者）在与文本接触时所具有的隐含知识：读者按照哪一种过程对文本做出反应？哪一种推断肯定能解释他们对文本做出的反应

① 参见吴秀明：《当代历史小说中的明清叙事》，《文学评论》2002 年第 4 期。
② 宋嵩、刘大先、李丹：《关于"70 后""80 后"文学的对话》，《名作欣赏》2018 年第 12 期。

和解读？对读者和他们理解文学的方法的思考已经引出了叫作'读者反应批评'的理论。该理论声称文本的意义就是读者的体验（包括犹疑不定、揣摩猜测和自我修正等体验）。如果一部文学作品是根据读者理解的一连串行为构思的，那么对这部作品的解读就可以是关于这种理解和行为相碰撞的故事，充满各种起伏：利用各种程式或期待，设想出各种联系，各种期待或被推翻，或得到验证。要解读一部作品就等于讲述一个关于阅读的故事。但是一个人能够讲出的关于一部给定作品的故事是由理论家所谓的读者的'期待视野'决定的。对一部作品的解读就是对这种期待视野所提问题的回答。"①

李敬泽在谈及目前的文学与读者的关系时指出："文学面临着来自各个方向的质疑。这恰恰说明文学依然重要，它涉及我们如何认识和想象我们自己、我们的生活。我们的焦虑和困惑投射于文学，对文学的种种不满，呈露着我们的分歧和分裂，以至于在想象的、审美的领域很难达成起码的交流。很少有人真的能够说清他要的是什么样的小说或诗歌，他只是觉得这不是我的文学，我很生气。当然，他很可能会接着宣称，他实际上没有时间乃至没有兴趣屈尊去读一本文学作品。1990 年代以来，文学经历了一次'去魅'。不仅是'边缘化'的问题，而且是，人们忽然意识到，文学作品原也是在市场上被拣择和交易的客观之物，于是乎，就有了许许多多脾气乖戾的'上帝'，人们又傲慢又挑剔又委屈地俯视着这一切，随时准备爆发他的无名之火。"②这种"无名之火"在关于二月河的批评中也常常能看到。譬如，二月河选择历史叙事，如果读者——假如你和我吧——把这样一个"帽子"扔给作家：你写历史，那好，你写出历史的"真实"了吗？你写皇帝，那好，你写出帝王的"真实"了吗？如果我们还带着一脸"生气"的神情，是不是心中

① ［美］乔纳森·卡勒：《文学理论入门》，李平译，译林出版社 2013 年版，第 66 页。
② 李敬泽：《致理想读者·序》，中国人民大学出版社 2014 年版，第 1 页。

就有些"无名之火"了？这或许不应是评价一个作家的表情。但现在这种表情好像很多。在喧嚣沸腾中，这似乎不是一种自由讨论的姿态，而像一种权力的关系了。既然历史难以捉摸，那应该对所说的"历史真实"首先要提出质疑。况且，这或许应该是历史学家主要思考的问题，二月河只是个作家。当然，你仍可以这样去质疑，没问题，但应该有一个界限。既然是作家，是小说家，你我是小说读者，那都应该在"虚构"的世界里游戏。二月河的作品是历史题材，但它是小说。小说是虚构的，不是历史。在这个意义上，我们有必要在反思过程中探讨更多的研究路径，大致确立对二月河及其历史小说的三个评价维度：一是更多的文学维度而不是"历史"维度，二是历史情景中的真实性维度，三是艺术想象力维度。具体的讨论我们将在下面的章节中展开。如果把对作家作品的探讨视为严肃的学术活动，我们就必须以自己的阅读经验作为基础，在文学的范围内展开讨论，而不是借媒体、影视的传播获得大致的"了解"以及一些从众的"评估"。然而，情况越来越让人担忧，不靠阅读经验支持的"发声"和非文学的"评判"越来越多。这些"发声"和"评判"表现出对某些概念和"热点"的强烈迷恋，在很大程度上有意或无意地掩盖着阅读的惰性和对文本的轻视。从这个角度来说，我们对二月河的讨论就具有非同寻常的意义。

第二章　历史和文学观念变迁中的二月河小说

　　对二月河历史小说的考察，应该首先在历史和文学观念变迁的视阈中展开。二月河的历史小说创作始于 1980 年代，而此时，受到西方文化思潮的影响，中国新时期的小说创作发生了很大的变化。作为历史小说创作，历史观念的变化、文学观念的转型等诸多因素无疑成为其不可忽视的影响因素。当然，影响程度的大小也与作家的个体因素密切相关。在进入文本之前，我们无从判断二月河从哪些方面、多大程度上受到了新的历史观念和新的文学观念的影响，但我们清楚的是，我们不能遮蔽这种文化和文学场域之于二月河创作的作用。或许更值得重视的是，作为不可或缺的维度，新的历史观念和文学观念同时也是我们评估二月河的历史小说重要的因素。我们这里强调从阅读感受出发，讨论二月河小说中的历史观念和文学观念，探讨其艺术特质和生成艺术经验的可能性。

一、历史观念与文化思潮的影响

　　1980 年代，在西方各种文化思潮的影响下，作家的历史观念发生了很大的变化。在历史小说创作中，作家从新的视角审视历史，从经济、文化等多元角度窥视历史，在人文主义的情怀下塑造人物的精神世界。在这个过程中，传统的历史叙事被解构，历史小说创作逐步摆脱主流意识形态的束缚，在日趋多样的创作趋势中表达对历史的重新认知。就二月河而言，他的历史书写显然也呈现着个体对"历史"和"人生"的审视，正如他自己所说："我的创作思路是，通过形象思维对历史的感悟，通过人物形象的个性表现，通过分析一个个故事情节，既表达对历史的认识，又表达对人生的感受，也还要有娱乐功能。"[①]二月河的历史书写从中国传统历史叙事的"轮回"观开始，呈现出历史变迁中的一种悲情意识，并在其中实施了某种个体历史的表达，带有在新的历史观念转型中的渐变特征。

中国知识分子往往咏史怀古，感喟时代更替。在这种历史和人生的感知中，人们对于历史长河中的朝代更迭视为寻常，认为历史发展是一种循环，历史演变是以分、合为标准，形成"轮回"的动态呈现，即所谓"天下大事分久必合，合久必分"。二月河深受传统文化的浸染，在其"帝王系列"小说的创作中鲜明地呈现出历史轮回观的特征。康雍乾三代帝王励精图治，无不把建立鼎盛王朝视为己任，勤政爱民，发掘贤良，东征西讨，肃清吏治，更有名臣良将鞠躬尽瘁，辅佐君王实现"盛世"目标。在这样的历史大环境下，君臣之间、臣子之间都曾有过对于盛衰之治的探讨，竭尽全力实现"盛世"的目标。在《乾隆皇帝》中，儒雅干练的封疆大吏尹继善曾说："皇上要创极盛之世，已经是看得见、摸得到的事了。但'极盛'而后，必定是月圆而蚀、器盈而亏，皇上博学多识，焉有不知之理？历数祖龙以来，哪一朝代不是由盛而衰？但创的盛世越是时日长，国祚必定越长，这一条有汉唐史作证。"[②]盛极而衰是封建历史的普遍规律，在无法从根本上动摇制度变革的情况下，圣君贤臣也只能寄希望于"气数"，从而维持政权的统治。乾隆剿灭"一枝花"易瑛及其党羽后，曾于梦中和易瑛进行争辩，他说："一代江山观气数，崇祯非亡国之君，文天祥史可法非亡国之臣，还是

① 卫庶：《文学真实与历史真实——访二月河》，《社会科学论坛》1999 年第 2 期。
② 二月河：《乾隆皇帝·风华初露》，长江文艺出版社 2009 年版，第 343 页。

亡国了，只有君臣都不是亡国材料才能靠得稳。"① 小说中刘啸林和阿桂等人围绕世态人心展开了一段对话，直接对"气数论"进行了探讨："人活在这个'气数'里头，再精明，再聪颖，再忠心耿耿，但逃不脱这'气数'的摆布，小气数还归了大气数管。"② 诸如此类有关"气数"的讨论散落在小说文本的方方面面。在小说中，众多个性鲜明的人物纷纷登上历史的舞台，他们或是功成名就后选择归隐山园，如伍次友、邬思道、高士奇；或是不知急流勇退，终究在人臣顶峰时被一道圣旨罢黜、流放，如明珠、索额图、年羹尧。这种叙写是对于个体生命之脆弱、人生境遇之无常的感慨，也是对"气数"历史意识的某种表达。小说中插入了许多诗词歌赋、楹联掌故等富有文化意味的历史知识，把个体生命与文化人格相结合，从而塑造了诸多栩栩如生的人物形象，增强了人生际遇的历史苍凉感。如《康熙大帝》中高士奇从容应对众文士的楹联挑衅，并借笑话嘲讽通州名士陈铁嘉、陈锡嘉；《雍正皇帝》中刘墨林与空灵和尚就儒、释两家文化进行针锋相对的辩驳，演变为起死回生的斗法；《乾隆皇帝》中刘啸林、曹雪芹等人的风月清谈等这些情节的设置营造出浓郁的历史氛围，呈现出传统的历史观念对二月河的影响。

值得注意的是，我们并不能简单地评判二月河小说中的"历史轮回"的书写，正如有学者指出："在他看来，'一个朝代的兴衰与它的气数有关'。他的这个多少有点'唯心'成分的思想，实际上也包含了辩证法的物极必反，盛极必衰的观点。所以，他的创作更多的是关注历史的深层内涵，以及人作为一个生命实体的存在与意义。"③ 在阅读中，我们可以明显地感觉到，二月河的"历史轮回"书写并不仅仅是传统和惯常的观念表达，而是一种强烈的悲情书写，这也是他以"落霞三部曲"命名的缘由。我们可以从这里出

① 二月河：《乾隆皇帝·日落长河》，长江文艺出版社 2009 年版，第 420 页。

② 二月河：《乾隆皇帝·夕照空山》，长江文艺出版社 2009 年版，第 116 页。

③ 张书恒：《评二月河"清代帝王系列"小说》，《文学评论》1999 年第 2 期。

发，对二月河创作进行深层思考，在"落霞三部曲"中感受其在现代历史进程中的焦虑、悲情的历史表达。这种"悲情书写"带有强烈的反思意味，而这种"反思性"与当时的文化思潮的影响具有一定关联的可能性——比如与后现代主义的文化思潮。二者放在一起似乎有些牵强，但"落霞三部曲"中的"反思"特征与后现代主义"反思"的文化逻辑有内在的相似性。因此，我们不妨在后现代文化思潮的视阈中观照二月河这种反思的悲情书写。

1980年代中后期，中国文学受到了后现代主义文化思潮的冲击。在中国，后现代主义思潮仅是域外来风，还是社会发展内在必然的文化表现？对这个问题也有不同的回答。由于后现代主义理论的复杂性，对其理解往往是从后现代思潮的文化逻辑着手的。后现代主义是后工业社会的产物，它首先表现出一种背叛和颠覆的品格，以不确定性的思维解构中心、消解权威。后现代主义又拒绝重建的企图，因而其理论必然走向对削平深度模式的探讨，这是后现代文化理论的内在逻辑。只有在这种文化逻辑中，从"远离中心的书写"和"走出深度的言说"两个空间去研究，才能准确解析后现代主义的文化特征。后现代主义是世界范围内的文化思潮，关于西方后现代主义的源起和理论特征，历来存在争议，莫衷一是。美国后现代主义文艺美学家伊哈布·哈桑认为西班牙人弗·奥尼斯最早使用"后现代主义"一词。奥尼斯在1934年编纂的《西班牙及西属亚美利加诗选》中首先采用"后现代"的说法，1942年特德莱·费茨编辑《当代拉美诗选》再次使用这一词语。哈桑认为后现代主义是以1939年乔伊斯的《芬内根守灵》为真正兴起的开端。理论家奥康诺、理查德·沃森和M.柯勒都对"后现代主义"名词的沿革进行过考察和划分。当代重要思想家和理论家丹尼尔·贝尔、哈贝马斯、利奥塔、詹姆逊、斯潘诺斯都对后现代的分期问题提出了自己的看法。荷兰学者汉斯·伯顿斯在《后现代世界观及其与现代主义的关系》一文中对后现代主义概念的发展阶段进行了分析、评述。

他认为1934—1964年是"后现代"术语的使用阶段,六十年代中后期是后现代主义与现代作家的精英意识彻底决裂和呈现反文化精神的阶段,1972—1976年"后现代主义从存在主义的角度接受了因情况而异的历史性",七十年代末到八十年代中期后现代主义越来越具有包容性和复杂性。①

这些论争使得后现代主义变得异常复杂。我们往往也是从他们的争论中去了解后现代主义的文化逻辑,去把握其文化精神。贝尔提出"后工业社会"的概念,对后现代社会文化矛盾展开剖析,认为后现代主义是社会形态在文化领域的反映。贝尔指出"后工业社会"的来临使人的生存空间发生错乱,造成宗教信仰的危机,自我意识的沦丧。他在《资本主义文化矛盾》一书中认为:"后现代主义反对美学对生活的证明,结果便是它对本能的完全依赖。对它来说,只有冲动和乐趣才是真实和肯定的生活,其余无非是精神病和死亡。"②哈贝马斯用现代性向后现代性进行对抗,他认为后现代主义试图"将艺术与生活、虚构与现实、表象与实在拔高到同一平面"③,对现代主义的主体性、总体性、同一性、本源性、语言深层结构进行了全面颠覆。利奥塔对后现代知识状况进行了研究,对传统的"合法化""元叙事"进行瓦解,"将后现代定义为针对元叙事的怀疑态度"④,认为后现代主义消解权威、专制,不满现状,消解了"元话语"和"元叙事"。杰姆逊从历史和社会基础的角度切入,提出后现代主义的表征为深度模式的削平、历史意识的消失、

① 参见[荷]汉斯·伯顿斯:《后现代世界观及其与现代主义的关系》,佛克马、伯顿斯编《走向后现代主义》,王宁、顾栋华等译,北京大学出版社1991年版,第11页。

② [美]丹尼尔·贝尔:《资本主义文化矛盾》,赵一凡、蒲隆等译,生活·读书·新知三联书店1989年版,第98页。

③ [德]尤尔根·哈贝马斯:《论现代性》,王岳川、尚水编《后现代主义文化与美学》,北京大学出版社1992年版,第9页。

④ [法]让-弗·利奥塔等:《后现代主义》,赵一凡等译,社会科学文献出版社1999年版,第3页。

主体性的丧失、距离感消失等几个方面。哈桑透视了后现代主义的审美特征，尤其在《后现代转折》一书中对文学领域的后现代特征进行了剖析。哈桑把后现代主义的本质特征归纳为"不确定性的内在性"，讨论传统中心论和本体论的消失与语言系统的关系，并在《后现代主义概念初探》一文中将后现代主义和现代主义进行了图表式区别，罗列了诸如开放、游戏、偶然、无序、互涉、能指、欲望、反讽等后现代主义文学的特征。美国思想家斯潘诺斯认为后现代主义的本质是"复制"，重"偶然"和"机遇"，文本不再具有永恒性，意义存在于阐释之中。法国当代哲学家布希亚德对传媒在后现代文化中的作用进行了深入的研究，指出文化商品化、商品符号化，符号不再指涉深层的真实世界，表层和深层的二元对立被打破，传媒信息也把人带到无边的欲望之中。

在这里我们力图从整体上扫描后现代主义的缘起和状况，从而试图客观地把握后现代主义的兴起、发展及其基本的文化特征，并在学者们的争论中了解它与现代主义的联系和区别。综上所述，人们一般认为后现代主义是战后西方后工业社会的一个泛文化现象，一种背叛现代主义、带有颠覆色彩、充满矛盾的文化思潮。同时，后现代主义作为一种观察和认识世界的观念，以多元化代替一体化，在很大程度上拒斥现代主义的美学原则。后现代主义作为一种叙述话语及批评风尚，也表现出对"伟大的叙述"或"元叙述"的怀疑。德里达的解构主义，福柯的话语理论，尧斯的接受美学，罗兰·巴特、马尔库塞等的相关论述也是后现代主义的理论基础。女权主义、新历史主义、后殖民主义也从不同的角度打破传统的"确定性"，消解中心，颠覆霸权，在理论特征上我们仍将它们归之于后现代主义之中，它们的文化逻辑和话语方式从整体上应是后现代主义的重要内容和精神象征。

从后现代主义的缘起来看，后现代思潮首先表现为反思、背叛和撕裂。随着科技和经济的迅速发展，整个社会处在一个巨大的变革之中，传统的论述对当代社会、文化、政治、经济的危机无法提供令人信服的诠释。贝尔认为后现代主义是一种反文化，用激进的方式对社会文化进行革命。世界大战更使人们对传统的理性和启蒙产生怀疑。这一切最终导致了宏大叙事的消失和深度模式的削平。利奥塔在《后现代状态：关于知识的报告》中说："叙事功能正在失去它的运转部件，包括它伟岸的英雄主角，巨大的险情，壮阔的航程及其远大目标。"①詹姆逊曾经谈到后现代主义消失了深度模式，从而由深层走到浅表，一切都在一个平面上，没有深度，没有历史，没有主体，没有真理。不确定性和多元化也是后现代主义的重要特征。哈桑认为"不确定性"提示出后现代主义的精神品格，导致模糊性、间断性、异端、散漫性、解合法化、反讽、断裂等特征。后现代主义主张多元论，解构整体性、中心化。德里达对先验的整体性、同一性的消解，巴特的反"作者中心"，对文本互文性的强调，利奥塔指认的"元话语""元叙事"的失效，都指向了多元论。后现代主义反对整体，解构中心，这种多元论世界观及消解历史与人文观念的精神内涵，呈现出丰富、开放的风格。后现代主义文学大师的作品体现和丰富着后现代主义的思维及品格，表现了后现代文学的显著特点：消解传统的文学观念，摒弃宏大叙事和深度模式，由历时转向共时，语言游戏拼贴，追求反讽和戏拟，追求模糊化、平面化、零散化，文本呈现出纷繁的不确定性。这些书写方式对世界文学产生了重大的影响。

后现代主义作为二十世纪后期遍布全球的文化思潮，在中国文化、文学领域里同样留下了鲜明的印迹。中国是否进入"后现代"，以及是否呈现出"后现代"性，一直是学术界争论的一个问题。这里首先要解决的问题是：后现代主义是否在东方有生成的现实可能性？后现代主义对于东方来说是不是一个完全的舶来品？不少学者

---

① ［法］让—弗·利奥塔等：《后现代主义》，赵一凡等译，社会科学文献出版社1999年版，第2页。

认为后现代主义是西方的事情，詹姆逊认为它是晚期资本主义的文化逻辑，林达·哈奇认为"这是一种西方的模式"[①]，佛克马更认为"在中国赞同性地接受后现代主义是不可想象的"[②]。我们承认后现代主义这一思潮的源头在西方，但东方"后现代性"的表现或者在接受上的"变体"能不能算在整个后现代文化的范围之内？西方后学大师研究的基本上是西方的后现代状况，很少有对非西方的"后现代"状况予以关注，并视之为后现代思潮的一个部分。这显然有悖于后现代的文化逻辑。后现代主义本身就是反对整体，解构中心，那么即便东方的"后现代"是后现代思维的零星碎片，也应纳入世界后现代的文化潮流之中；况且，从西方学者的论述中，后现代也可视为一种观察和认识世界的观念，或作为一种叙述话语、风格，那么东方的"后现代"状况更应在研究的话语之中。学术界否认中国具有"后现代"状况的声音大致有三种情形：一是认为后现代主义完全是西方的事，中国没有进入后工业社会，在社会历史和文化背景上不具有后现代主义的任何渊源；二是认为中国的"后现代主义"不是"正宗"的后现代主义，是变异的，是支离破碎的移植，不能冠之于"后现代主义"进行评说；三是认为中国的"后现代主义"是打打闹闹、故弄玄虚的姿势，成不了气候，可不予太多理会。其实，后现代主义一开始就呈现出矛盾、复杂的状态，表现出多元、开放、不确定的文化特征，因而不能仅从历史、政治、经济的单一角度去断定它的缘起、表现和功能。值得注意的是，西方的学者已经开始关注非西方的"后现代主义"，承认它们的位置，并受益于它们的启示。王宁在《超越后现代主义》中开篇就有这样的论述："经过三十年来的关于后现代主义问题的辩论，东西方学者大概已经有了一个基本的共识，即后现代主义虽然产生于西方后

---

① 转引自林达·哈奇 1990 年 7 月 16 日致王宁的信，参见王潮编《后现代主义的突破——外国后现代主义理论》，敦煌文艺出版社 1996 年版，第 4 页。

② 转引佛克马：《文学史，现代主义和后现代主义》，同上。

工业社会，但它并不是西方社会的专利品，越来越多的事实以及东西方学者们的研究成果证明，后现代主义有可能在某些局部率先进入后工业社会的东方或第三世界国家以变体的形式出现。这一现象的出现，一方面是文化交流和文化接受的产物，另一方面也是某一东方或第三世界的民族文化自身发展的内在逻辑使然。因此，连弗雷德里克·詹姆逊、杜威·佛克马这样的，曾一度认为后现代主义不可能出现在第三世界国家的西方学者也改变了原先的片面观点，认为这是一种国际性的文化现象或一场国际性的文学思潮和运动，它并非只能出现在先行进入后工业社会的西方发达国家。"①

在我看来，二月河"落霞三部曲"中悲情性的、反思性的特征是可以放在上述文化思潮中进行观照的。这无疑增加了二月河历史书写的复杂性——尽管其受中国传统文学影响的特征更为明显。按照这个路径，接下来我们讨论这种历史悲情意识的问题。二月河把他的"帝王系列"称之为"落霞三部曲"。那么，二月河何以产生如此浓厚的"落霞"式的悲情意识？——结合二月河创作过程，我们可以说，文化思潮中历史观念的影响应该是二月河产生该意识的重要原因。这一点很重要，也是认识二月河历史小说艺术世界不可遮蔽的路径。

在众多历史题材中，明清叙事一直是作家们的关注点。一方面明清时期距今较近，历史材料丰富，使得作家更倾向这一领域；另一方面则便于在世界史的视野中来观照明清历史。正是在这个时期，中西方文明开始出现巨大差距，并导致中国近代百年来的屈辱黑暗，这无疑也让明清时期成为国人心中长久以来的隐痛，从而增加了作家创作的动力，如二月河指出："康雍乾时代，被史学界称为两千多年中国封建社会回光返照的时代，仿佛落日时的晚霞，绚丽过后，便走向沉沦"，此时的"封建文化、政治制度、经济制度都达到了顶峰，所谓烈火烹油，盛极难继。这一时期的文化最为璀

---

① 王宁：《超越后现代主义》，人民文学出版社 2002 年版，第 3 页。

璨，因而最具有代表性"①。有学者指出："已有的大量事实也告诉我们：中华民族的文化传统是富有生命力的，即使在步入由盛转衰的晚期——明清时期，在内忧外患的刺激下，它也能调动起全部力量和精华，作最后一搏，实现一次回光返照式的中兴，产生一批历史人物。也许正是从这个意义上，凌力、二月河才将他们的多卷本作品命名为'百年辉煌'和'落霞'系列。"②摆脱历史人物的"定论"，重新挖掘潜藏在这些人物身上的历史意义和人格魅力已然成为新时期历史小说家的创作诉求，二月河的"落霞"命名更涂抹了悲情的艺术色彩。在二月河小说中，构成康雍乾三代的历史艺术世界的首先是一批鲜活的帝王形象。二月河笔下波澜壮阔的历史图景，也在这些帝王的言行举止、政治轨迹中缓缓展开，从而导引读者进入这一时期政治、经济、军事、文化的历史世界。在塑造这些封建帝王时，二月河不是在保守的视野中进行传统的历史叙事，而是"以一种开放的历史眼光，以一种更为科学的历史观，去评价去表现康熙皇帝统御中国这一段历史，去表现他的文治武功。小说一反历史小说创作常有的由封建正统观念引申的姓氏正统论（诸如刘汉、李唐、朱明正统论），乃至由此扩而大之的民族正统论，以华夏一体的民族观、历史观再现历史生活，评价历史人物"③。被作者誉为"大帝"的康熙，八岁登基，十五岁铲除鳌拜势力，随后平定三藩，剿灭噶尔丹，收复台湾，击退沙俄，疏浚河工，开博学鸿儒科……如此文治武功，可以认为是一位杰出的帝王。然而即便其宵衣旰食，事必躬亲，却也改变不了晚年政务废弛、贪墨横行、国库亏空、九王夺嫡之争。在叙事过程中，小说流露出这样的思考与叹惋：这样一位杰出的帝王，却未能把中国带到工业文明的进程中！

---

① 卫庶《文学真实与历史真实——访二月河》，《社会科学论坛》1999 年第 2 期。

② 吴秀明：《当代历史小说中的明清叙事》，《文学评论》2002 年第 4 期。

③ 陈继会、陈贞权：《〈康熙大帝〉的意义——兼论"大众文学"的历史走向》，《中州学刊》1994 年第 5 期。

对此，二月河清楚地表达过"悲情"式的遗憾："康熙虽然文治武功，掌握的科学知识也不亚于外国人，但他没有清醒地把这些和治国联系起来，如果他意识到用科技发展生产力，派遣留学生出国，或者开海禁的政策不要停，或许工业文明也能在中国萌芽。"[1] 当西方轰轰烈烈地拉开工业文明的帷幕时，当时的中国依旧局囿在天朝大国的封闭思维中，丝毫未能察觉现代历史的脚步已经悄然加速，在《乾隆皇帝》中，乾隆就曾多次表示过除了钟表，中国什么东西都不需要了。这种观念早已为"盛极而衰"的历史趋势埋下了悲剧性的伏笔。

与康熙文治武功、仁慈宽厚比起来，继位的雍正给人们留下了阴冷、残酷的历史印象。二月河在塑造这个人物形象的时候，下足了功夫。他曾潜心研究清史，从大量资料中考证、挖掘出雍正身上出色的个人品格，诸如勤政、爱民，等等，认为正是雍正肃清吏治、免贱民籍等系列举措，推动了历史的变革。二月河在小说中注入了雍正廉政爱民、勇于改革的特征，并通过波谲云诡的九龙夺嫡之争、惊心动魄的整顿吏治等情节逐一展现。在阅读的过程中，我们可以感受到二月河是站在黎民社稷和社会稳定的角度来书写雍正这个人物形象，对于雍正的"翻案"也融入了某些鲜明的时代特点。小说还通过乔引娣的视角对雍正勤政形象进行了有效的塑造，由原先的对雍正的鄙夷到逐渐被其感动，最终"沦陷"进雍正的个人世界，她的心路历程也契合了读者的阅读期待。"落霞三部曲"中多次提及整顿旗务的情节，一方面三代帝王都希望能够通过整顿旗务缓和满汉矛盾，另一方面这项政策反对之强烈、实施之困难也是让他们深为苦恼，结果大都不了了之。"旗人是满人政权的根基所在"，即便是自诩为"汉子"的雍正在处理这件事上也不得不小心谨慎。这样的情节安排，往往也让读者意识到帝王的勤政爱民归

---

① 二月河：《康熙、雍正、乾隆治国的异同》，见吴圣刚编《二月河研究》，河南大学出版社 2015 年版，第 5 页。

根到底还是隶属于传统文化中"一代明君"的观念范畴，这也注定他们不可能把当时的中国带向更先进的工业文明的进程中。加之众多贪墨横行、昏聩无能的官僚的出现，与雍正呕心沥血肃清吏治的举动形成强烈对比，这也无疑增添了小说的悲剧色彩。

从以上分析可以看出，二月河历史书写中的悲情特征与现代历史观的影响是密切相关的。在对康雍乾三代帝王的书写中，二月河是在现代历史观的视阈中审视这段历史的，他曾发出这样的感叹："从康熙初政虎虎灵动的生气，勃然崛起到乾隆晚期江河日下穷途末路，时光流淌了近一百四十年，是中国封建社会回光返照，所谓'最后的辉煌'，可看的东西实在太多了。雍正这十三年是这段长河中的'冲波逆折'流域，宏观地看，它是嵌在大悲剧中的一幕激烈的悲剧冲突。"①应该说，二月河的这种悲情书写是在新的历史变迁趋势和文化现代性的思考中生成的，是在新的历史观念影响下积淀的。在民族历史和世界进程的交错中，在传统文化和现代历史观念的交融中，我们可以感到二月河的一种焦虑和悲情，而这，恰恰赋予其历史小说丰富、复杂的艺术意蕴，大大提升了作品的艺术品格。

二、文学观念转型中的历史叙事
与"真实性"表达

如果我们讨论文学观念转型对二月河的影响，应该首先进入其小说创作时的文学场域。二月河的"落霞三部曲"创作于二十世纪八十年代中期，历时十余年。新时期之初，文学观念发生了很大的变化。这一时期，是中国社会最为剧烈的转型期，社会与文化的变

---

① 二月河：《新年杂想及雍正》，《二月河作品自选集》，河南文艺出版社 1999 年版，第 225 页。

化对中国文学产生了深刻的影响，新时期文学发生了比以往任何一个时期都要剧烈的转型。文学开始反思，批判"文革"专制主义文艺思想，恢复"文革"中被打倒的文艺，重新肯定在十七年当中被否定的文艺思想观念，开始进行内转向，开始关注个体的生存状况和人性的表达。因此，讨论二月河的历史小说创作有必要在这种背景中展开。

十七年文学和"文革"文学由于受到主流意识形态的挤压，在艺术的"真实性"方面广受诟病。比如姚雪垠的长篇历史小说《李自成》就有这方面的局限，尤其是小说的前两卷，小说为了说明农民战争是推动历史发展的巨大动力，努力把每一个人物都放在特定的阶级地位、阶级关系中处理。全书以崇祯皇帝和李自成的斗争为中心展开，两军对阵，一边是代表统治阶级的官军，另一边则是代表被统治阶级的农民军。姚雪垠显然对以李自成为首的农民军进行了理想化的想象，农民军从上到下团结一致，为创造太平世界努力，而官军参战要么被逼无奈，要么贪图功利，如同一盘散沙。进入新时期，作家们对"真实性"问题进行了反思，1980年代初由新时期一系列作品引发了关于现实主义的论争。这次论争围绕着现实主义的真实性诸方面展开，涉及了现实主义的核心层面，如生活事实与生活真实、生活真实与艺术真实等问题，初步厘定了新中国成立以来关于现实主义的一系列似是而非的观念。就历史小说创作而言，历史真实与艺术真实如何实现一种最佳平衡应该是每个历史小说作家面对的问题。

二月河曾在一次采访中表示："历史小说首先是小说，是文学艺术作品；同时，历史小说要讲究两个真实性：一是历史的真实性，二是艺术的真实性。"[1]《康熙起居注》详细记载了康熙每日的活动，事无巨细，包括康熙几点上了厕所都有记载，但是这显然不能称之为小说。二月河曾说："历史的真实性并不是指历史事件的真

---

[1] http://culture.people.com.cn/n/2013/0627/c87423-21998695.html.

实性，而是整个历史大范围的真实性，对整个历史要进行抽象，去伪存真、由此及彼，让它变成我们带有艺术思维，让人能够手不释卷，让不懂历史的人拿起书来也感觉到不看下去不甘心放下，这样一种感觉，它才能称之为合格的历史小说。"① 因此，二月河在平衡史实与艺术创造时，从整体把握，保留历史大框架，在尊重历史规律和历史史实的前提下，填充符合历史逻辑的故事情节，塑造人物形象，再现数百年前的社会与环境。如他自己指出的那样："要创作出个性鲜明的历史形象，既不是历史记录，也不能过分虚构渲染。重大事件、重要人物必须真实，人的眉眼、一颦一笑可以虚构。我遵循的基本创作原则是，历史事实由历史设定，人物个性、心灵轨迹、言语形容、诗词等由我设计。"②

可以说，整个"落霞三部曲"较为真实地展示了清朝鼎盛时期的社会历史场面。在《康熙大帝》中，康熙八岁登上皇位，在位时间长达六十一年。康熙在位期间，尤其是在位初期，清朝朝廷刚刚入关，政局不稳，内有鳌拜集团把持朝政，妄图谋朝篡位，吴三桂、耿精忠、尚可喜的"三藩"之乱，"朱三太子"叛乱，等等；外有察哈尔首领布尔尼叛乱，准噶尔首领噶尔丹多次叛乱，俄罗斯虎视眈眈的进犯；此外还有台湾问题，等等。这些都是康熙在位初期政治上、军事上的重大事件。这些历史上的重要节点小说中都有细致的描述，且每一部都是以此为中心来展开情节，如第一卷《夺宫初政》的智除鳌拜，第二卷《惊风密雨》的平"三藩"、镇压"朱三太子"，第三卷《玉宇呈祥》的收台湾、三征噶尔丹，第四卷《乱起萧墙》的九子夺嫡。这样一来，小说在宏观把握历史场景的基础上，再现了清朝初期的虎虎生气，从而呈现出"史诗"般的历史叙事。

二月河小说对人物的叙述立场则体现出历史叙事中的开放视

<hr>

① 周熠：《二月河纵论历史小说创作》，《人民日报》（海外版）2003 年 2 月 28 日。
② 同上。

野。在对待帝王将相的态度上，二月河认为："帝王将相不可以歌颂吗？歌颂他们便是反民主？只要是在历史上曾经对改善当时人民生活，对推动当时生产力的发展，对巩固当时国家和平统一，对当时民族团结曾经做出过积极努力和贡献的人，无论李世民、雍正、李白、辛弃疾抑或毕昇、黄道婆、蔡伦、郑和……就是要歌颂，管你说什么！"[①]二月河没有忽视康熙、雍正、乾隆三位历史人物的历史作用，而是以开放的心胸选择了最能表现历史发展的重大事件，力求客观地肯定他们在位期间对社会生产力的提高、人民生活水平的改善，以及在文化发展、祖国统一和民族团结、科学技术的提高等方面做出的贡献，逼真地再现了当时经济繁荣的景象。三位帝王雄才大略，也都有创建太平盛世的壮志，二月河主要选择了一些重大历史事件来表现他们的才能和性格。比如他笔下的康熙为清朝昌盛奠定了坚实的基础，可以称得上我国历史上的一位"明君"。二月河曾经坦言他就是把康熙当作"民族的优秀人物"来写的。在塑造康熙的时候，二月河从多个侧面来表现康熙的雄才大略，正如《雍正皇帝》中的概括："他精算术、会书画、能天文、通外语，八岁登极，十五岁庙谟独运智擒鳌拜，十九岁乾纲独断，决意撤藩，四下江南，三征西域，征台湾，靖东北，修明政治，疏浚河运，开博学鸿儒科，一网打尽天下英雄——是个文略武功直追唐宗宋祖，全挂子本事的一位皇帝！"[②]军事上，平三藩、征西域、收台湾，可谓是运筹帷幄、决胜千里；政治上，招民垦田、治理黄患、厉行节约，开"博学鸿词科考"，广得人心，如此政治、军事、农业、文化上的一系列举措使得康熙既顺应了时势，又赢得民心，为之后的"康乾盛世"奠定了基础。这一系列正面描绘，写了康熙的"大"的一面。小说在表现康熙"大"的一面的同时，也同样表现了康熙的多疑猜忌、阴险狡诈、心狠手辣这些"小"的一面。康熙在铲除

---

① 二月河：《二月河语》，昆仑出版社 2004 年版，第 136 页。

② 二月河：《雍正皇帝·九王夺嫡》，长江文艺出版社 2009 年版，第 167 页。

鳌拜的过程中，对吴六一、魏东亭重用和监视并举，此时的康熙虽为少年天子，但已深谙权术，疑心甚重。再比如，《康熙大帝》中康熙治理黄河水患和漕运，最初他知人善任，命屡遭弹劾但善于治水的靳辅和陈潢全力处理黄患，同时多次亲自南巡实地考察，使得治黄工程初显效果。按照这种安排，治黄原本可以圆满成功，但是后来他听信正直但是迂腐且不通治黄之术的巡抚于成龙的一面之词，再加上康熙宠妃阿秀与治黄能臣陈潢曾有私情的流言，康熙把陈潢关到了大狱之中。虽然后来康熙幡然醒悟，但是陈潢已经在狱中被折磨致死，已然于事无补。在描写康熙体恤民情、明爽豁达的同时，小说也多角度写出了他这种多疑猜忌和感情生活中的"小"心眼。

二月河在"落霞三部曲"中围绕着政治斗争塑造帝王形象，但是他没有在历史人物的是非善恶上做过多停留，而是着重表现历史发展的必然性，以及个人欲望与性格的矛盾冲突，有意识地依照自己对历史的理解进行艺术创造。对重大历史事件和三位帝王形象的真实再现，只是"落霞三部曲"能够立起来的骨架，想要让它活起来还需要填充丰富的内在"肌理"，这些"肌理"来源于二月河对清朝历史资料的大量搜集整理。开始创作《康熙大帝》之前，他花了将近两年的时间，把《清史稿》中有关康熙的资料素材，还有《清朝野史大观》《清稗类钞》以及之前研究《红楼梦》积累的"清人笔记"等集中进行精细整理，为此做了很多卡片。二月河自己说："这些东西需要下很苦、很细、很琐碎的功夫。但你又不能丢掉宏观，又要全方位了解清代政治、军事、文化、风情民俗、宫廷礼仪，上至帝王之尊，下到引浆卖车之流，你都应该把他学活，需要下一番别人不肯下的功夫。"[1]因此，在小说中我们可以看出二月河对于清朝皇家宫廷生活的全方位掌握，比如君臣衣帽服饰、典章

---

[1] 泛舟：《二月河与他的笔下王朝——与著名历史小说作家二月河的对话》，《今日湖北》2004 年第 6 期。

制度、食膳规律，以及其他诸如政权机构设置、官员配置方式、职责权限范围，等等也都了如指掌。而这些，显然是二月河有效实施历史叙事"真实性"表达的基础。

三、历史小说中"人"的回归问题

1980 年代前期规模最大、对文学产生重大影响的一个现象就是对于文学中人性、人情、人道主义问题的讨论，整个讨论围绕什么是人性、人性与阶级性的关系等问题展开。进入新时期，文学向自身回归，回到写"人"的路径上来。那么帝王是不是"人"，帝王的身上有没有普通人的人性、人情呢？二月河显然注意了这个问题，在小说中塑造出了不同于过去历史小说的帝王形象。

帝王无情，"伴君如伴虎"。一般人印象中的帝王是高高在上的，无时无刻不在考虑权力制衡。似乎帝王就该是这样的，他们身上只有君主这一重身份，不会像平民百姓那样与家人闲谈，共享天伦。难道帝王之家就不能有平民喜怒哀乐的寻常场景吗？二月河笔下的帝王就打破了这一固有形象，尤其是乾隆皇帝，在小说中经常可以见到他从高高的神坛上走下来，与家人共度时光，帝王之家如同天底下千千万万小家庭一样。在《乾隆皇帝》中，二月河一方面表现了乾隆作为一代帝王创建盛世、做千古完人的雄心壮志，以及他治国安邦、开疆拓土的雄才大略。这一部分的乾隆身为天子，端坐神坛，具有高高在上神圣不可侵犯的"神位"。另一方面，二月河又有意识地发掘乾隆身上作为一个正常的"人"的一面，让他走下"天子"神坛。小说中许多部分把乾隆当作一个有七情六欲的平常人来写，比如，他会与家人一起打麻将，也会因种种烦心事向母亲诉苦，这时候的乾隆卸下了皇帝的身份，只是一个普通人。从这里可以看出，二月河在创作过程中注重了"人"回归问题，他不仅写帝王"外在"的文韬武略，也写其"内在"的精神感受。而后者正是从一个普通人的内心世界展开的，这是值得我们重视的艺术特征。

我们可以进一步从小说中的许多场景来讨论上述的艺术特征。比如，小说中多次描写乾隆向太后请安，与妃嫔打雀牌，和子女斗诗等日常活动。在这些场景中，乾隆不再是高高在上的威严的君主，而是有着寻常表情的儿子、丈夫、父亲，他尽可以抛开帝王平时的"伪装"，显示日常化的自己。长期以来，我国历史小说中的帝王形象大都被模糊了他们身上作为"人"的一些基本属性，而仅仅凸显其作为帝王的神性一面。二月河显然很自觉地在改变这些，尽力凸显帝王身上的"人性"，恢复他作为一个"人"的普通貌相，从而极大地丰富了"帝王"人物的精神世界。譬如乾隆对太后，他可以尽量履行为人子应尽的义务，隔三差五去向太后请安，为逗太后开心而讲一些诸如张三李四王二麻子挠痒撒尿之类的玩笑。皇后重病不起，太后与一众妃嫔守在一旁，乾隆说："老佛爷穿的似乎单薄了些儿，白天日头暖还不妨，夜里河上风凉，儿子问过这里的地方官的。您要再有个头疼脑热的，儿子就更不安了。"[1] 对皇后，他也尽到了为人夫的责任。小说中有一段写到皇后病重之时，乾隆可以亲自为她吸痰，足见乾隆对皇后用情之深，读来令人动容。在这些场景叙述中，我们可以感受到二月河在创作中对"人"的回归观念的重视，以及以自己的方式对该观念进行实践的努力。

除了与家人共享天伦的描写，小说还表现了乾隆的世俗情欲。对于帝王情欲的描写，小说对康熙、雍正、乾隆三代帝王都有所涉及，在乾隆身上尤为明显。这或许是二月河对人物塑造的出发点不一样，康熙作为"圣祖"的形象更偏重于仁君，雍正的形象则是侧重勤政有为一面，只有乾隆一开始就被塑造成一个有七情六欲的皇帝形象。小说不仅表现他的家庭生活，还着重描写了他的世俗欲望

---

① 二月河：《乾隆皇帝·天步艰难》，长江文艺出版社 2009 年版，第 298 页。

生活。乾隆后宫妃嫔众多，他对皇后富察氏，贵妃那拉氏，妃子陈氏、魏佳氏、乌雅氏，宫女锦霞、睐娘似乎都用情颇深。此外，乾隆与妻弟傅恒的妻子棠儿，微服出巡遇到的王汀芷、侠女嫣红等性格各异的女性也有不同程度的感情纠葛，甚至对反对朝廷、一直与他为敌的神秘教主"一枝花"易瑛也有着莫名的情愫，可称得上"情种"。小说中对乾隆与众多红颜之间的情欲描写也是颇为露骨，如他和棠儿私会时说要"玩出新花样"，这个时候的乾隆哪里还有君王的架子，就是一个四处留情的风流男人。另外，乾隆身上的一些"凡人"的品性也被表现出来，如他会与朝臣谈笑风生，嬉笑怒骂皆如常人；晚年明明早已决定要禅位却又对交出玉玺一事一拖再拖，显示出对权力的迷恋……总之，二月河的作品中塑造出了更像"人"的帝王形象。

二月河历史小说中"人"的回归，还表现在"大历史"中的"个体历史"书写。福柯认为，应该在对历史和权力的批判中转向个体塑造，注重历史时期的"个体"思考。二月河在书写这一段历史时，除了对重大政治事件进行详细的介绍，还涉及当时社会生活的方方面面，对康雍乾三朝的宫廷庙堂、里巷杂业、勾栏瓦肆、礼仪乐章、青楼红粉、三教九流等都有详尽的描绘。同时，小说叙事还通过帝王之外的其他人物展开，在呈现社会"大历史"的同时，真实展示了时代中的"小历史"。"小历史"的书写主要通过展示个体命运来实现的。这些"个体"包含了不同层次的人物，比如，以伍次友、周培公、邬思道、李卫、年羹尧、张廷玉、傅恒、纪晓岚等为代表的臣子形象，他们满腹经纶，才华横溢，有为帝师者，有为肱骨之臣者，兢兢业业，佐君勤王。再有如胡宫山、吴瞎子、小福、黄莺儿、易瑛等"江湖"或"底层"形象，还有像张明德、贾士芳、空灵和尚等术士形象，等等，诸色人等，不同命运，构成了"个体"的历史时空。

臣子的"个体历史"给读者留下了深刻的印象。这些臣子上至宫卿巨擘，下至白衣书生，身份地位不尽相同，生平经历各有差异，他们同那些帝王一道造就了康雍乾三朝盛世的出现，其"个体历史"也是整个历史不可或缺的组成部分。他们是臣子，也属于古代"士"这一阶层，"立足于中国这块独特的文化历史土壤，中国古代的知识分子——士，一直处于一种'无根'的状态。他们始终是依附于封建统治者的一个阶层而不是一个独立的阶级"①。与其他朝代有所不同，处于清朝满族政权统治下的知识分子，一方面要担心"伴君如伴虎"，另一方面也要时刻小心避免"满汉猜忌"，于是他们的生存处境就更加尴尬，这也导致他们需要在夹缝中求生存，从而形成了更为独特的"个体历史"。贵为帝师的伍次友、邬思道，不仅文采斐然，在治国理政的大局观上也具有惊人的洞察力。伍次友在不知"龙儿"真实身份的情况下，对鳌拜势力一番鞭辟入里的分析，让年幼的康熙豁然开朗，直接影响了康熙在剪除鳌拜势力的过程中所采取的行动。随后他又为康熙制定了"先平东南，再定西北"的政策，这也成为康熙坚定不移推行的国策。邬思道在雍正潜邸时就为其出谋划策，帮助他冲破"八爷党"的重重阻拦得以继承大统。伍次友被康熙有意放任于江湖，为朝廷招揽人才。他和苏麻喇姑有情人不得终成眷属，最后选择出家为僧，以求心灵解脱。邬思道在雍正继承皇位后便为自己留下退路，大隐于市，在不同的督抚中周旋，时刻受到来自皇宫深处的监视，终其一生想回苏州老家而不可得。还有积极推行雍正"摊丁入亩"政策的李卫，包衣奴出身，天资聪颖，侥幸避免和坎儿一样被灭口的下场，在封疆大吏的位置上为雍正一朝的稳定做出了重大贡献，结局却也是深陷皇族斗争，在流言蜚语中惴惴而亡。以断案享誉乾隆一朝的刘统勋，深感皇恩浩荡，不辞劳苦抓获"一枝花"等党羽，辗转大江南北，最后生命止于上朝途中……这些"士"的历史命运，让读者能够充分审

---

① 陈继会、陈贞权：《〈康熙大帝〉的意义——兼论"大众文学"的历史走向》，《中州学刊》1994 年第 5 期。

视这一时期独特的人生际遇，它们与所谓"大历史"一起，构成了那个时代独特、复杂的历史貌相。

二月河小说创作中"人"的回归还表现在对"小人物"的关注上。从1980年代中期开始，越来越多的作家开始关注社会小人物的琐碎生活，产生了如刘震云的《一地鸡毛》、方方的《风景》等许多"新写实小说"。二月河的"帝王系列"描绘了"康乾盛世"的繁荣景象，虽然以帝王为中心展现清王朝日落前的辉煌，但是小说也有意识地观照了底层"小人物"的生存状况，丰富展现了"康乾盛世"的世俗风情，深刻反映了社会底层的生存现实。小说中人物众多，形象各异，商贾小贩、江湖艺人、僧尼道士、侠客镖师、青楼红粉均有涉猎。其中，市井顽童的形象尤为鲜活突出。小说中出现了大量的类似青猴儿、狗儿这样的孩子，他们出身贫苦，性格刁钻。如因家乡遭水患逃难的孤儿坎儿，在虹桥人市与同伴狗儿一起行骗。狗儿装作坎儿死去的哥哥以博得路人同情以获得施舍，坎儿哭诉乞讨，语言颇具特点，"哭的嗓子都哑了，乌眉灶眼的，张着两只手乞求：'大爷们哪！谁买我，谁买我？我得卖几个钱埋了我哥……你们行了这个善，就是这辈子做过孽，死了也不进十八层地狱呀……'"旁边有人笑骂哪有这样求人的，问他是哪的人，他擦擦眼泪说："我是宝应的——大爷呀……可怜可怜吧……"[1]乞讨也不忘占别人的便宜，如此可怜、可恨又可爱的情景让人印象深刻。这些刁钻伶俐的孩子在小说中大都会有扭转命运的时刻，如狗儿李卫，年少之时沦为乞丐，可日后成了深得帝心的封疆大吏，功勋卓著，堪称一代风云人物。在二月河笔下，这些混迹市井的小无赖并不令人反感，他们会闯祸、会惹事，却并不恶意伤人，身上更多的是来自乡野的率真、机灵，充满了生命的活力。小说中一些民间女子的形象也十分鲜明，如李云娘、女教主"一枝花"易瑛，等等。江湖侠女李云娘，嫉恶如仇、武功高强，既有男儿气概又不失

---

① 二月河：《雍正皇帝·九王夺嫡》，长江文艺出版社2009年版，第10页。

女性柔情。她幼年经历坎坷，被卖为奴又险些被害致死，幸被终南山道士收为弟子，学成后下山游历，以匡扶正义为己任。李云娘的这种性格使她对一身正气的伍次友心生爱意，但在得知苏麻喇姑与伍次友的感情之后，选择成全苏伍二人，自刎殉情。李云娘在遗言中说："我一生有两愿：一愿早日殄灭吴三桂，报我家仇血恨；二愿天下有情人皆成眷属。"[1]同样是江湖侠女，作为教主的易瑛身上又多了一层神秘的宗教色彩。不同于李云娘凭一己之力除暴安良，易瑛直接走上了起义反抗朝廷的道路。小说注重在冲突中塑造这个女性形象。"一个弱女子，父母双亡遁入空门，还是免不了风摧雨残。她干干净净一个人，并没有悖了圣人的教化，为什么就容不下她？——这些事，你懂得多少？！依着佛法饿杀，依着官法打杀，撕了龙袍也是杀，打死太子也是杀。""我先得活着，先得是个人。父母生我，总不是为了叫我活不下去吧！"[2]易瑛放眼天下却无处容身，还无故被安上了"邪术害人"的恶名，因而走上了起义之路。另外，如屠户的女儿张玉儿、花匠女儿芳兰等民间女性形象也都鲜活生动、各有特色。

小说还注重从生活伦理的层面来叙写小人物的命运。相对于位于庙堂的帝王将相，"小人物"的生活充满了底层的艰辛。这些小人物或是为了稳定的生活东奔西跑，或是为了利益铤而走险，都有一套生存的"观念"，形成了这个阶层的生存伦理。小说在表现小人物历史命运时也注重对这些生存伦理的叙写。《康熙大帝》中有一个市井"小人物"的典型代表何桂柱。何桂柱在京城经营一家小小的客店，专供举子进京应试时候留住。小说叙述何桂柱的起始，就设置了客店开门倒进来一个即将冻死的乞丐的场景。小说这样描述何桂柱的态度："何桂柱不由得叹了口气说：'罪过！这也

---

① 二月河：《乾隆皇帝·日落长河》，长江文艺出版社 2009 年版，第 310 页。
② 同上书，第 286 页。

是常事，送到城外左家庄化人场吧。啐，今天真晦气！'"①作为一个生意人，刚开张就发现门口躺着一个半死不活的人是非常不吉利的，感觉很晦气。况且，店中居住的又都是进京赶考的举子，收留这样一个气息奄奄的人对自己毫无好处，甚至可能有损店里的名声。所以作为一个深谙为商之道的店主，明知躺在地上的人还有一口气，仍安排伙计将人送去火化。多一事不如少一事，尽量避免惹上麻烦，力求生活安稳，这是何桂柱的"生存之道"。不管是他在经营客店的时候，还是后来与官场中人打交道，他都奉行着这样一套生存观念。与何桂柱相似的还有《乾隆皇帝》中申家店的伙计小路子。依然是在叙述开始，小路子偶然发现奉命来德州查亏空的济南粮储道贺露滢被人毒杀在自家店中，惊慌之下打算一走了之，幸亏后来钱度给他出主意，才不至于让贺露滢枉死。小路子是"有正义感"的，但是他的"正义感"不足以战胜骨子里自保的想法。申家店的老板得知店里出了人命官司，想到的也只是申家店要保不住了，不住地哭天抹泪，怨天尤人。何桂柱也好，申老板也好，都奉行务实自保的生活伦理。在此基础上，小说进一步探究这些"小人物"的心灵世界。无权无势的平民阶层都希望能有一个"官老爷"为他们撑腰、主持公道。基于这样的心理，小说"安排"帝王微服私访、体察民情，为百姓排忧解难。小说中有这样一个场景，康熙微服民间，因向一客店老板追问当地知府贪赃一事，老板从康熙的言谈举止中察觉出康熙的身份并不简单，"心想，他必定是京城的贵介子弟，也许能替老百姓讲讲情呢"，结果康熙却很快止住了话头，令店老板大失所望。这里，小说实际上延宕了情节的进展，放缓了叙事时间来表现市井百姓的生活伦理，并在其中对个体生命进行历史化的处理。

这里，我们可以看出，对"小人物"的叙写是"落霞三部曲"实施"人"的回归的重要方式。在创作这样一类人物形象时，二月

① 二月河：《康熙大帝·夺宫初政》，长江文艺出版社2009年版，第2页。

河借鉴了中国传统小说中的诸多表现手法，将一本正经的历史调味成苦辣酸甜的人生际遇，这大大刺激了读者的阅读感受，增强了小说的艺术感染力。当然，也有研究者对此有不同的看法："但是这些虚构并不都是成功的，比如其中的才子佳人'戏'就有设置过多的弊病，且多数雷同，除个别一两个尚有情致外，余者多为浅薄的通俗故事。"①同时也有学者指出："在他的历史叙事中，作为底色的历史呈现虽然是现实主义的，但某些'气煞历史学家'的传奇虚构写法又明显带有后现代色彩。"②二月河书写"小人物"所表现出的艺术取向是值得注意的。传统历史小说也有涉及类似小人物的形象塑造，然而设置这些人物是为了推动某个故事情节的开展，或是从这样的人物身上汲取某种道德批判。传统的创作笔法以白描为主，虽然对于小说人物的言行举止多有详细的描写，但较少把这些人物视为具有独自生命意识的"个体"。我们注意到，二月河更多关注生命的个体，每一个个体的生命历程在他看来都是一段历史，整个社会历史的车轮正是在这些个体的合力下缓缓启动的。因而，二月河才会将叙事线索从帝王宫廷里转移开来，聚焦那一时期的各色人等，"有所侧重地表达自己对历史本质的思考的时候，这种重建人文精神理想的吁求便跃然纸上"③。这样一来，小说文本具有了对"历史""个体""真实性"等概念的意义能指，从而使其历史叙事生成了更多的阐释空间。

福柯指出，历史小说并非"解释文献、确定它的真伪及其表述价值，而是确定文献的内涵和制定文献"以及"重新获得对自己的过去事情的新鲜感"④。二月河在接受采访时曾表示："历史真实和

---

① 杨世伟：《评二月河的长篇历史小说》，《文学评论》1997 年第 5 期。
② 沈云霞：《论二月河清帝系列小说的艺术追求与经验教训》，《海南大学学报》（人文社会科学版）2004 年第 4 期。
③ 同上。
④ ［法］米歇尔·福柯：《知识考古学》，谢强、马月译，生活·读书·新知三联书店1998 年版，第 6 页。

艺术真实是不能如此来量化的。也是不好量化的。这二者的结合，要创作出个性鲜明的历史形象，既不是历史记录，也不能过分虚构渲染。重大事件、重要人物必须真实，人的眉眼、一颦一笑可以虚构。"[1]在阅读中我们可以感到，二月河在追求历史情景"真实"的同时，那种现代意识下特别是新的历史观念下的生命"个体"特征也同样得到有效的表达。这也是二月河历史小说一个极其重要的艺术要素，而这一点，往往被读者所忽视。总之，无论是对帝王"神性"的消解，还是呈现所谓"康乾盛世"时期"小人物"的生存状态，都表现出二月河在创作中对"人"回归的书写努力。值得注意的是，在关于二月河的研究中，研究者往往突显其帝王书写的特征，而有关"人"的回归书写往往被"遮蔽"了。而这，也在很大程度上遮蔽了二月河历史小说在文学转型时期重要的内在特质，极大地影响了对中国新时期历史小说的艺术价值和文学史意义的评估。

---

[1]　周熠：《二月河纵论历史小说创作》，《人民日报》（海外版）2003 年 2 月 28 日。

第三章 "落霞三部曲"与"宏大叙事"

莫言曾说过一句耐人寻味的话:"重建宏大叙事确实是每个作家内心深处的情结。所有的作家都梦想写一部史诗性的皇皇巨著。"[①]之所以说这句话耐人寻味,是因为"宏大叙事"的概念在当代文学批评中是别有一番"意味"的,充满了历史感的某种警惕与排斥。中国当代文学发展到今天,我们对待"宏大叙事"的姿态是值得重新考量的。在二月河的历史小说中,宏大叙事的艺术特征是显而易见的;而且,二月河以其气势磅礴的历史书写,呈示了重建宏大叙事的可能。这是我们从这个路径探讨二月河历史小说的原因所在。

如果从概念上溯源,宏大叙事这一概念首先诞生于后现代主义理论。利奥塔在《后现代的状态:对知识的报告中》指出,宏大叙事指向终极价值,是从启蒙和哲学这两个叙事维度上进行建构的。宏大叙事是现代性的表现形式,是一种现代性的宏大的思维方式。站在后现代主义理论的立场,利奥塔在普遍意义价值逐渐解体的分析中对宏大叙事持排斥的态度。[②]哈桑和理查德·罗蒂分别丰富并发展了利奥塔"宏大叙事"的理论。利奥塔之后的解构主义哲

---

① 莫言、崔立秋:《"有不同的声音是好事"——对〈生死疲劳〉批评的回应》,《文学报》2006 年 9 月 28 日。

② 参见 [法] 让 - 弗朗索瓦·利奥塔:《后现代状态:关于知识的报告》,车槿山译,南京大学出版社 2011 年版,第 4 页。

学家，则是把他对"宏大叙事"的定义进行了理论的探讨，如德里达、福柯等。在后现代主义理论家的观念中，"宏大叙事"是带有贬义色彩的概念，与总体性、普遍性的内涵相关。1990年代后现代主义理论对中国当代文化思潮影响很大，文学批评界更多地把宏大叙事指向"阶级革命叙事"，将宏大与个体进行对立。在这个过程中，作家和批评家实际上也在对宏大叙事的概念、内涵做某种程度的思考和探讨，或者对宏大叙事书写进行重新审视和实践。譬如，铁凝认为宏大叙事"在今天仍然被读者需要，正是因为它有能力表现一个民族最富活力的呼吸，有能力传达一个时代最生动、最本质的情绪，有能力呈现一个民族在自己的时代所能达到的最高想象力"①。有学者从1980年代以来的一些长篇小说分析入手，从文学传统、叙事方式等方面进行讨论，探讨了中国当代文学重构宏大叙事的必要性和可能性："20世纪80年代以来，中国当代文学宏大叙事受到各种文学观念的影响，难以再现'十七年'时期的辉煌，开始衰落。不过，以《麦河》《祭语风中》《己卯年雨雪》为代表的长篇小说，承接了'十七年'时期宏大叙事阐释社会现实和历史'本质'的规定性；另一方面又吸收了20世纪80年代以来的文学经验，以现代人本精神接通了解释社会现实和历史的通道，'创造性地转换'了中国传统文化，在叙事形式上作出了多方面的探求。《麦河》《祭语风中》《己卯年雨雪》呈现了具有时代精神和民族特色的中国叙事路径，彰显了重构宏大叙事的可能性。……作为反映中国社会现实生活和历史变动的长篇小说，体现了阐释社会本质和历史精神的欲望，重现了宏大叙事传统。然而，相比较'十七年'时期所形成的宏大叙事传统而言，这三部作品则代表了中国当下宏大叙事崭新的发展趋势。现代人本精神已经成为中国宏大叙事的重要精神资源，从中国人自身权利的发展和个体精神追求合理性的角度来肯定

---

① 韩小意：《伟大的时代为何难觅伟大的作品》，《光明日报》2010年4月14日。

中国社会和历史的变动，已经成为宏大叙事的要义。在解释中国现代化的道路和中国传统之间的关系时，《麦河》《祭语风中》《己卯年雨雪》已经不再简单地构筑起传统和现代二元对立关系，而是以现代的眼光重新打量中国传统文化，找到了传统文化创造性转化的路径，为中国的现代化道路找寻到了民族性特质。在叙事形式上，以《麦河》《祭语风中》《己卯年雨雪》为代表的宏大叙事，显示了吸纳中国先锋文学的强大包容性，也彰显了宏大叙事的开放性。上述三部作品所表现出来的种种特性，无一不说明，近几年来中国当代文学不仅延续了宏大叙事的传统，还从不同的层面深化了宏大叙事，丰富了中国当代文学的发展维度。"[1] 就此而论，二月河的历史小说不具备上述的艺术特质吗？——小说中那种对于历史的呈现和阐释、对于传统文化的承继和审视，以及史诗般的叙事方式，实际上也是中国当代文学重构宏大叙事的重要体现。

或许，因为二月河的小说被我们归为"历史小说"，把它作为一种题材写作的潮流，而忽略了对其诸多艺术要素的耐心讨论。其实，二月河的小说以其恢宏的历史叙事、宏阔的艺术虚构以及英雄的悲情书写呈现了宏大叙事的艺术特质，正如陈思和所认为的宏大叙事的特征一样："在结构上的宏阔时空跨度与规模，重大历史事实对艺术虚构的加入，以及英雄'典型'的创造和英雄主义的基调。"[2] 下面，我们将从具体的层面展开对二月河历史小说的讨论。

一、创作主题与民族心灵史书写

在西方文艺批评中，"主题"是一个非常重要的范畴，"在现

---

① 周新民：《重构宏大叙事的可能性——以〈麦河〉〈祭语风中〉〈己卯年雨雪〉为考察对象》，《文学评论》2017 年第 3 期。

② 洪子诚：《中国当代文学史》，北京大学出版社 1999 年版，第 96 页。

代欧洲诸种语言中广泛流通的'主题'（主题学）这一词语，乃源生于古希腊语中的 thema——该词的涵义：那种被置于基础之地的东西。"① 当然，"主题"的概念是相当复杂的，如果从"基础之地"的层面来认识，"主题"范畴应区别于"爱情主题""死亡主题""战争主题"等题材式的泛"主题"论，而应从文学的构成要素来把握其内涵。亚里士多德在《诗学》中指出诗歌构成有六个方面，即情节、性格、思想、言词、歌曲及扮相，弗莱在其名著《批评的解剖》中把"思想"的希腊词译成"主题"，并指出："任何文学作品都有虚构的一面又有主题的一面，而两者中究竟哪一个更为重要的问题，往往仅是看法不同，或在解释时强调了不同方面。"② 这里的"虚构"是指人物、情节的非事实性叙事，"主题"则是指作品所着力表达的思想或观念。在阅读二月河小说的过程中，我们感觉到其表达的基本观念中具有显著的历史感怀内涵。小说通过帝王的故事展示人物的命运，让一种复杂的感伤之情游走在今昔之间，滋生出悲悯沧桑的文学意味，表达着对那个特殊时空中家国变迁的诘问和感怀，"落霞三部曲"的命名就充满了悲凉的沧桑感悟。

当然，我们可能会说"感怀"是文学的普遍主题。值得注意的是，二月河将国家命运、历史时空与现实背景聚集在一起，建构了"二月河式"的对家国变迁和人物命运的观照方式，聚焦历史风云，忧患民族命运，悲悯人生际遇。这种忧患和悲悯在二月河历史叙事中显得比激情和理性更为宽广和博大，从而赋予了"悲悯""感怀"之外更为深邃的主题内涵。在我看来，这是二月河小说最具有审美价值和审美意义的品格。毋庸置疑，任何一个时代的艺术家的作品都有其艺术渊源，哪怕这个艺术家是多么地富有创新性，这应该是

---

① ［俄］瓦·叶·哈利泽夫：《文学学导论》，周启超、王加兴等译，北京大学出版社 2006 年版，第 53 页。

② ［加］诺思罗普·弗莱：《批评的解剖》，陈慧、袁宪军、吴伟仁译，百花文艺出版社 2006 年版，第 77—78 页。

艺术生产的规律问题。二月河被认为是吸收传统文学因素较多的小说家，"传统"多指中国古典文学，如鲜明的人物，完整的情节等，特别是深受《红楼梦》的语言运用、人物刻画等手法的影响。如果从文学主题的视角来考察，二月河的创作同样也传承了中国现代文学的传统主题。

关于中国现代文学的主题，许多学者从不同的角度已经进行了深入的探讨。黄子平、陈平原、钱理群指出："启蒙的基本任务和政治实践的时代中心环节，规定了二十世纪中国文学以'改造民族的灵魂'为自己的总主题，因而思想性始终是对文学最重要的要求，顺便也左右了对艺术形式、表现手法的基本要求。"① 尽管他们讲的是"二十世纪中国文学"，但明显是基于中国现代文学的问题而阐发的，缘于中国现代文学主题特征而衍生的。可以说，文学与时代特殊的历史关系生发了中国现代文学从社会和政治的意义上去寻找主题的欲望，发育了一种"作品—世界"的"反映"与"改造"的文学创作观念。对现代文学主题的探讨整体上都是在这种思维向度上展开的，只是强调的因素各有侧重。夏志清则淡化了"改造"的因素，强调了"文学精神"的构成方面，"但那个时代的新文学，却有不同于前代，亦有异于中国大陆文学的地方，那就是作品所表现的道义上的使命感，那种感时忧国的精神。……即使从世界文学的眼光来看，中国现代文学感时忧国的精神，仍然值得我们进一步加以探讨"② 。这里，夏志清把"感时忧国"作为现代文学主题的关键词。因此，我们不妨概括地说，反映具有时代和社会意义的题材和内容，表现感时忧国的思想观念，是中国现代文学主题最为重要的艺术特征和构成要素。正是从这个意义上出发，我们认为二月河小说的叙事主题在很大程度上承继了中国现代文学的主题。

① 黄子平、陈平原、钱理群：《论"二十世纪中国文学"》，《文学评论》1985 年 5 期。

② 夏志清：《现代中国文学感时忧国的精神》，见《中国现代小说史》（附录），复旦大学出版社 2005 年版，第 357—358 页。

二月河历史感怀的主题中潜隐着深刻的社会内容和时代意义，而这也是现代文学传统主题的重要表征。二月河小说呈现出对历史、国家和民族的关注和思考，具有较为强烈的社会意识。在观照诸多的社会历史事件的过程中，二月河洞察和思考社会变迁，同情和哀叹人物命运，这些都蕴藉着深刻的时代历史感和社会道德意识，形成了小说叙事主题的重要内涵，中国现代文学主题的影响在这里可见端倪。文学观念的产生受制于一定的时代背景，也与相关的文学思维方式是分不开的。米兰·昆德拉对主题有过精辟的见解："一个主题就是对存在的一种探询。而且我越来越意识到，这样一种探询实际上是对一些特别的词、一些主题词进行审视。所以我坚持：小说首先是建立在几个根本性的词语上的。"① 中国现代文学是在那个特殊的历史背景中，把文学作为对"存在"探询的一种方式。从文学与世界的关系来看，现代文学更多地从"反映—融入—建构"的思维向度中寻求历史与政治的深刻主题，主题词多是国家忧患、社会政治、启蒙思想，等等。二月河的历史小说创作处在二十世纪之末，叙事主题仍然是从时代变化、家国变迁的社会意义层面上获得的；在帝王书写的过程中，主题话语特征仍多表现为感怀历史、叹息家国、悲悯命运，等等。因此，从外在表现特征和内在生成的思维向度上进行观照，可以认为二月河历史小说的叙事主题在很大程度上受到了中国现代文学的辐射，并在富有个性的创作中对传统主题实施了艺术传承。这种艺术传承构成了二月河历史小说最为丰厚的社会意蕴和文学底蕴，同时也是其小说具有持续生命力的重要原因，也许正如艾略特在论及文学传统与文学家个人才能的关系时所说："我们很满意地去谈论诗人与他的前人，尤其是与他接近的前人的不同之处；我们努力去发掘那些能被单独挑出的东西来欣赏。然而如果我们不带有这种成见来研究某一诗人的话，我们往往会发

---

① ［捷克］米兰·昆德拉：《小说的艺术》，董强译，上海译文出版社2004年版，第105页。

现他的诗作中不但最好的地方，而且最富有个性的部分也是他的前辈诗人最有力地表现他们作品的不朽的地方。"①

二月河小说在实施主题传承的同时，也进行了主题的艺术变化，并形成个性化的叙事主题内涵。从整体上来说，这种主题的艺术变化主要体现在两个方面：一是以人物为中心的主题变奏。二月河的小说叙事以人物为中心，吸引读者的首先是其塑造的人物，除康熙、雍正、乾隆三位皇帝之外，还成功塑造了许多鲜活的人物，如伍次友、周培公、邬思道、李卫、年羹尧、张廷玉、傅恒、纪晓岚、胡宫山、吴瞎子、小福、黄莺儿、易瑛、张明德、贾士芳、空灵和尚，等等。在以人物为中心的叙事状态下，小说的历史感怀主题潜隐其中，中心人物的塑造并未削弱小说的主题。现代文学中的许多小说也塑造了一系列性格鲜明甚至经典的人物形象，许多形象至今依旧散发着艺术的光芒。但是，我们感到闰土、祥林嫂的鲜活形象首先是活在鲁迅的"揭示病态，引起疗救"的深刻主题之下，冰心、王统造的小说人物也首先活在"问题小说"的主题之中，叶圣陶笔下的人物笼罩在"人生小说"的主题氛围中，茅盾的《林家铺子》《农村三部曲》更是在社会革命、农村问题的主题中来把握人物的。尽管二月河小说也弥漫着时代和历史的社会意识，但我们很难说其中的人物是为一种既定的"主题"而生，他们的鲜活存在与二月河小说感怀的叙事主题可以说相映成趣，相得益彰。从这个角度来看，二月河的历史小说一定程度上在主题和人物的关系方面对现代文学传统实施了艺术的主题变奏。二是以悲悯取代"改造"的主题审美旨趣。中国现代文学从一开始就注重文学改造人生和社会的工具意识，思想启蒙的主题理念赋予了文学主题强烈的理性批判色彩，相继的一些文学思潮更加强化了革命化和政治化的主题创

---

① ［英］T.S.艾略特：《传统与个人才能》，见［英］拉曼·塞尔登编《文学批评理论——从柏拉图到现在》，刘象愚、陈永国等译，北京大学出版社 2003 年版，第411 页。

作。在这种背景下，对传统的贬抑攻击，对社会的启蒙改造便成为现代文学的主题特征和审美取向。二月河小说更注重对历史和命运的观照，倾向"落霞"般的感喟与怀念，追求一种悲悯、苍凉的文学境界，很大程度上把对家国变迁、命运变化等社会历史现实的责问让位于艺术的静观，正像尼采认为的那样："在每个艺术种类和高度上，首先要求克服主观，摆脱'自我'，让个人的一切意愿和欲望保持缄默。没有客观性，没有纯粹超然的静观，就不能想象有哪怕最起码的真正的艺术创作。"① 在主题传承的基础上，二月河历史小说所实施的艺术变化，形成了极富个性的文学表达方式和文学审美品格。二月河的这种努力和追求，使得其小说创作在很大程度上具有了某些超越性品格。

正是在这种主题话语的表达中，二月河的历史小说言说了民族的一段苦难史和奋斗史，并从这个路径上书写了民族的心灵史。这不仅拓展、丰富了小说主题，也对应了"落霞三部曲"创作的一种内在诉求。文学书写是建构心灵史的重要方式，正如有学者指出："如果单纯地从反映一般历史经验的角度看，哲学、历史等的文本也具有很高的认知价值（或有更高的价值），但是如果我们希望了解的是一种心灵史的经验，尤其是那种活生生的、紧贴于感受性生活层面上的心灵经历，那么文学文本就会是更有价值的。"② 长篇小说因其宽广的叙事时空在很大程度上能够满足人们对于"史诗"的想象，因而也常常被认为是心灵史书写的重要文体。新时期的许多作家在长篇小说的创作中，一直在重视民族心灵史的书写，比如莫言。在这里，我们不妨从这个角度把二月河的历史小说与莫言的小说放在一起讨论，展开对创作主题、民族心灵史书写等问题的

① ［德］尼采：《悲剧的诞生》，见《悲剧的诞生——尼采美学文选》，周国平译，生活·读书·新知三联书店1986年版，第17页。
② 黄卓越：《从文论史到心灵史：一种民族性建构的途径》，《清华大学学报》（哲学社会科学版）2009年第5期。

思考，从而在思想经验和艺术经验上找到解读二月河的更多可能。我们这里选取莫言的长篇小说《蛙》进行比较讨论。《蛙》书写了"计划生育"的敏感题材，以一种悲悯的情怀从生存和发展的视角去观照计划生育，以反思的态度提供对计划生育更多的阐释可能。小说对计划生育没有任何倾向性的评说，只是打开了一段历史，让历史的凝重气息伴随着计划生育的艰难进程共同建构对历史事件的叙说空间。小说开篇便是一群孩子"吃煤"的场景，拉开了那段匪夷所思的、艰难岁月的序幕；计划生育的介入，使得人们的精神世界发生了激烈的、痛苦的震荡，读者从中能够强烈地感觉到物质诉求与精神痛楚之间所形成的张力。在这种张力中，小说表现出对岁月沧桑的关注和哀悼，对命运忧患的感怀和悲悯，从而衍生出对计划生育言说的复杂性和艰难性。这实际上构成了对计划生育题材简单化处理的一种冲击，赋予了计划生育哲学式的悲剧色彩，为在民族生存和国家发展的视阈中观照计划生育打开了必要的、有效的路径。而二月河的创作，也是在历史的宏阔视阈中关注民族和国家的发展走向，在悲悯的情怀中显示着"落霞"式的悲剧意蕴。可以看出，二者在这个维度上具有很大的趋同性。

同时，二月河的小说与《蛙》这样的作品在民族心灵史书写方面也具有互文的可能性。巴尔扎克说过，小说被认为是一个民族的秘史。长篇小说通过其卓越的叙事功能，将潜隐的、散落的物质世界和精神世界表现出来，更能丰富地展示一个民族的生存历史，表达民族的心路历程和心灵世界，从而完成对民族心灵史的发掘和书写。改革开放的新时期无疑为书写民族的心灵史提供了更为广阔的艺术空间，在这种背景下，如何为民族的心灵史提供更为宏阔的书写，赋予读者关于民族和国家以合理的、深刻的文化想象便成为新时期文学长期关注的问题。《蛙》以广阔的视野展现了中国特有的"生育史"，这个"生育史"在小说文本世界中显得完整而深入。小说中没有计划生育的相关历史调查，也没有档案学式的数字信息，但我们感到其书写的"生育史"似乎比社会学的调查、民间的传播更加丰满、真实和鲜活，在我看来，这很大程度上应归结为小说对一段历史时期民族心灵史的有效叙写。小说叙事在生育史和心灵史的彼此渗透中生成了更多的言说空间，为困境中生存和发展的民族形象增添了一种悲壮和庄严的精神品格。从"伤痕"文学到当下的"底层"写作，文学创作始终关注着不同时代的生存之痛。《蛙》对苦难历程的叙写并不是再次打量和刺痛历史的伤口，而是把苦难处理成冷峻和深沉的色调，并通过具体的叙事场景和个体命运来展开对苦难的言说，间或一抹黑色幽默的色彩，更平添了一种欲哭无泪的叙事效果。小说将个体苦难与国家苦难紧密联系在一起，汇成一道深广的悲鸣之河，在历史的涛声中久久冲刷着民族的沧桑心灵，形成了民族心灵史的一种基调。《蛙》在书写民族苦难历程的同时，更呈现了对于民族生存的思考，突显了民族"奋争"的历史。通过对历史事件的书写，展示民族奋争的坚韧品格，也是当代小说的重要主题，许多小说往往通过波澜壮阔的斗争史或一个家族的沧桑变化，表现人物的痛苦、挣扎和反抗的姿态，从而描绘人物的精神风貌和心路历程。莫言则不同，他对"奋争"历程的书写实际上是对一段集体记忆的娓娓叙述，没有突显和放大"奋争"的姿势，而是让其朴素、自然地融入生活的进程之中。而正是这种漫不经心的叙述却恰恰把"奋争"——无论是抗争天灾还是人祸——处理成民族精神和心灵世界的一种自然属性，从而在很大程度上强化了民族心灵史的艺术建构效果。譬如，在困难的岁月里人们如何在饥饿中度日，小说并没有用多少笔墨，而是把这种艰难的"奋争"铺陈到一个个细小的生活场景中去，并努力与人物的精神状态交融在一起。在如此生息繁衍的历史进程中，人们所表现出来的坚韧的奋争品质始终伴随着沧桑的心灵历程，从而构成读者关于民族心灵史的一种绵远、悲怆的文化想象。《蛙》在书写"苦难""奋争"心路历程的同时，还特别突出了一种"反思"情感的叙写。从当代文学史来看，新时期文学开始后就出现了"反思小说"，不过此时的"反思"显然与政治话语是互动的，反思还不是个体的自觉行为，而是一种集体共名的、宏大叙事的声音。在文学向自身回归的进程中，更多的作家在寻根小说、新写实小说、私人化写作等思潮中转向了在历史深处、个体经验中进行反思。莫言在《蛙》中则把人们的反思历程与国家进程紧紧联系在一起，这无疑增加了反思叙事难度。小说中的文化反思来源于心灵中那种僵硬掩体的脱落，来源于一种自省和提升的心灵觉醒，它在历史的进程中深刻反映了民族心灵史的"现代性"历程。

正是上述莫言对民族心灵史的叙写，形成了我们对二月河小说的互文性阅读。我们注意到，二月河的历史小说基本上也是从三个路径上展开对心灵史的书写：一是国家的危难、民众的困苦在历史中形成了凝重的苦难史，二是帝王、仕宦到普通百姓的努力与挣扎，构成了一个时代和民族的奋争史，三是惊心动魄、波谲云诡的历史充满了"落霞"式的悲叹意蕴。从这里我们可以看出，与莫言小说的主题话语相似的是，二月河也注重在心灵史的艺术视角来叙写社会历史的变动，并以文化反思的姿态探讨一段历史中精神世界的丰富性和复杂性，从而赋予小说深厚的艺术意蕴。

二、历史中的改革与英雄

按照上述陈思和先生的描述，"英雄主义"基调是宏大叙事的重要特征。在"落霞三部曲"中，二月河往往把"英雄"的叙事基调放在历史改革的背景中展开，"改革"也成为其小说中一个重要的主题话语。当代中国处于改革的时代，时代变迁所带来的碰撞和异变不仅是当代文学发展的历史背景，同时也构成其文本世界的重要内涵。因此，二月河历史书写中的改革叙事可以与当代文学中的改革小说互读。如果把这种"改革"的属性再具体化，从当代文学思潮的角度进行讨论，自然会进入到"改革小说"的话题。兴盛于上世纪七十年代末、八十年代前半期的改革小说，比如蒋子龙的《机电局长的一天》《乔厂长上任记》《赤橙黄绿青蓝紫》，张洁的《沉重的翅膀》，李国文的《花园街五号》，柯云路的《新星》，等等，书写了改革初期的矛盾与艰难，在各种观念碰撞之中着重塑造改革者的形象，都给读者留下了深刻的印象。改革依旧，城乡巨变，书写迅猛的社会变迁一直是中国当代文学显著的艺术特征，如何有效地表现变迁中的当下社会也是作家长期面对的问题。不少作家特别是一些新生代作家往往以翻新的理论和炫目的技巧述说自己并不宽阔的个人经验，并尽量靠近哲学上的某种概念，以期形成一种"深度"主题。还有一些作家为了抻长结构，用荒诞延伸叙事时空，以神秘复杂的叙事呈现出一种乌托邦的想象世界。在这些创作的表征背后，实际上显示的是作家与现实的某种疏离感，概念和技巧只不过是这种疏离感的掩体而已。毋庸置疑，二月河的小说成功展示了一幅丰富、鲜明的社会历史变革图像。许多作家包括一些历史小说家的创作也涉及某种历史改革的主题话语，但他们往往以此为背景书写极为个人化的经验，而这种经验也常常具有凌空虚蹈的乌托邦特征，加以诸多后现代技术的叙事处理，从而完成一个貌似具有创新和深度的小说文本。更令人担忧的是，这种文本又一再被复制，让读者感到单调、单薄和虚伪。比如，写企业改革，作家根本不了解这种改革的状况，只是凭想象把改革的变化作为推动叙事的某种桥段或动力；写官场小说，作家并不真正知晓行政运作的细节，仅凭臆测就描写常委会上勾心斗角的眼神；写当下乡村，似乎作家的乡村概念都是从媒体上获取，假以一个荒诞的故事来演绎和诠释农民工进城、文化衰落、道德沦丧、环境恶化等乡村问题。当然，我们这里并不是说当下写作要遵循传统现实主义的某种创作方法，而是强调文学的创新性，正如乔纳森·卡勒所说"文学是互文的或自反的建构"①。小说要创新性地从艺术的高度抽离出叙事主题，从而更丰富更真实地反映现实。但这一切应该建立在作家对社会现实和历史深度认知的基础之上，融入在作家广阔丰富的社会经验之中。譬如，《故乡》《阿Q正传》等乡土经典小说，是建立在鲁迅对当时中国社会结构的深入研究之上的。在当前的文学生态中，这是一个涉及诸多方面的复杂话题，但也是一个值得重视和反思的问题。二月河显然注意了这个问题。他以一种质朴诚恳的话语品质和持重稳健的叙事基调呈现了一个鲜活丰富而又波谲云诡的历史世界，赋予了小说一种涤荡人心、宽阔丰厚的艺术意蕴。显然，没有扎实丰富的历史知识积淀，不可能写出如此鲜活的生活细节。二月河在创作中没有故弄玄虚的叙事，不是依凭某种概念的碎片拼凑，没有大而化之的概括性的掩饰，而是自然、质朴和真诚地展开小说的叙事时空，因此小说叙事显示出强烈的生活质感和历史意识。而这，无疑大大扩充了小说的容量，并赋予小说更多的阐释空间。当然，文学需要想象，小说需要虚构，这毋庸置疑。但在这个理论翻新的时代，在许多作家极端追求"创意"的时代，我们有必要对虚构、想象与现实、记忆之间的关系进行反思。关于这个问题，曹文轩有一个发人深省的观点："最近我讲的比较多的一个观点就是对于一个真正的作家来讲，记忆能力是一种比想象能力更重要的品质。这个概念是怎样形成的呢？在至少十年二十年间，我发现一个问题，即我们在过分地强调想象力而忘记了记忆力——对历史的记忆，对当下的、现实的记忆。那么为什么前些年又特别强调想象力呢？是因为前些年和之前的区别，是缺少想象力。所以在那一段时间里就特别强调想象力。这也是对的。任何事情到了一定程度的时候，当走到极端的时候，问题就来了，就必须要进行调整。……我还有一个观点，你的想象力难道能够超越造物主吗？能够超越这个

---

① ［美］乔纳森·卡勒：《文学理论入门》，李平译，译林出版社2013年版，第37页。

社会它自己形成的故事吗？超不过的。……这个世界上最有想象力的不是人，是造物主，是命运，是社会自身。从这个意义上来讲，在强调记忆的时候，也就意味着想象力已经进来了。"① 当然，对记忆的书写不是一种简单的铺排，对二月河来说"历史记忆"是一个艰难的创作过程，正如北岛在谈到记忆书写时所说："这一重建工程旷日持久，比我想象的难得多。记忆带有选择性、模糊性及排他性，并长期处于冬眠状态。而写作正是唤醒记忆的过程——在记忆的迷宫，一条通道引导另一条通道，一扇门开向另一扇门。"② 因此，从这个意义上说，二月河小说所呈现出的历史书写就具有了更多的阐释意义，可以说是一次用现实的记忆来对抗乌托邦想象的写作。

在上述的历史背景中，"英雄"叙事成为"落霞三部曲"的主题话语之一，并构成其宏大叙事的重要内涵。在中国传统的观念里，"英雄"是能力超出常人、成就一番事业的杰出人物，近代以来"英雄"概念也增加了"民族"和"平民"的某些内涵。二月河在谈到康熙的历史贡献时说："我用三个标准来衡量历史人物：是否为国家统一、民族团结作出了贡献，是否对发展当时的生产力、改善民生有贡献，是否对当时的科技教育文化发展有贡献。"③ 可以看出，二月河延续了"英雄"观念的传统文化内涵，并表现出传统文化中的一种家国情怀。在创作中，二月河以壮阔的历史为背景，塑造了众多的英雄群像，使"落霞三部曲"呈现出独具个性的英雄叙事特征。

"落霞三部曲"把三代帝王作为英雄人物，在结构上虽然以他们的生命历程为轴，但并非始终将叙事视角聚焦在他们身上，而是通过诸多上牵庙堂、下连江湖的宏阔叙事引出其他英雄形象，建构

① http://culture.ifeng.com/a/20160805/49723958_0.shtml.
② 北岛：《城门开·序：我的北京》，生活·读书·新知三联书店 2010 年版，第 2 页。
③ 张定有、吴春刚：《二月河、孙皓晖"秦清"对话》，见吴圣刚编《二月河研究》，河南大学出版社 2015 年版，第 54—55 页。

这一时期建功立业、具有超凡品格的英雄群像。当然，小说的叙事重心是展现"帝王英雄"形象。比如，"康熙"系列中的《夺宫初政》，围绕康熙剪除鳌拜势力展开叙述。鳌拜结党营私，意欲篡政，成为康熙即位时面临的最大威胁。鳌拜个人勇武剽悍，势力盘根错节，年幼的康熙一时无法与之抗衡。因此，剪除鳌拜的过程就与古希腊神话故事中英雄情节产生了互读的可能。在小说中，康熙隐忍负重，朝堂上稳定以杰书为代表的中间派，释放查孝廉、恩宠九门提督吴六一，拜伍次友为师，学习锄奸治国之道。利用鳌拜的轻敌之心，在其眼皮底下秘密组建武装力量。小说第三十五回《少主用谋入虎穴　猛将勇饮女儿茶》还安排了康熙造访鳌府的情节。在展开决战的前夕，康熙却突访鳌府。即便在外围做足准备，康熙仅带魏东亭一人就深入鳌府，也是犯险之举。而康熙做出这个决定背后的思虑，则更加深远："他觉得在大动手之前，必须探视一下这位称病不朝的大臣，制造一种君臣和睦的氛围。一是可以稳定一下外臣忐忑不安的心情，显示朝廷的政局稳定。二是可以示恩于中外，更显鳌拜谋逆之罪。""便是吴六一那边，也须叫他知道当今皇帝并不柔弱。"[1]这一情节的设置，更加强化了康熙有勇有谋的形象。经过紧锣密鼓的部署，最终康熙在毓庆宫一举铲除鳌拜及其党羽。至此，一个沉着冷静、胆识过人、天资聪颖、厚生养民的少年英雄形象便跃然纸上。《康熙大帝》后三卷详尽叙述了康熙的一生：平定三藩，收复台湾，疏浚河运，开博学鸿儒科，缓和满汉矛盾……康熙虽是继承皇位，但他一生文治武功无异于创业帝王。历史上的康熙也有杰出的才智与功绩，本身就具备成为英雄人物的品格，而这样的品格在二月河的笔下更加被彰显出来。二月河发挥充分的艺术想象，把真实的帝王人物成功地塑造为文学形象中的帝王英雄。

围绕在帝王周围，二月河同样展现了一批心怀天下、鞠躬尽瘁的知识分子形象，在他们身上也不乏英雄品质。其中，以陈潢、靳

① 二月河：《康熙大帝·夺宫初政》，长江文艺出版社 2009 年版，第 253 页。

辅、封志仁为代表的治河英雄形象令人印象深刻。黄河经常在汛期决堤淹田，造成百姓生命、财产的威胁。就连康熙都曾发出感慨："朕在位期间，即使别的事都平庸无奇，治好这条河，也是功在千秋啊！"[①]在黄河岸边，测量水位的陈潢与康熙相遇。他首先预言桃花汛一个时辰内会淹没此地，稍后在铁牛镇，他再次预言河水不会泛滥至此。两次预言均被应验成真的事实，奠定了陈潢干练务实、精通水利的形象。随后，他被河督靳辅招入麾下，一反常理地提出"筑堤束水，以水冲沙"的建议，成为日后治理黄河的根本方针。治理黄河的过程艰苦卓绝，既需要掌握相关的水利科学知识，也需要具有勤勤恳恳的实干精神，历任河督都曾在此折戟沉沙。二十九岁的陈潢、不足四十岁的封志仁很快就在治河的过程中身心俱疲："封志仁看上去像有六十岁，已是秃顶，稀稀的白发总在一起，不足一个小指粗。陈潢的脸被河风吹得刀刻一般，满是皱纹，古铜一样黝黑，只一双眼睛炯炯有神，表明他尚在盛壮之年。"治河已经不易，更为不易的是人事。因治河理念与清官于成龙不同，这无疑增加了治河的阻力，并致使辛苦修筑的萧家渡功亏一篑。他们也因此受到弹劾，一度革职进京。但陈潢等人并未消沉，再次振作精神，辗转大河之滨，历经艰苦，最终使黄河水清，创立了治河伟绩。与大团圆式的结局不同，陈潢、靳辅受到明珠案的牵连锒铛入狱，就连呕心沥血完成的治河事业，也在于成龙的干涉下毁于一旦。"陈潢慢慢睁开眼，见是康熙，目光中的火花一闪，又闭上了，用微弱的声气说道：'是……万岁啊……我已六脉俱绝，绝无生望……由着您……处置吧……处置吧。'"最终，陈潢死于康熙面前，充满了英雄的悲剧色彩。陈潢为代表的治河英雄形象，既延续着大禹治水中的公而忘私、忧国忧民、坚忍不拔的精神，同时也呈现出一种悲剧性的审美内涵。在"落霞三部曲"中，二月河还塑造了以周培公、施琅为代表的民族英雄，他们公忠体国，在国家分裂

---

① 二月河：《康熙大帝·玉宇呈祥》，长江文艺出版社 2009 年版，第 39 页。

的危境中挺身而出，维护了祖国统一、民族团结。以"一枝花"易瑛、胡宫山为代表的侠义英雄，他们仗义行侠，舍生取义，彰显着传统侠义文化的精神内涵。这些英雄形象既有历史上的真实人物，也有二月河的文学想象。正是这些英雄形象，有效复原了康、雍、乾这段波澜壮阔的历史，也丰富承载着中华民族诸多优秀的传统美德。

在英雄叙事中，二月河表现出一种"民间"的叙事立场，最大限度地修补了被道德化遮蔽的英雄人物世界，努力呈现出英雄人物的生动鲜活、充满生命力的日常生活。二月河力图以自己的方式对英雄人物的世界进行重新叙事，从而在丰富性、鲜活性、人性化、民间化等方面形成对英雄形象的艺术建构，从而构成了"落霞三部曲"的英雄叙事特征：

一是在人性的视阈中塑造英雄形象。在十七年文学创作中，英雄形象大都展现出大无畏的牺牲精神和对信仰的执着追求，他们普遍呈现出完美想象的"高、大、全"形象。在"落霞三部曲"中，二月河注重表现出英雄人物更为复杂和多样化的人性特征。"人的诸多心理和行为表现事实上是个性心理和个性意识倾向的外在现实表现，人的个性心理特征越鲜明突出，个性意识倾向越强烈，在其面对现实世界时，尤其是在面对错综复杂、矛盾交织的现实境况时，越是可能演绎出莫测难辨、繁复多姿的人性形态来，从而表现出丰富的人性内容。"[①] 在《康熙大帝》中，小说虽然塑造出了一位心怀天下、有勇有谋，具有杰出的文治武功的帝王形象，但也描写了康熙性格多疑猜忌、阴险狡猾的一面。康熙具有诸多杰出的品质，身上也不乏浓重的权谋色彩。另一位帝王雍正，在过去的小说中多以负面形象出现，他阴狠奸诈，矫诏篡位，弑父逼母，杀兄囚弟，最终死于非命。二月河在研究相关历史资料后，挖掘出潜藏在雍正身上的改革特质，将他塑造为锐意改革、废寝忘食，为康乾盛

---

① 管宁：《人性视域：历史小说美学新质的开启》，《东岳论丛》2001 年第 5 期。

世做出了重要贡献的人物形象。小说也展示了雍正性格中的悲剧性因素，呈现出雍正复杂的人性特征。正是在人性的坐标中塑造英雄形象，小说中的人物形象才更加具有立体感，散发出独特的艺术光芒。

二是呈现出"传奇式"的英雄形象。二月河在创作中秉持着严肃的态度处理笔下的历史题材，"落霞三部曲"再现了那一时期的重大历史事件，如康熙平定鳌拜集团，收复台湾，西征噶尔丹；九龙夺嫡，治理亏空，推行摊丁入亩制度，士民一体当差等清初政治、经济、军事、文化方面的重大历史事件，无论正面描写或侧面叙述，都源于对"正史"的严肃考证。显而易见，二月河并没有拘泥于历史，而是将宏大背景的史实划分为多个小单元，每个单元既相对独立，又相互联系，重要的是在这些单元中安排细节场景来塑造"传奇"英雄，建构了一系列"传奇式"的英雄形象。比如，《康熙大帝·惊风密雨》主要围绕着康熙平定三藩展开，通过散点透视的表现方式，全方位、立体式呈现了这个过程，塑造了周培公维护祖国统一、反对分裂的英雄形象。历史上的周培公最大的贡献就是劝降王辅臣。在这个历史事件中，小说穿插"传奇"细节来塑造周培公的形象。小说虚构了周培公的异姓兄弟龚荣遇，他是王辅臣手下的重要将领，也是帮助周培公顺利劝降王辅臣且免遭杀身之祸的重要人物。周培公与图海率军围城，为了避免城中生灵涂炭，他宁愿冒着被杀的危险只身入城劝降王辅臣。面对王辅臣咄咄逼人的态度，周培公面无惧色，指责他忘恩负义并害死自己的儿子，因此激怒了王辅臣，差点被投入油锅。挣扎中，周培公遗落了一枚罗汉钱，这枚罗汉钱正是龚荣遇的母亲所赠。龚荣遇睹物思人挺身救下了周培公，为周培公提供了劝降的平台。显然，这个虚构人物的设置，大大丰富了周培公的"传奇"英雄形象。

三是突显出英雄的悲剧性特征。"落霞三部曲"小说的叙事底色是苍凉、悲情的。二月河在塑造英雄人物时，在展示他们性格、命运过程中尤其突显了英雄的悲剧性特征。比如，康熙祭拜明孝陵时在心悸之下领悟到"皇帝在世间没有朋友，称'孤'、道'寡'竟不是虚设之词"，雍正内心的孤独苍凉也弥漫在整部《雍正皇帝》中。当雍正以为寻得乔引娣可视为人生知己能够排遣内心孤寂，却不料结局残酷凄楚，这也使得雍正在孤独中走向生命的灭亡："他内在的人性是寻觅不到灵魂的安妥，而必然陷于不可排遣的孤独。这种孤独不是传统意义上缺乏心灵与心灵的对话，而是根本就不存在着这种对话的可能。"[1] 再比如周培公，深陷明珠与索额图的党争漩涡中，忧谗畏讥，加之有情人不得成眷属，最终病死于盛京提督任上。可以看出，这种悲剧性特征的呈现无疑给读者带来了强烈的艺术感染力。

通过上述分析，我们能看到二月河追求史诗建构的努力，以及他在重构宏大叙事方面力求创新的审美取向及其所掘进的艺术深度。在谙熟史料的基础上，二月河对历史题材进行了出色的艺术处理；小说没有主题先行的设置，也没有道德宣传的某种指向，而是在历史变迁中建构艺术世界，在冲突中呈现历史的悲剧性，在张力中表现悲剧之美，在审美中达到艺术的高度。小说力图透视人性的弱点，揭示历史的悲剧，显示出作家表达人类普遍意义的艺术努力。而这，也是二月河历史小说的重要艺术品格。

---

① 吴秀明：《当代历史小说中的明清叙事》，《文学评论》2002 年第 4 期。

第四章　形象建构：帝王、士子与"小人物"

　　二月河的历史小说之所以给人留下深刻印象，成功的人物塑造是一个极其重要的因素。人物在小说结构中的作用和地位是无可置疑的，正如勒内·韦勒克、奥斯汀·沃伦在《文学理论》中指出："小说的分析批评通常把小说区分出三个构成部分，即情节、人物塑造和背景。最后一个因素即背景很容易具有象征性，在一些现代理论中它变成了'气氛'或'情调'。不用说，这三个构成因素是互相影响互相决定的。"[1] 英国著名的文学理论家和批评家本尼特和洛伊尔认为："人物是文学的生命：他们是令我们惊奇与入迷、喜爱与厌恶、崇敬与诅咒的对象。的确，文学作品中的人物与我们之间的关系是如此密切，以至于他们常常并不是纯粹的'客体'。通过同化的力量，以及同情与反感的作用，他们可以成为我们生命的一部分，成为我们对我们自己进行想象的一部分。"[2] 因此，对人物形象的考察是我们走进二月河小说世界的重要途径。

　　我们现在关于人物形象的观念大致来自两个方向，一个是传统现实小说，一个是现代、后现代小说。在文化思潮的影响下，后者往往以极端的方式对前者进行解构。在传统小说观念中，"小说是

---

[1]　［美］勒内·韦勒克、奥斯汀·沃伦：《文学理论》，刘向愚等译，文化艺术出版社2010年版，第245页。

[2]　［英］安德鲁·本尼特、尼古拉·罗伊尔：《关键词：文学、批评与理论导论》，汪正龙、李永新译，广西师范大学出版社2007年版，第59页。

一种侧重刻画人物形象、叙述故事情节的文学样式。……着重刻画人物形象是小说走向成熟的标志。同其他文学样式相比，小说在人物刻画上拥有更丰富的表现手段，可以从各个方面深入细致地塑造性格复杂的人物形象。"[1] 这里的"形象"具有人物的精神面貌和性格特征的内涵，表现样态往往是作品中丰满的、鲜明的、让人印象深刻的人物刻画。勒内·韦勒克、奥斯汀·沃伦所说的"塑造"一词实际上也包含了对人物形象某种内涵的表达。本尼特和洛伊尔对人物的探讨也把注意力放在了十九世纪现实主义传统，"这个传统代表了我们迄今所拥有的人物与性格塑造的最高水平，而且它也反对了诸如现代主义和后现代主义文本走向制作方式（work）的偏见。"[2] 看来，本尼特和洛伊尔并不认同巴尔特等人所说的现代主义和后现代主义小说中对人物与性格塑造的消解。在中国现代文学上，几乎所有作家都十分强调人物的形象塑造，并从这个层面突显了人物要素在小说创作中的重要性，正如老舍所说："创造人物是小说家的第一项任务。把一件复杂热闹的事写得很清楚，而没有创造出人来，那至多也不过是一篇优秀的报告，并不能成为小说。因此，我说，应当先写简单的故事，好多注意到人物的创造。试看，世界上要属英国迭更司的小说穿插最复杂了吧，可是有谁读过之后能记得那些勾心斗角的故事呢？迭更司到今天还有很多的读者，还被推崇为伟大的作家，难道是因为他的故事复杂吗？不！他创造出许多的人哪！他的人物正如同我们的李逵、武松、林黛玉、宝钗，都成为永远不朽的了。注意到人物的创造是件最上算的事。"[3] 到了1980 年代中期，"先锋小说"开始消解传统的人物观念，比如马原、余华、格非、孙甘露等先锋作家的小说使人物变成一种"符码"，

---

①　童庆炳：《文学理论教程》，高等教育出版社 1998 年版，第 171 页。

②　［英］安德鲁·本尼特、尼古拉·罗伊尔：《关键词：文学、批评与理论导论》，汪正龙、李永新译，广西师范大学出版社 2007 年版，第 60 页。

③　老舍：《怎样写小说》，见钱理群编：《二十世纪中国小说理论资料》（第四卷），北京大学出版社 1997 年版，第 75 页。

淡化人物形象的塑造。也是在这个时候，二月河开始创作"帝王系列"。二月河小说中的人物应该归属于传统人物观念的范畴，但是，其中已显然具有现代人本主义的诸多特质，从而使得许多人物形象带有更加复杂的因素。我们在其他章节也会涉及人物的问题，在这里，主要侧重于形象塑造方式方面。"每个民族和文化都有许多宝贵的故事，讲述民族的诞生、迁徙和发展的历程。作为一种历史记忆，这些故事留存在一代又一代人心里，成为他们民族认同和文化认同的重要资源。"① 在人物形象讨论中，本章力图从"中国故事"的视角进行审视，以呈现二月河在"中国经验"方面的艺术品格。

一、两个问题："写帝王"与"怎么写"

应该说，在中国漫长的历史中，强大的政治规约束缚着文学中帝王形象的塑造。尽管传统小说戏曲中不乏帝王形象，但多在颂明君、斥暴君的主题话语之中，并不具备对王权的反思视角。在新文化运动的影响下，旧制度、旧思想、旧文化受到很大的冲击。新中国成立后，意识形态强调"人民史观"，排斥"英雄史观"，帝王形象被边缘化，皇帝和贵族成为革命批判的对象。上世纪八九十年代，一批作家乘西方文化思潮之风开始历史书写，开启了新时期具有现代性意义的历史小说创作。二月河的写作当然也在其中，并独具特色地完成了对系列帝王的形象塑造。

"写帝王"——从一定意义上说，这似乎是一个问题。这个问题实际上也伴随着当下读者和评论界对二月河的评价。从文学意义上说，写帝王——甚至写任何人——都没有问题。有什么问题呢？——文学是人的文学。但是，问题在于，似乎在当代文学中写

---

① 周宪：《文学理论导引》，高等教育出版社2014年版，第159页。

帝王就要有"正确"的历史判断，否则作家的"历史观"就有"问题"了。这里我们依然要重复地强调，这对历史小说家来说是不公平的，也有悖于文学创作的审美诉求。尽管也没有哪位批评家站出来说不可以写帝王，但是，从文学批评的实践来看，帝王题材在一定程度上束缚了我们对二月河文学创作的探讨。在思考这个问题的同时，我们还应该聚焦在"怎么写"的层面上来，从二月河"写帝王"这个问题转移到"怎么写"帝王这个问题上来，把这两个问题放在一起思考。

二月河的"清帝系列"生动描绘了清初三位皇帝——康熙、雍正、乾隆的政治生活。在人物的塑造方法上，一方面，二月河秉承现实主义还原历史的叙述方式，继承古典小说对人物的白描方法。另一方面，又在帝王书写中加入日常琐碎生活的元素，使世俗生活成为帝王性格的生成环境，从而强化了帝王形象的立体感。相比姚雪垠《李自成》中的崇祯形象，二月河笔下的帝王则更贴近"生活"。《李自成》一开篇就是"作家介入"的叙述语气："虽然他还是一个不到二十八岁的青年，但是长久以来为着支持摇摇欲倒的江山，妄想使明朝的极其腐朽的政权不但避免灭亡，还要妄想能够中兴，他自己成为'中兴之主'，因此他拼命的挣扎，心情忧郁……"[1]展现了一个没落政权中负隅顽抗的"反动者"形象，为"英雄"李自成的出场做了铺垫。而二月河的小说往往从日常生活的细微处入手，将皇帝当作普通人来写，努力表现传统观念中帝王形象之外的独特个性，从而展现帝王性格的复杂性。比如，在传统认知中，雍正是个十足的"冷血"帝王，但小说中融入了许多雍正对下层仆人的关爱场景，使这个"冷面王"平添了温情的一面。在《雍正皇帝》第一卷第三回中有这样一个场景：燃得噼啪作响的柴火堆旁，雍正给身边的仆人——狗儿、坎儿和翠儿讲起自己儿时死里逃生的故事，画面描绘得温馨而感人，雍正此时俨然没有主人的

---

① 姚雪垠：《李自成》（第三卷·上册），中国青年出版社1981年版，第297页。

威严，反倒像一个慈爱的长者，与那个权力争斗中的皇帝判若两人。对于乾隆皇帝，二月河也是用大量笔墨表现其日常生活。除了对乾隆政治事务的描写之外，还兼顾其读书、听戏、骑射甚至是寻花问柳的生活片段。《乾隆皇帝·秋声紫苑》第十八章中，乾隆见水下四个年轻女子，便"下死眼盯着"，弄得"四个女子都臊得羞晕满颊"。在这样的叙事中，帝王们便不再是威震四方的天子，而成为与凡夫俗子一样具有七情六欲的个体。小说中的日常生活元素，使"大人物"暂时卸下身上王权的重担，在宏大的历史叙事中留下了鲜活的个体剪影。

我们还应注意到，二月河在一种现代意识与传统观念的融合中实施对帝王形象的塑造。二月河在审视三位皇帝时，已然抛弃了"民族正统论"，具有了现代性的民族观念，以"是否为国家统一、民族团结作出贡献，是否对发展当时的生产力、改善民生有贡献，是否对当时的科技教育文化发展有贡献"为评价历史人物的标准。当然，在历史材料的选择上，二月河明显具有强烈的情感倾向。二月河写三位帝王在位期间兢兢业业，宵衣旰食，为国家振兴不遗余力，塑造出三位对中国历史发展有卓越贡献的"英雄"形象。事实上，他也在很大程度上规避了雍正的"污点"，而重点取择雍正摊丁入亩、肃清吏治、免贱民籍等重大举措，勾画出一个忠心为民、清廉能干的明君形象。"人物又在冲突性的动作中彰显出自己的性格，最终完成塑造人物和凸显主题的目标。"[①]宫廷中的权力争斗是描写帝王生活无法避而不谈的话题，二月河小说有效地将权力叙事与人性书写融为一体，权力斗争既是冲突的表现形式，也是塑造帝王形象的重要手段。无论是康熙智勇斗鳌拜，还是雍正与其他皇子的夺嫡之争，都统统指向权力倾轧下的人性异变。正如前文所述，雍正对仆人的爱护之情、对百姓疾苦的体恤之情意在表明帝王的人性之善，但在随后逐渐深入的权力争斗之中，皇子之间漠视血缘亲

---

① 周宪：《文学理论导引》，高等教育出版社 2014 年版，第 210 页。

情，相互倾轧的夺嫡之争却让人感到帝王世家的人情冷漠。有学者认为雍正形象最具立体感，因为"雍正这个人，在九个阿哥中他算是比较厚道、温和的，但后来为了争夺皇位和巩固皇位，他的性格逐渐变得专断多疑，刻薄寡恩，从而写出了一种权力与人性的相互纠结以及对人的命运的深刻影响，只要人一被卷进了政治斗争，就身不由己，恶的东西可能被互相激发出来，进而变成你死我活、互不相让的斗争……"①。从人性的视角来看，二月河确乎体现出了权力对于人性之善的某种侵蚀，一定意义上这也是小说的现代性体现。在《九王夺嫡》一卷中，太子胤礽被两立两废，这不仅源于太子的懦弱无能和刚愎自用，也有康熙利用太子来制衡宫中阿哥之间明争暗斗的考量。在废太子的叙事环节中，二月河用了大量笔墨来描写康熙内心的焦灼，述说其对胤礽的失望及愧对其生母的复杂情绪。帝王的精神世界笼罩在权力的波谲云诡之中，并呈现出极为复杂的特征。

在传统文化的发展过程中，对帝王之家权力斗争的想象似乎成为一种集体无意识的一部分。二月河小说的人物塑造也体现出这一特征。在少年康熙的塑造上，二月河赋予他少年老成的特性。康熙一出场，便不见孩童的天真烂漫，开始学习帝王之术。八岁即位的康熙就师从伍次友，在险恶的政治环境中不断成长，与位高权重的辅政大臣鳌拜展开惊心动魄的斗争。颇有心机的少年康熙夜访鳌拜府，先将其稳住，后经周密策划，终在毓庆宫将鳌拜一举擒获。在人物塑造中，小说似乎暗示权力掌控是一种卓越做人的能力。虽然二月河曾经表达过，想借权力斗争的激烈惨痛表现封建文化恶质对人性的戕害，但在塑造如此异化的人性时并没有充分表现出这种立场。《康熙大帝·夺宫初政》第二回写幼年康熙登基情景，虽也有描写其"天真活泼"的一面，但绝大多数情况下，康熙都是十分"沉

---

① 　白烨在"长篇历史小说《雍正皇帝》研讨会"上的发言，见刘学明：《长篇历史小说〈雍正皇帝〉研讨会纪要》，《当代作家》1996 年第 3 期。

稳"的帝王形象。"天真活泼"的孩子不假时日就表现出出人意料的对权力的掌控能力，对成人世界的权力运作的超人天赋：十四岁亲政后，他一方面秘密拜落第举人、江南才子伍次友为师，勤奋学习历朝皇帝的治国经验；另一方面又以贴身侍卫魏东亭为核心，以习功练武为名，精心挑选、训练了十几名年轻力士，以待时机清除身边的最大隐患。小说的字里行间有一种赞许的态度，这也是二月河独将康熙称为"大帝"的重要原因。在这方面，许多批评者喜欢将之与新历史主义小说比较，后者表现的帝王形象显然不同。譬如在苏童的《我的帝王生涯》中，同样是十五岁承袭大燮国帝位的王子端白，首先表现出的就是对帝王权力的拒斥。当黑豹龙冠压在他的头顶，他感到"害羞和窘迫"；当目睹了宫中可怕的权斗现场，他感到"愕然"，不禁追问斗争背后的意义。苏童的创作诉求不难理解，他将帝王的身份赋予少年端白，通过儿童视角来观察荒诞的世界。

一些批评者也认为，处理帝王形象，就无法回避"特别"与"一般"的问题，倘若只将视点聚焦在帝王的身份书写上，就会使该人物丧失指涉普遍的意义。就皇帝形象本身来说，一半是高高在上的统治者身份，一半是与普通人相一致的普通身体。身体是自己的，是与灵魂、精神相对应的物质实体；身份是与外界相联系的，受到社会制约，与社会上的其他各要素处于不断互动之中。[①] 帝王的"身体"如何感受帝王的"身份"负重？"特别"的帝王"身份"如何唤起万千"身体"的共鸣？仍以苏童的小说比较来看，以小说中的帝王——端白为例，苏童对其采用"灵"与"肉"分离的写法。经由端白莫名成为帝王后的个人生存体验，写他历经天灾人祸、灾民暴动，被贬为庶民流落人间，写他饱含血泪的江湖生涯，写他的绝望心态和生存困境，使这个本该不同于芸芸众生的社会身份历经

---

① 参见许德金、王莲香：《身体、身份与叙事——身体叙事学刍议》，《江西社会科学》2008 第 4 期。

与常人一样的生存感受。小说极尽笔力刻画苦苦挣扎求解的生存困境，并将其凝结成为一种具有普遍象征意义的人生体验，这使得小说对人性、对生存方式与存在本质的探寻提供了更多的可能。历史小说与新历史主义小说的创作诉求显然有很大的不同，对历史小说的审视应该在历史的一种"真实"语境中展开，看看小说是否为我们提供了丰富、自洽的艺术世界。在这方面，二月河的历史小说有三个层面是值得重视的：其一，小说将帝王以"人"的形象"立"起来。小说突破传统文学中帝王书写的范式，以独特的艺术勇气和自信直面帝王叙事，从"王"和"人"两个维度建构形象。在这个过程中，小说再现的真实历史情境为帝王形象提供了鲜活的艺术土壤，使得帝王终于以"人"的形象"立"了起来。在我看来，这种艺术难度比新历史主义小说的人物塑造方式要困难得多。因为，后者往往以突出"观念"为主，前者则要复杂得多。其二，帝王形象具有现代意义上的审美特征。二月河笔下的帝王已不是传统意义上的王者形象，他们品味孤独、忍受焦虑与人格分裂，具有了现代意义上的审美内涵。如果抛开帝王的身份，他们在一定程度上是可以对应新历史主义小说中的许多人物，只是作为历史小说，没有更加突显后者的性格特征罢了。其三，帝王形象承载了更多的历史文化信息。显然，二月河努力赋予帝王形象更多的思想内涵，他们身上聚集着历史进程中的梦想、奋争、苦难、成功、失败，还有中国传统文化积淀的道德伦理信息，这大大增加了人物形象的丰富性和复杂性。在中国当代文学转型的时代，二月河小说的帝王人物形象的塑造方式和艺术效果是值得我们长期探讨的。

二、士子形象：一种精神的想象方式

千百年来，中国文学作品中不乏各类士子形象，尤其在历史小说中屡见具有理想化性格的名士。不仅作家乐于塑造"士",读者也好目睹其个性风采,这一类型的人物形象已然独具特质,形成了文人的"崇士情结"。二月河在以三位"清帝"为主人公的小说创作中多次聚焦帝王身边的士子,在宏伟壮阔的历史画卷上细笔勾勒出许多各具魅力的士大夫形象。小说家在故事中选取什么样的人、如何塑造人,反映了作家对人的理解。"落霞三部曲"中的士子形象,体现了一种精神的想象方式,具有绵远深厚的艺术魅力。

讨论小说中具体的士子形象之前,首先有必要明确"士"的概念内涵。"士"在历史上是一个不断发展变化的概念。最初,"士"源于周朝,是贵族阶级中的最底层,其下为"庶人",上为"大夫"。《说文解字》中,"士,事也",也说明那时的"士"是封建秩序下有固定职事的低等级贵族。到春秋战国时期,社会动荡,宗法制和世卿世禄制的解体使西周固化的社会阶层松动,新兴士人开始通过张扬自身人格和进入官场得到政治价值的确认来实现他们的理想。此时的士人已经从原有的封建关系中游离出来,成为所谓"游士"。隋唐兴科举,"学而优则仕",士人有规范化的取仕途径后,士人阶层再次固化,他们的价值实现途径为儒家的入世思想所覆盖。经此流变,一方面,士人与国家政治有了更加密切的关联,另一方面,士子形象因其浸染了传统儒家观念的独特个性被赋予一定文化内涵。需要指出的是,二月河所竭力塑造的士子形象,便寓于这两重意味之间,具有文人和政事参与者的双重身份。于此,为了方便论述,我们亦以"文人"或"知识分子"指称士子形象。

我们先来看二月河小说中的名士群像。由古至今的历史小说中,英明神武的帝王身边总会攒聚不少文人士子,他们如众星拱月般衬托帝王形象。在小说中,士子形象不胜枚举、光彩异常,除去满族王室的胤禩、胤祥等人,还有臣相刘墨林、周培公、纪晓岚、高士奇以及布衣出身的伍次友、邬思道……以下选取伍次友、高士奇、张廷玉三位士子典型略加分析。

其一，伍次友。伍次友尚为一介书生时，路遇恶官刁难卖艺女，毫不犹豫出手相救，显示其侠骨热肠。科举考试中大书《论圈地乱国》，揭露当朝重臣鳌拜种种罪状，表现出孤高耿介的个性。除此以外，伍次友最令人瞩目的当属其帝师身份。在尚不知龙儿的帝王身份时，他坦诚相待、爱护有加，对龙儿倾囊相授，竭力培养。他讲解经、史并予以评介，纵谈天下之事并梳理当下局势，从历史的经验中得出启发康熙的治世之道。在讲到《后汉书》中"跋扈将军"梁冀以毒饼谋害小皇帝时，他说："审度当时时势，以梁冀之恶，四面树敌，已触犯众怒，人心丧失。若能韬晦等待时机，外作大智若愚之相，内蓄敢死勇士，结纳贤臣，扶植清议，时机一到，诛一梁冀，只用几个力士就便可以了。"①康熙闻之暗中明白了对付鳌拜的方式。伍次友又分析了当下形势，指出要警惕鳌拜、吴三桂两人合力作乱，建议"先稳住三藩，不动他们的藩位，诛了鳌拜再说"②。在得知龙儿即是康熙后，他依旧为帝王献计献策，替其制定了精密的削藩策略。伍次友本是不愿合流的孤高之士，但他心中始终怀有"成为清朝擎天柱"的理想，这并非他着意求取功名，而是将"国泰民安"的终极理想置放在自身理想之上，有意无意间进入了权力斗争的中心，但功成名就后随即退隐江湖。伍次友刚正不阿、忧国忧民，显示出中国士子燃烧自己、心怀天下的博大胸怀。

其二，高士奇。与帝师表现出的传统文人胸怀天下、指点江山的"大"气魄不同，虽然高士奇在政治决策上没有起多大作用，但他洒脱放荡的个性、幽默机智的谈吐和深厚驳杂的学问充分展现了中国传统文化的精致一面。高士奇先前是"钱塘的穷举人，自幼聪颖异常，诗词歌赋、琴棋书画、插科打诨都来得两手"③，一出场

---

① 二月河：《康熙大帝·夺宫初政》，长江文艺出版社 2009 年版，第 76 页。

② 二月河：《康熙大帝·夺宫初政》，长江文艺出版社 2009 年版，第 246 页。

③ 二月河：《康熙大帝·玉宇呈祥》，长江文艺出版社 2009 年版，第 18 页。

便凭精湛医术救韩府公子一命并帮其讨回心上人彩绣。进京后在重臣索额图家中大骂燕北四儒之一的汪铭道一举成名。不久经人推荐得见康熙一面，靠着过人的机敏让康熙将他补入博学鸿儒科。他在康熙身边时间不长便成为红人，经常与康熙一起谈论诗文、下棋钓鱼，深受皇帝喜爱。高士奇形象是二月河所青睐的文人形象之一，纵使他有贪贿的毛病，但在二月河眼中便是白玉有微瑕，不足以掩盖其风流倜傥、豪放飘逸的名士风采。

其三，张廷玉。张廷玉是三朝元老，宦海沉浮四十年。他兢兢业业、宵衣旰食，其忠、义、礼都尽显儒家文人之典范人格。弱冠之年入职上书房，成为深得康熙信赖的机枢重臣，但同时，"伴君如伴虎"的恐惧时刻裹挟着他，他谨小慎微、忧谗畏讥，无论朝政还是人事，从皇族阿哥到州县小吏，皆以"持衡"相处，谨守"万言万当，莫如一默"的处世法则。身为宰辅相臣，在政事上，他提出"分步走"的策略，协助雍正以"换将不换兵"的方略篡除了拥兵自重、据守地方的年羹尧，为朝堂安宁做出了巨大贡献。他以"理阴阳""正大光明的摆平政局，赞襄皇帝以法理制平下"为己任，凭借过人的才干和勤谨的态度为康乾盛世的到来奉献自己的力量。小说在表现他的"阳谋"才能之外，也使读者窥见其私心。对于年羹尧，雍正原意并不赶尽杀绝，但张廷玉在协助皇上打击年羹尧势力时已经和他结下梁子，恐留下年羹尧将来是一个祸根。张廷玉担心他日后翻身再行报复，遂竭力促使举棋不定的雍正将年羹尧处死。此外，张廷玉求名不求利，为求谥号、死后名列太庙等问题喋喋不休，使乾隆极不耐烦。

当然，二月河小说中的士子形象还有许多。由于二月河对这类人物别具匠心的处理，才使得士子形象熠熠生辉。古今中外，文学理论中关于人物研究的理论很多，从亚里士多德的"类型"说、贺拉斯的"定型"说，到歌德、巴尔扎克、别林斯基、卢卡契等人的观念，到著名的"典型说"，再到现代主义、后现代主义思潮影响下产生的"写意"的人物塑造方法[1]，等等，可谓丰富繁多。传统小说有别于现代小说最显著的特点就是对"人"的理解，往往以理性化的认知对"人"的神圣性和崇高性进行宣扬与阐释。显然，二月河主要用现实主义的人物塑造方法塑造士大夫形象，通过士子形象的立体化描绘铺陈历史的演变过程。更难能可贵的是，二月河在塑造这些名士形象时努力遵从性格逻辑的自由发展，使人物形象在小说场景中富有强烈的真实感。他在谈及小说人物塑造时曾言，写人物先形成一个"场"，在这个"场"里去描写各种人物性格。这里的"场"即是一种氛围，是使小说人物"立起来"的根基。人物在"场"中的一切活动，都是与这种氛围相适应的，是自身性格发展的结果。性格发展的这种"自洽性"，使人物更具有鲜活的内在生命力。比如，《雍正王朝》中写到雍正继位，邬思道大功告成，欲隐于市。临行前，老十三回忆起他曾说过的一句话："与平常人交，共享乐易，共患难难；与天子交，共患难易，共享乐难。"这句话精准概括了邬思道的生存环境，也是其归隐原因的一种总结。可以看出，二月河对人物生存环境的了解是全面和深入的，这也是其小说成功塑造人物形象的一个重要原因。

再者，对士大夫文化内涵的深入了解也是二月河出色塑造士子形象的重要条件。小说描写士大夫们的日常凡俗生活，避免了创作概念化的倾向，从而以这些人物为基础构建了一个鲜活丰富的艺术世界。士子的个性鲜明，生活方式与常人不同，"一是谈仙、吃药、求贤；二是饮酒；三是怡情山水，投身田园；四是依红偎翠；五是激扬文字；六是琴棋书画。"[2]二月河对这些场景、事宜予以充分描写，叙事场景由庙堂朝廷扩散到勾栏瓦肆，叙事内容由政治事务扩展到日常娱乐生活，并且用大量笔墨描写文人的情感生活。《雍正皇帝》第三十九回，刘墨林、邬思道、方苞三人斗文，刘墨林误将

---

① 参见吴义勤：《文学革命与"小说人物"的沉浮》，《南方文坛》2005年第2期。

② 刘琦：《名士与解脱·引言》，作家出版社1997年版，第1页。

"茶灶"二字写作"茶鬼",方苞对出"酒鳖"二字取笑他,羞得刘墨林"汗颜无地,红着脸一字不能对,恨不得有个地缝儿钻进去"。[①]这些文人意趣的斗文场景在小说中数见不鲜,无一不展现士子们的才华,也将小说人物嬉笑怒骂之神色动作描绘得更加真实可感。除此以外,文人凭借自身才华逗趣的例子也数见不鲜。《康熙大帝·玉宇呈祥》第八回,《轻薄孝廉借故骂座》的场面使读者记忆深刻。高士奇在索额图府中颇受怠慢,头号幕僚汪铭道和其学生陈锡嘉、陈铁嘉更是看他不上。此时高士奇面不改色,巧编故事予以回击:"我们那儿有位苟老先生,教读为生,人最正直,待学生极严。一个功课做得不如他老人家意,铁尺子没头没脸就是个打——童子们气得没法,便在老先生便壶里装了几条泥鳅……半夜里,学生们谁也没睡,躲在隔壁房中听先生动静,听见他摸索着寻便壶,只捂着被子悄悄儿笑……只听'砰'的一声,老先生将便壶扔出窗外,把个瓦便壶摔得稀碎!……第二日,苟先生又换了一只锡夜壶,却不防学生们又在下头钻了指头粗的洞,晚上淅淅沥沥撒得满床的尿……苟先生急了,索性又换了只铁便壶,这才算安生下来……只说隔了一日,学生们问先生,'瓦夜壶与锡夜壶,孰佳?'先生说'锡佳(嘉)。'学生又问,'然则锡夜壶与铁夜壶孰佳?'先生答曰'铁佳(嘉)!'"如此一则简单粗俗的故事将先前轻视自己的汪铭道和陈氏兄弟二人戏弄得哑口无言。读者在阅读过程中不仅领会到其幽默机智,也了解了人物玩世不恭、放荡形骸的超然个性。二月河还注重心理活动的刻画,使这个非同一般的高"奇士"也具有"凡人"的性格色彩。同卷第四回,二月河写他帮扶韩刘氏渡难关,"见这母子俩至性,想起自家自幼失怙,眼眶也觉潮潮的";参与抢亲活动时,遇周孺人"以诚待人",心想"自家处处欺诈,心里一动,不觉有点惭愧"。两处心理描绘似乎有违高士奇个性的"主色调",但却给这个人物平添了感性的特征,表现了其心

① 二月河:《雍正皇帝·雕弓天狼》,长江文艺出版社 2009 年版,第 337 页。

地善良的一面，从而使人物形象更加丰富立体。

除了文人趣味，二月河还在小说中融入了他们的感情线索。以刘墨林为例，《雍正皇帝·雕弓天狼》第十七回《众门生设酒送房师　失意人得趣羁旅店》中，他对妓女苏舜卿一见倾心，便以诗文转交之以求相见，苏舜卿为刘墨林才华打动并以身相许。类似的才子佳人因偶遇结缘的故事还有许多，例如伍次友和苏麻喇姑的悲情故事，高士奇与卖花女芳兰之间的奇遇故事，等等。情感描写不仅暗合古代小说才子佳人的题材，满足名士"红袖添香""相对忘言"的审美需求，也使名士卸下头上的光环，具有平常人的血色，从而使背负着厚重文化意义的名士形象平添了普通人的生命活力。

正因为如此，在阅读过程中我们感到士子并非是"类型化"的人物，而是具有独特个性的典型形象。对于小说中的帝王人物而言，众多士子皆位次要人物之列。中国古典小说中，次要人物往往是漫画式的扁平人物形象，往往"按照一个简单的意念或特性而被创造出来"[1]。挪威作家哈姆逊分析易卜生的"问题文学"时指出："人物形象如果太鲜明，就势必会变成一种性格象征，一种类型。"[2]例如明清小说中的妒妇、三姑六婆等都不同程度地存在类型化倾向。如此之类的小人物往往都不被命名，仅以王婆、薛姑子之类称之。尽管此种类型化的次要人物能以突出的性格特征推进小说情节发展，但就人物本身来说，往往缺乏丰富动人的艺术感染力。二月河的人物塑造突破了这一局限，士子形象虽然作为次要人物存在，但本身并未因主要人物的光芒而遮蔽了自身特性。二月河或取择历史人物加以生发渲染，或以虚构的方式对人物精心塑造，从而使笔下的名士不仅具有文人风骨的共性，同时也具有鲜明的个性特征。上文列举的几个士子形象具有相似的社会身份，但很明显的

---

① ［英］爱·摩·福斯特：《小说面面观》，冯涛译，花城出版社1984年版，第59页。

② 高中甫选编《易卜生评论集》，章国锋译，外国文学与研究出版社1982年版，第45页。

是，他们的个性特征迥然不同。

此外，二月河也从肖像、语言、神态等方面对人物进行多方位描写，调动多种修辞手段，呈现人物的丰富性和复杂性。譬如，《雍正皇帝》开篇，邬思道瘦西湖遭遇车铭，车铭见邬思道落魄模样便想提当年之事刁难他，邬思道直言车铭的酒"乃是盗跖之粟酿成，取贪泉之水，王孙公子烧灶，红巾翠袖洗器"，且"国丧期间携妓高歌画楼，已经触犯大清律"，不卑不亢，直击车铭要害。邬思道冷静淡然，高瞻远瞩，遇事每每成竹于胸，显示出沉稳大气的知识分子面貌。同为文人的刘墨林、高士奇则不同，他们风趣幽默、乐于调侃，时常逗得众人捧腹大笑。总体来说，二月河小说的名士形象塑造遵循现实主义的人物塑造方式，同时凭借过人的史识与独到的感悟，形成了自己独具特色的个性化特征。

从名士形象经久不衰的历程来看，其背后积淀着丰富的文化心理因素。单从接受角度来看，名士之潇洒飘逸满足了读者理想化人格建构的心理期待，具有一定自我满足的娱情功能。小说中贫穷的读书小子往往"朝为田舍郎，暮登天子堂"，连叫花子出身的李卫也能得皇帝赏识当上总督。人们在士子们青云直上的情节中满足了自己对现实生活的欲望想象，构建出一个一展才华的自我实现空间。正如同创世神话与人类无法抵御的种种自然灾害有关，处于人类发展婴儿期的远古先民无法对这些灾难进行科学认知，出于本能的恐惧心理，他们创造出一个个能够抗衡自然之力、救人类于水火的神的形象，将生的希望寄托在这些超能的神身上。荣格指出："人类文化开创以来，智者、救星和救世主的原型意象就埋藏和蛰伏在人们的无意识中……每当人们误入歧途，他们总感到需要一个向导、导师甚至医生。"①二月河笔下的文人名士，并非仅仅作用于推动情节进展，从整个人类的深层心理而言，"崇士情结"正是一

---

① ［瑞士］荣格：《心理学与文学》，冯川、苏克译，人民邮电出版社2003年版，第122页。

种祈求神力解救的"集体无意识",在一定程度上表现了现代人追求精神自由和理想生存状况的心灵世界。

不仅如此,二月河的士子书写也是对中国传统文化的集中表达和深刻反思。"二月河的小说继承传统文艺、传统小说'名士'的美学思想,并在新时期以新形态将其充分表现出来,我们从中得到的不仅是对古代小说美学的认识,应该还有文化精神的更多启迪。"① 古代知识分子在千年的传统文化熏陶中成长起来,是中国传统文化精神最集中的体现。二月河以知识分子为描写对象,饱含了对传统文化精髓的深切呼唤。二月河在小说创作过程中将传统文化提纯、提精,一并注入知识分子体内,使这些饱受儒学教养的知识分子彰显出极大的人格魅力。比如以帝师身份出现的伍次友、邬思道、方苞三人,一边顶着统治者对汉族知识分子的打压,一边又不放弃辅佐君王以为天下的目标。在辅佐的对象先后登基、称帝、建立伟大功业之后,他们又心甘情愿从权势中脱身而出,或浪迹江湖、遁入空门,或隐姓埋名、归隐山林,或抱病辞官、拒绝从政……知识分子们不入俗流、不慕权贵,坚守自由品格与独立之精神,心系苍生,感时伤世,这正是二月河心中的理想化人格。另外,还有刘墨林、高士奇等尚未深入到权斗中心的知识分子,二月河对其描写侧重表现文人潇洒飘逸的个性魅力。通过对这些士子生活的全息展现,突显了士子"文死谏,武死战"的高尚情操,张扬了他们风流恣肆的个性品格。

在士子形象塑造的过程中,二月河以现代意识重审历史,深刻体悟那群身处特殊年代、拥有特殊身份的士子的精神世界,关注浩瀚历史中的个体生存状况。在满人为统治阶级的清朝,汉族知识分子的处境十分尴尬。一方面,他们自小便对修齐治平的入世观念有毫无置疑的认同,经年寒窗苦读,只为一朝为仕得有报国之用。二

---

① 田小枫:《千古文人名士梦——论二月河小说的名士情怀》,《郑州大学学报》(哲学社会科学版)2003年第4期。

月河笔下士子无论对名利爱好与否，几乎都有积极入世的心态。张廷玉最懂明哲保身，一辈子也坚持在官场的位置；高士奇看似放浪形骸，但依旧严肃地思考着如何考取功名的问题；严肃持重的伍次友毫不在意名利，却也理想成为大清的顶梁柱，为国泰民安的理想殚精竭虑；超脱的邬思道曾纠集百余落榜举人大闹科场，不得已蛰居清虚道观，得知太后驾崩又重新出山，成为四阿哥背后指点江山的谋士。积极入世、忠于帝王、效忠国家是这些士子的人生价值理念，成为深埋在头脑中的思想根基，引导着他们采取读书取仕的行动，进而对帝王表现出无条件的服从。另一方面，满族统治者有任用汉臣的社会需要，"当时的统治阶级非常清楚，拉拢住了这些汉族知识分子，也就在思想意识形态方面控制了这些汉族的精英，这也基本符合他们'以汉治汉'的统治思路，这在一定条件下也能起到武力镇压所起不到的作用"[1]。但同时，统治者对这些异族精英也保持着十足的警惕。小说中乾隆认为："汉人聪明博学处事练达阅历深广，文明典型历代昌盛，这是其长。若论阴柔怀险，机械倾轧尔虞我诈，谁也难比他们。所以又要防他们又要用他们。真是如履薄冰如临深渊，生怕一不小心就落入圈套陷阱里头。"[2]在这样的环境中，即使这些知识分子想要忠心辅佐君王、展报国之志，也不得已在满人皇帝脚下战战兢兢。这些汉族知识分子游走在被重用与不被信任的中间地带，处于精神的两难之境，无疑苦痛异常。正如同小说中的邬思道、伍次友等人，想在这个异族的统治世界中得以生存，唯有功成身退，离开权斗中心，去过一种退隐山林、修身养性的生活。

归根结底，士子与帝王的和谐关系建立在帝王对儒家文化的政治认同之上，这终究是一种皇帝与臣子之间的不平等的主奴关系，

① 张书恒：《倾斜的道德与思想天平——论二月河"帝王系列"的思想文化内涵》，《南京师范大学文学院学报》2003年第4期。

② 二月河：《乾隆皇帝·云暗凤阙》，长江文艺出版社2009年版，第378页。

哪怕是小说中康熙与帝师伍次友的关系也是如此,帝师相亲也是帝王实施的一种策略。二月河从这些汉族知识分子的人生经验出发,深入到他们的精神世界,赋予了小说生存关怀的艺术品格。

总之,在"崇士情结"的影响下,二月河以丰厚的历史学养和深刻的生活体悟塑造了一批熠熠生辉的士子形象。从人物塑造方式上看,二月河秉持现实主义小说的方法,将人物置放于具体的历史环境之中,遵循人物性格发展的逻辑,使笔下的士子形象鲜明丰满。从小说中士子形象的深刻内蕴来看,他们联结了历史的具体情境与当下的现实生活,让读者产生了强烈的共鸣。在这个意义上,二月河的历史叙事所呈现出的艺术品格也值得我们深入地分析和研究。

三、"小人物":个体生命的表达方式

我们可以看出,同样以清代帝王为题材的历史小说创作中,高阳关注乾隆的身世之谜,凌力以顺治的事业与感情为双重关注点,二月河却从正史入手展开叙述:《康熙大帝》《雍正皇帝》《乾隆皇帝》皆以帝王命名,以三位帝王的成长过程为主要发展脉络。此外,小说通过串联重大历史事件并辅以大量"小人物"描写,构成旁枝侧逸的艺术效果,形成丰富的小说人物系列。除了帝王、士子形象之外,"小人物"形象也有极大的阐释空间。我们前文在文学观念影响的视阈中曾经对小人物的问题有所涉及,这里重点对小人物的形象塑造方式及其在叙事中呈现的艺术效果进行讨论。

首先对二月河小说中的小人物进行一个大致的类分。我们这里说的"小人物"指的是哪些人物呢?在小说主要冲突来源——权斗的漩涡中,裹挟着以帝王为中心的一系列具有皇族血统或拥有政治身份的人物,我们不妨把这些身处权斗中心、具有某种社会地位的人称之"大人物"。与此相对应的,小说中那些出身卑微的市井

人物，则称之"小人物"。需要明确的是，小说中有诸如李卫（狗儿）、高士奇之类出身卑微但后因机缘巧合取仕升官成为"大人物"的角色，我们在此着重关注的是他们的"小人物"时期或是他们成为"大人物"后的"小人物"特质。二月河笔下的人物是丰富而复杂的，"小人物"也并不是一种简单的人物类型，而是由多种形象构成的人物系列。

其一，侠客。二月河的创作集中国传统武侠小说与公案小说特色于一炉，塑造出一批身怀绝技、游走于江湖的侠客，正是这些人的传奇经历给小说带来别样的趣味。这类人物的代表有史龙彪、胡宫山、贾士芳等。史龙彪江湖人称"铁罗汉"，能徒手劈砖，武艺超群。他与义女鉴梅进京本为寻魏东亭匡复明朝之大业，后为康熙、魏东亭等人的勤政爱民之心所感动，决心放弃复仇。在池心岛之围时，他为保护伍次友等人被乱箭所杀。胡宫山本是游方道士，虽长着黄蜡脸、三角眼、倒八字扫帚眉，面容丑陋猥琐，但功夫十分了得。他凭内功替康熙治病，因此得以潜伏在康熙身边。本也想反清复明，但自面见康熙后，暗叹康熙强于吴三桂，渐退复明之心。在山沽店之困时，他拜托熊赐履营救魏东亭，又只身入鳌拜府，片语释兵戎，救出明珠，避免了一场血腥杀戮。待纷争归于平静后，胡宫山弃官隐于市。道士贾士芳原是江西龙虎山娄真人之弟子，出山后因精通解字、擅长幻术逐渐为人所知。无论来者何人，他都能准确道出对方的身世经历、当下境遇和未来走向，更能信手翻云覆雨。他先后医治了李卫的喘病、怡亲王的痨病，又使雍正的身体大为好转。除此之外，还有精通幻术的张德明、忠心不二的性音和尚、行侠仗义的李云娘、为情殉命的娟娟等一系列江湖侠客，形成了千人千面、互不雷同的人物形象系列。

其二，歌妓。相较其他类型的人物而言，二月河对女性形象着墨不多。但在为数不多的描绘中，歌妓形象显得尤为突出。小说中，才子多遇佳人，胤祥与阿兰、乔姐，刘墨林与苏舜卿，伍次友与翠姑……其中阿兰、乔姐、苏舜卿、翠姑等人都曾为青楼女子。翠姑原是官宦人家之女，但父亲为人所杀，为了替父亲报仇雪恨，和道士出身的胡宫山结义。为躲避胡宫山的追求，她只身一人入京闯荡，堕入青楼。原想借此地结识达官显贵，达成索命洪承畴的目的，但追求她的胡宫山和她倾心的伍次友都动摇了其"复明"的决心。阿兰与十三爷胤祥初识于江夏镇，江夏是任伯安的地盘，任伯安是九爷的人，九爷又属八爷党。依照胤禩的意思，把阿兰和同为歌妓的乔姐送给胤祥做侍妾，一来胤祥对阿兰有意，二来二人也是他布置在胤祥身边的眼线。到胤祥府上后，二人逐渐为他的真挚情谊打动，纷纷脱离了八爷的掌控。事情败露后，胤祥本欲动手了结二人性命，但此时阿兰和乔姐都已饮鸩自尽明志。苏舜卿是京师头号歌妓，精通琴棋书画，只卖艺不卖身，王孙公子趋之若鹜。进京赶考的士人刘墨林对其倾心，转交诗文以求相见，苏舜卿为刘墨林才华打动，以身相许。刘墨林中了探花后奉命进京，徐骏趁机设局奸污苏舜卿，苏舜卿不堪其辱，服毒自尽。除了宫廷之外，酒楼是小说人物活动的重要场所。酒楼中的歌妓们都是身世不幸的苦命人，但这些不幸女子多德才兼备、心存执念，她们认同真挚的情感，倾心才华横溢的士子，在身不由己的命运里努力追寻自己的理想生活。

其三，奴仆。在操控国家大事的达官显贵身边，跟随着一批奴仆，他们受主人支配，是重大事件的见证者，也是大人物们各项事务的执行者。从这个意义上说，苏麻喇姑也属于奴仆之列。宫女有墨菊、红秀等，太监有小毛子、张万强、黄四村、李德全等，还有大臣家的侍女、长随，等等。苏麻喇姑是康熙的贴身侍从女官，她聪颖机智，成熟稳重，在少年康熙的成长道路上发挥着近乎老师的作用，深受孝庄太后的喜爱和康熙的器重。她与身为帝师的伍次友两情相悦，但明珠从中作梗，致使二人姻缘不成。苏麻喇姑又不愿接受政治联姻，最终选择皈依佛门。小毛子出身贫苦，父亲去世得早，寡母带着他和哥哥苦熬十二年。为了维持生活、孝敬母亲，小毛子偷偷净了身，以每月两吊半例钱养活家里，也偶尔偷些宫里东西变卖。有次偷东西被人拿住，苏麻喇姑替他解围，小毛子趁机认她做姨，得去御前侍候的机会。小毛子机智灵敏、忠心耿耿，在康熙对峙杨起隆的事件中发挥了巨大作用并因此丧命。除此以外，还有单纯勇敢、舍命保护皇后安危的墨菊，给杨起隆当眼线的奸细黄四村，欺软怕硬的李德全，等等。这些奴仆受制于封建等级制度，缺少行动的自主权，是被剥夺了话语权的群体。他们无论是从一而终效忠于主人悲惨而死，还是趋利避害最后被人所杀，都各自呈现出不同的人生况味。"小人物"形成了丰富的人物群像，平民、侠客、歌妓、奴仆，都呈现出不同的生存状态，成为小说世界不可或缺的重要元素。

接下来，我们讨论这些"小人物"的塑造方式。我们前面说过，在深受西方创作观念影响的背景中，二月河的创作仍主要秉承中国传统文学经验。当然，我们现在已不能简单地将借鉴西方文学经验的作品称作文学"先锋"，将承袭传统的文学经验视为墨守成规。"小人物"虽多居次要人物之列，但小说也给予了充分笔墨，从其塑造手法上便可见二月河对这些"小人物"的叙写也是下足了力气的。这里还要提到《红楼梦》对二月河小说形象塑造的影响。就"小人物"的塑造方式而言，以下几点是值得关注的：一是"写真实"的方式。在古典小说中，小人物往往具有漫画式的脸谱，按照某一简单特征被塑造出来，并在故事的推进中被不断夸张、强化。比如，许多明清小说中三姑六婆等形象就不同程度地存在脸谱化倾向。二月河笔下的小人物多为虚构，小说力求塑造其真实个性。小说里的市井人物如师爷、幕僚、丫头、仆人、小厮、侍卫，还有戏子、歌女、和尚、尼姑，等等，他们在各自的生活场域中活动，自然地交织成清朝社会的底层画面。二是"千人千面"的方式。正是基于创作人物的"真实性"需要，小说中的每一个人物形象多具有独立人格，歌妓、侠客、奴仆等相同身份的人物也表现出不同的样貌。宫中太监里，小毛子聪明机智，对康熙忠心耿耿，康熙对其恩宠有加，受伤时亲自持药探望。在对抗杨起隆的过程中，他被委以重任，后来为保护康熙而死，康熙十分伤怀。太监黄四村却被杨起隆收买，成为康熙身边的内应，意图下药谋害康熙。小毛子、黄四村都是康熙身边的太监，这种相同又相异的人生路径显然呈现出不同的人物形象。三是"多面"的性格塑造方式。二月河小说不仅对于康熙、雍正、乾隆这样的主要人物塑造出多面性的性格特征，对于"小人物"也是采取了"多面"的性格塑造方式。比如太监小毛子，从康熙的角度来说，他年纪小、熟人多，机智聪明又见多识广，是自己办事的得力助手。同时，小毛子也具有"多面"的特征。在小毛子还是一个普通小太监时，每月靠两吊半例银生活，也时常做些小偷小摸的事，盗了宫里物件卖出去，显示出性格狡黠的一面。再比如，太监李德全在宫里低眉顺眼，但出了宫却嚣张跋扈。这些小人物的性格通过为数不多的出场——展现出来，从而呈现出多面复杂的人物性格特征。

再从叙事功能来看。首先，"小人物"有效烘托了"大人物"的形象，正如二月河自己所说："只要提笔，我首先想到的是他的品质，他们的这些品质如何烘托出康熙的大。因为这是一批活动在康熙周围的人，是鲜活的，死板的，对此书命运至关重要，是高尚的，卑琐的，则直接影响到核心主人公康熙形象的树立。"[1]《康熙大帝》中，史龙彪携义女鉴梅进京投奔魏东亭原为"复明"事业，但在与魏东亭的相处之中，内心开始产生动摇，与魏东亭的一番谈话彻底消除了他对当政者的疑虑，不仅放弃了"复明"的心思，还决心拥护康熙。小说细述了魏东亭与史龙彪的谈话，史龙彪质疑康熙不顾民生疾苦，魏东亭回答："去年我随皇上到木兰围猎，一路

---

① 二月河：《与鲁枢元先生的通信》，见《二月河作品自选集》，河南文艺出版社1999年版，第240页。

上收了几十具饿殍尸体，皇上难过得掉泪，命人收葬，说：'这都是朕失政所致……'""我们还看见一父一女，那孩子饿得面色青白，头上插着草标，见我们走近，以为是买主，又惊又怕，浑身抖着扑到老人怀里，嘶哑着声儿哭'爹呀，别卖我，我会织草席、会烧饭，我讨饭、当童养媳……都……行……你呀……你不心疼我啦！'一边哭一边抓打老人……皇上当即拿了二十两银子赏了他们，眼睛都不敢看他们……这能说皇上不恤民，心地不仁么？"史龙彪又质疑当朝宰相鳌拜圈地作乱康熙坐视不管，魏东亭又道："这便是今夜皇上召我的真旨。皇上说归说，臣子仍照老样子做，天下哪能太平？"经魏东亭一番表白，史龙彪不禁感叹："永历比起康熙，连条蚯蚓也不如！"从这番对话可见，魏东亭对清朝朝廷的忠心源于少年康熙的仁义爱民之心和治国之决心，行侠仗义、满腔热血的史龙彪改变了自己的初衷。再比如，乔引娣早先心属胤禵，被召进宫后对雍正心存敌意。但雍正非但未加强迫，还对她嘘寒问暖。她逐渐发现眼前这个皇帝和自己想象中全然不同，他不贪色、不好享乐，处事冷峻严肃，对子民却又万般怜爱。诸如此类"小人物"的思想转变都侧面烘托出帝王政治上的超人能力与品质上的个人魅力。除此以外还有苏麻喇姑、邬思道、伍次友等人对帝王的正面赞扬，这些"小人物"的言行皆为"大人物"的形象增添了不少亮色。其次，"小人物"有效延展了小说情节的发展。人物在情节的发展中起到至关重要的作用，不同性格人物的言行所起到的作用必定也是不同的。二月河往往通过许多小人物的参与，将史籍中只有寥寥几笔或没有记载过的事件虚构铺排成精彩纷呈的场面。比如在擒鳌拜的事件中，先有帝师伍次友给康熙剖析当下局势，点明除掉鳌拜的重要性，铺排了擒鳌拜的具体计划。后有擒鳌拜过程中一众武臣、侍卫的出场才最终将鳌拜拿下："拿下"，"只这一声，太、中、保和三殿突然涌出数百人来，一支荷枪执弓、旗甲鲜明的队伍，奔下了台阶——却不立即进击，而是沉着坚定地向惊呆了的班布尔善一干人开过来。"这些"小人物"的出场使得场面气势更加宏大、气氛更加紧张，将这一对抗场面渲染得扣人心弦。杨起隆冒充明室后裔，打着"反清复明"的旗号，成立"钟三郎"教会意图谋反清廷。康熙为了彻查此事，选定最为机灵的太监小毛子探入教会内部，窃取情报。小毛子很快领会了康熙的意思，获取了黄四村、阿三的信任顺利加入教会，又凭借自身本领获得杨起隆的信赖，随后便不时向康熙提供教会的消息。在杨起隆想要攻打皇宫时，小毛子将杨起隆的谋划仔细向康熙说明，让康熙有充分的时间派兵应对。同时，"小人物"也能给故事情节带来出人意料的转折。比如，邬思道因反对科场舞弊，大闹考场，成了"钦案要犯"，几经辗转至姑父金玉泽家中投靠，没料姑父不仅不提当年凤姑与邬思道定下的亲事，还联合党逢恩要除掉他。就在邬思道性命岌岌可危之时，凤姑后娘兰草儿半夜告知其危险处境，安排邬思道逃脱。兰草儿的举动救了邬思道一命，也成就了他日后替胤禛指点江山的功绩。再次，小说对"小人物"的叙写也起到了调节叙事节奏的作用。一方面，小人物的行动给情节制造紧张感。《康熙大帝·夺宫初政》的康熙智擒鳌拜一节，故事张弛有度，一波三折。康熙早已布置详密的计划，只等鳌拜等人上钩，此时的班布尔善还"大咧咧地坐在御榻上"与济世道谈笑风生，气氛十分轻松。但随后，一众侍卫的出现让紧张感骤升，如同平地一声雷，不仅惊到了班布尔善、济世道二人，还敲响了对战的鼓点，迅速将鳌拜与众侍卫的正面打斗场景推向前台。另一方面，由"小人物"构成的世情生活掺杂在激烈沉重的权斗情节中，缓中有急，急中带缓，使行文颇具节奏感。比如，《雍正皇帝·九王夺嫡》在太子党、八爷党纠缠不清、相互攻讦的主要故事脉络中，不乏对狗儿、坎儿等"小人物"的描写。这三个孩童是胤禛奉命征粮途中在大市口遇到的孤儿，他们的活泼和聪颖让雍正感受到了久违的温暖，这样的场景描写在紧锣密鼓的征粮情节中有效调整了叙事的节奏。

从艺术效果来看，小说中的"小人物"形象也为读者提供了独特的艺术审美体验。一是在很大程度上满足了读者的阅读期待。相比高阳知识分子视角的写作，二月河更注重广大读者的审美体验，如他自己所说："作家和评论家的关系是木头和木耳的关系。在读者和专家中，我尽可能兼顾两者。""如果非要认真地开罪一方，他宁可对专家不起。"[1]在"倾向"读者的观念影响下，二月河在小说创作中融入了许多具有娱情作用的人物、情节，尤其是"小人物"的书写。如果说读者对帝王生活存在一种"窥视欲"的话，那么对"小人物"也有一种心理期待。小说中史龙彪徒手碎石砖；贾士芳发功为雍正治病，宫内与妖僧斗法；"一枝花"年过四十，却依旧保持着十八岁的容颜，美貌令人艳羡。胡宫山在去鳌拜府谈判时，为一展武功，将吃完的骨头顺势向地上一扔，"竟牢牢嵌进青砖地的四角缝间，挤得四块砖稍稍离位"[2]；伍次友得病后，他又发气功为其医治，"双手五指并成爪形，在伍次友脚心发动，沿着身体向上愈来愈低，直至胸口双手按下，移时才拿下来。伍次友脸上逐渐泛起血色"[3]。老道士张明德最会看相，在八阿哥府给众阿哥、官员看相，道出九阿哥、十阿哥、阿灵阿、鄂伦岱的身世命格，看出九阿哥府上曾有杀婢之事，后又识出藏在众人中的八阿哥，猜出他将要封王一事。面对八阿哥愤怒中抽出的宝刀，他毫不闪躲，隔空断了八阿哥袖中木扇，又随意拾起将其复原。无疑，这些情节的描写对一般读者是具有吸引力的。小说中还有不少市井小民，他们聪明伶俐，讨人喜爱，总能得到"大人物"赏识，这也在一定程度上满足了读者对现实生活的某种幻想。李卫原名狗儿，是胤禛在办差途中遇到的小乞丐。胤禛将他收在府中办差，狗儿虽好捣蛋调皮，但

---

① 阿琪：《二月河：回报读者的是玉壶冰心》，见冯兴阁等主编《聚焦"皇帝作家"二月河》，广东人民出版社 2003 年版，第 100 页。

② 二月河：《康熙大帝·夺宫初政》，长江文艺出版社 2009 年版，第 223 页。

③ 二月河：《康熙大帝·惊风密雨》，长江文艺出版社 2009 年版，第 160 页。

聪颖异常，惹人喜欢。雍正登基后，狗儿改名李卫，从巡抚一步步做到两江总督，在任上清查亏空，改革盐政赋税制度，推行火耗归公，为国家增加财政收入；整肃地方吏治，缉拿剿匪，为维护地方稳定做出了巨大贡献。田文镜本是捐生出身，与胤禛有一面之缘，胤禛赏识他踏实耿直的性格，任用他为河南巡抚。在任期间他推行官绅一体纳粮，摊丁入亩，减轻农民负担。刘墨林、高士奇等才华横溢的文人，或通过科举取仕，或凭借过人才华为大人物所知，得到重用。这些日常中难得的人生奇遇在小说中俯拾即是，是大众读者喜闻乐见的情节。二是丰富了小说中"民间"的审美世界。在小说中，二月河表现出对"民间文化"的审美旨趣，小说塑造的"小人物"大多呈现出"民间"世界的情趣。比如，乔姐得知胤祥向胤禩讨要阿兰，胤禩要连带自己也送出去，心下不快。她唱的《挽小小墓》被阿哥们嫌丧气："吃酒赏雪，大欢喜的日子，你们就敢坏爷的雅兴——任伯安调教得你们如此不识趣——山野！"却听乔姐回嘴"不但奴婢山野，环滁皆山也"。[1] 可见乔姐并不因阿哥们身居高位就唯唯诺诺、毕恭毕敬，她深知自己为人摆弄的命运，无奈中也不完全放弃反抗。刚进宫的乔引娣亦是如此，雍正横刀夺爱让她心生恨意，面对眼下想要亲近她的皇上，她心里念的依旧是十四爷的安危，坚持不梳妆、不换下十四爷给她的衣服，见了皇上更是毫无惧色，直言："皇上要作七步诗，欲加之罪何患无辞！说这些没根没梢的话，听着叫人恶心！"[2] 直到后来慢慢被雍正的人格魅力所折服，终放下原有的戒备。此外，还有不愿顺从政治婚姻，剃度出家的苏麻喇姑，和乔姐一道服毒以证清白的阿兰，为纯洁爱情自杀的苏舜卿，等等，都有一种来自"民间"的个性特征。

多数"小人物"因其豪放洒脱、无所拘束的个性与"大人物"们形成鲜明对比。"大人物"们位高权重，无法不受社会规约束缚，

---

① 二月河：《雍正皇帝·九王夺嫡》，长江文艺出版社 2009 年版，第 228 页。

② 二月河：《雍正皇帝·恨水东逝》，长江文艺出版社 2009 年版，第 32 页。

无法逃离环境对身心的双重规范，时刻需要履行与其身份相应的职责。而那些来自市井的"小人物"们，却呈现出朴素的自然人性，大胆坦直、率性自然。狗儿初遇胤禛便是在人市口乞讨行骗："一领草席直挺挺裹着一具尸体，两只脚露在外头。旁边一个十三四岁的孩子，蓬头垢面伏在席上，撕心裂肺地大哭……"[1]正当周围人都纷纷掏钱安慰这个孩子时，一个老汉的烟灰没燃尽，火星儿落在那"尸体"的脚上，"尸体"被烫得居然活了过来。原来是狗儿躺下装死人，配合坎儿做戏乞讨。不仅是狗儿、坎儿、翠儿这些流浪街头的孩子，史龙彪、"一枝花"、胡宫山等侠客也是个性豪放飘逸，给读者带来一种"民间"的独特审美体验。可以看出，小说中成功的人物塑造方式使"小人物"的形象极富个性魅力，极大地丰富了"落霞三部曲"的艺术世界。

应该说，在小说中塑造鲜明、独特的人物形象是二月河创作的基本诉求之一。更重要的是，在阅读中我们发现，人物的性格与命运能够体现历史变迁的喧嚣与复杂，能够呈现时代精神的不安与困惑，能够显示出历史时空中人类精神变化中的某些征候。这样，无论是帝王、士子还是"小人物"形象就拥有了充分的思想容量与艺术水平，为整部小说提供了相应的美学内涵。对创作对象的处理方式鲜明显示出二月河的文学审美取向。如何处理作品与创作对象之间的关系，即作品和世界的关系，一直是文学理论中极其重要的问题。在小说创作实践中，这个问题实际上变得更加复杂，因为小说家如何处理作品、作者和世界的关系将直接决定小说的风貌和品格，也直接体现小说家的艺术审美意识。对于二月河而言，他处理的核心是关于"历史"的问题。二月河对历史世界生动丰富的书写当然不是对历史的简单再现，而是通过所呈现的历史世界来实现通向文学世界的目的，到达文学的自由审美世界。而这一切，是通过其叙事方式来体现的。

---

[1]　二月河：《雍正皇帝·九王夺嫡》，长江文艺出版社 2009 年版，第 13 页。

第五章　文学传统的承继：本土化叙事

　　非常明显，二月河的历史小说受到中国传统文学的影响很大。当然，这种印象的参照主要就新时期文学与西方文学的关系而言。如果从更广泛的意义上来说，毋庸置疑，汉语写作的作家不可能不受到中国传统文学的熏染，但就具体的作家创作而言，把对传统文学经验的承继作为重要的创作诉求，重视传统文学的思想经验和艺术经验，当然就另当别论了。从当代文学尤其是新时期文学的发展历程来看，文学前行无疑受到西方文学思潮的冲击，在这个过程中也没有哪一个作家能够轻言拒斥中国文学经验，相反，我们听到的倒是许多重视中国文学经验的呼声，譬如，如何重视《红楼梦》《金瓶梅》等经典小说的文学经验，等等。即使是1990年代以来的新生代作家，也表现出对中国传统文学经验的兴趣。比如，毕飞宇就曾说："还有一点我也要补充一下，我在那个时候已经把《红楼梦》读出意思来了，我承认过，我读大学的时候没有读过《红楼梦》，不是我懒，是真的读不进去，一个二十出头的毛头小伙子，读不进去是正常的，读几页就放下了。《红楼梦》对我最大的帮助就是处理日常，也就是及物，但是，《红楼梦》最迷人的地方恰恰又不在这里，它的语言是可以从及物当中脱离开来的。我反复告诉徐则臣，小兄弟，你一定要好好研究《红楼梦》。我很幸运，你想想，三十多岁，他的阅读能力哪里是一个大学生可以比的，我一头就进去了。读完了《红楼梦》，我得到了最好的写作指导。"[1]尽管如此，中国当代作家对于诸如《红楼梦》等传统经典小说的文学经验的承继依然有很大的空间，如何对其进行发掘和发展、生成新的中国经验，则更是一个值得探讨的话题。从这个意义上说，二月河历史小说的本土化叙事是值得重视和反思的。

一、当代文学的"本土化"问题

对于本土及本土化问题的关注，实际上是在全球化的视阈中展开的。伴随经济全球化的空前发展和文化现代性的迅猛扩张，在西方经济文化的冲击下，以增强民族自尊和建构民族形象的本土化探索也在不同的维度中逐渐前行。这里，我们首先从国家形象的视阈进行一些相应的观察。随着中国经济、文化的日益发展和综合国力的增强，有关国家形象的话题越来越多地被人们谈起，对国家形象的探讨也随之进入到艺术批评领域。在这种背景下，许多文学事件譬如莫言获得诺奖便被大众媒体更多赋予了国家形象的一种代表符号，从社会学、传播学的角度对莫言获奖进行关注和探讨，这对于国家形象的多元建构当然是有意义的。但是，我们也应该意识到文学艺术之于国家形象建构的特殊性，"政治和传媒中的国家形象塑造，基本上对应于具体的境遇，有针对性地做一种塑造之功，达到一种具体的目的；而艺术形象则是一种相当稳定的，甚至带有永恒性的创造。一个再伟大的政治行为和媒体行为，都会很快成为过眼云烟，而伟大的艺术形象一旦产生，就永垂不朽。"[2]在莫言获奖这件事上，我们不能仅仅从获奖的社会效应上给莫言标注一个"形

---

① 毕飞宇、张莉：《牙齿是检验真理的第二标准》，人民文学出版社 2015 年版，第 173 页。

② 张法：《国家形象概论》，《文艺争鸣》2008 年第 7 期。

象"的符号，而是应该更多地注意莫言小说与国家形象之间的关联性，换句话说，应该从小说艺术的视角观照莫言作品本身到底承载了国家形象建构的哪些艺术信息。对这个问题的讨论，无论是对于当下文学艺术对国家形象的建构探讨，还是对于中国当代文学多元化的文化反思来说都是值得重视的。作为叙事艺术，小说承载的哪些艺术信息最终可以积淀下来，并从创作的角度形成一种中国的艺术经验，应该更多地留待历史去检验。在这种情况下，有关文学本土和本土化话题的讨论就显得很有必要了。

按照《现代汉语词典》解释，本土一是指乡土，即原来的生长地；二是指一个国家固有的领土；三是指殖民国家本国的领土（对所掠夺的殖民地而言）。在这里，我们也很容易理解"本土"的概念是历史发展的阶段性产物，它的内涵也在不断变化和发展。显然，"本土"已经不仅仅是一个地域的概念，而是带有意识形态性，更多地指向民族的文化和精神积淀方面。之所以说本土化的问题与全球化密不可分，因为正是在全球化的文化态势下本土的特征才被遮蔽起来，"不仅仅只是西方制度向全世界的蔓延，在这种蔓延过程中，其他的文化遭到了毁灭性的破坏；全球化是一个发展不平衡的过程，它既在碎化也在整合，它引入了世界互相依赖的新形式，在这些新形式中，'他人'又一次不存在了"①。在这里，不能不提到后殖民批评。作为文学的后殖民批评，强调文学的意识形态研究，注重文学的差异性，彰显"非西方"民族的文学经验对抗西方为中心的霸权。无论是萨义德还是斯皮瓦克、霍米·巴巴等后殖民批评理论家都在寻找对抗西方霸权的文化策略，分析原生的、本土的文学传统被边缘化的缘由，为我们提供了关于本土及本土化思考的更为广阔的理论空间，譬如萨义德在《东方学》一书中指出："东方学不是欧洲对东方的纯粹虚构或奇想，而是一套被人为创造

①　［英］安东尼·吉登斯：《现代性的后果》，田禾译，译林出版社 2000 年版，第152 页。

出来的理论和实践体系，蕴含着几个世代沉积下来的物质层面的内容。这物质层面的积淀作为与东方有关的知识体系的东方学成为一种得到普遍接受的过滤框架，东方即通过此框架进入西方的意识之中，正如同样的物质积淀使源自东方学的观念不断地扩散到一般的文化之中并且不断从中生成新的观念一样。"①

不难理解，本土化是一个动态的过程，中国文学的本土化主要表现为中国文学传统的承继和复兴，正如有学者指出："随着全球化进程的发展，在国际文化交往中，西方对非西方的支配和压抑变得来越明显，从西方文学经典在非西方国家的传播，到西方发达国家（尤其是美国的）大众文化对非西方国家的广泛渗透和侵蚀，捍卫本民族文化和文学的任务已经迫在眉睫。就中国的情况来看，近代以来西方列强坚船利炮打进中国，经历了漫长的半殖民苦难历程，也出现了许多文学困境和问题。特别是今天，作为一个具有悠久文化传统的文明古国，在当今全球化的文化格局中，如何积极应对西方外来文化并弘扬自己的民族文化，乃是一个挑战性的课题。"②伴随着西方文学的冲击，关于中国文学本土化问题的讨论一直以或强或弱的声音在进行，譬如，三十年代的文艺大众化运动，四十年代关于民族形式问题的讨论，以及山药蛋派、荷花淀派的创作，五十年代的新民歌运动，八十年代的寻根文学思潮，都可视为"本土化"追求的文学实践。——到这里，围绕上述正在讨论的话题，我们可以把一个问题提出来：二月河的历史小说创作是不是一次文学本土化的探索和实践呢？

或许我们应该说，二月河的历史小说创作是二十世纪末中国文学本土化的一次重要实践和探索。究其原因，简单来说大体有三个方面的缘由：其一，在历史小说创作的潮流中，二月河历史小说所

---

① ［美］萨义德：《东方学》，王宇根译，生活·读书·新知三联书店1999年版，第9页。

② 周宪：《文学理论导引》，高等教育出版社2014年版，第351—352页。

呈现的中国传统文学经验的因素是丰富的，尤其对《红楼梦》文学经验的继承更为显著（下文将论及）；其二，二月河历史小说的跨度较长，从上世纪八十年代延续到九十年代，进行了长期的历史叙事探索；其三，二月河历史小说的传播和影响广泛，具备"文学现象"的某些特征。而问题是，评论界对其题材的关注往往遮蔽了对这些问题的讨论。

如果提到上述问题，一些研究者可能会在"复古"和"创新"的角度进行争论：二月河历史小说还在用章回体？是否模仿《红楼梦》的痕迹有些浓重了呢？——其实，对这些问题的讨论也会引起一个重要的相关问题，那就是如何实施"本土化"问题。中国文学发展的进程行进到今天，"本土化"的实施已不可能在一个封闭的、单一的路径上展开，必须在"内"和"外"的多重关系中完成自己的文化使命。对"内"来说强调并发掘本土的独特内涵，完成对本土的合理想象，对"外"来说吸收、转化外来的元素，使之逐渐融入成为本土"规定性"的部分。有学者认为，在"五四"的"全盘西化"以后，"以及在一个相当长的时间内极端政治化的影响，中国古代文学传统，尤其是其中的文人传统（相对于民间传统而言），一直处在受贬抑受遮蔽的状态，许多尚有'生机'、可资利用、可以再造的文体和经验，被弃之如敝屣，却以模仿西方现代的作品为新的创造，结果就不免于刘勰所说的'从质及讹，弥近弥澹'。二十世纪八十年代不停顿地追逐西方'新潮'，进行先锋实验的历史就是证明。要纠正这种'竞今疏古'（'近附而远疏'）的风气，'矫讹翻浅'，改变'风味气衰'的局面，刘勰的意见是'还宗经造'，即要以经典为学习取法的榜样。从字面上看，这似乎是一种复古的倾向，但证之以刘所指的'宋初文咏'，却又不能不说他对矫正当时流弊，开出的是剂良方。而且在中国文学史上，以复古的名义进行革新，此后更不乏其例。从这个意义上说，近期许多作家从一味'竞今'，到'大踏步撤退'，（莫言语）甚至以退为进，主张'进步的回退'（韩少功语），都可以证明，所谓复古并不一定是简单的倒退，也不是反对创新，而是刘勰所说的一种'通变之术'，也是某些现代儒家学者所讲的反本开新"①。因此，二月河历史创作是不是"通变之术"的一次勇敢的文学探索，一种带着"复古倾向"对文学本土化的尝试的冒险？这些都值得我们认真地反思和研究。我们可以从文本阅读出发，从传统文化的承继和经典作品的影响两个路径来走进二月河的小说世界，并展开文学本土化问题的讨论。

二、二月河小说与中国传统文化

进入新时期，西方文学思潮的冲击以及紧随而来的全球化浪潮带来的文化趋同，使中国作家产生了民族文化身份的强烈焦虑感。如何改变对西方他者的仰视姿态，重塑民族辉煌，成为许多作家思考的问题。"民族文化精神，是民族国家的文化价值观与文化价值体系，它体现这一个民族的理性精神，诗性智慧，道德品格，思想风貌，进取求新的处事原则。它在不同的人群身上表现各异，但综合起来却是整体精神的体现，显示了民族精神的气度、面貌。"②因此，传统的文化精神成为许多作家极为重视的历史资源。正是在这种背景中，二月河以其对中国传统文化的坚守创作出了十三卷的"落霞三部曲"。二月河在谈到创作时表示："尽可能地从传统道德中摄取了带有活力的、有营养的东西赋予我的人物，让读者从这些人物与命运的抗拒联合中去体味中华文明浩然、无际的伟大。"③这不仅

① 於可训：《中国文学传统的复兴·序言》，见李遇春著《中国文学传统的复兴》，商务印书馆 2016 年版，第 3 页。

② 钱中文、刘方喜、吴子林：《自律与他律——中国现当代文学论争中的一些理论问题》，北京大学出版社 2005 年版，第 270 页。

③ 二月河：《与鲁枢元先生的通信》，见《二月河作品自选集》，河南文艺出版社 1999 年版，第 240 页。

表明了二月河"落霞三部曲"的创作思想起点，更是道出了"落霞三部曲"与中国传统文化承继密不可分的内在关联。

（一）传统文化内涵的重新表达

新时期以来，面对全球化语境下西方文化对本土文化的影响，一批历史小说作家以"趋向"传统历史叙事的方式，创作了一系列聚焦于明清时期的历史小说。吴秀明认为，"作家们不约而同地选择这一时段，正是为了传达他们在全球化语境中，对民族文化身份焦虑和重塑民族辉煌的渴望。"[①] 二月河在"落霞三部曲"中以史诗般的恢弘气势写出了清朝"落日"前的最后辉煌，并塑造了一系列心怀天下、济世救民的明君贤臣形象，试图重新表达传统文化内涵的创作诉求也是较为明显的。小说着重在以下三个层面展开对传统文化的叙写：

其一，"内圣外王"的儒家精髓。中国传统文化具有儒、释、道异质同构的特征，其中又以儒家文化为主导，讲究积极入世，重视个人修养和个人价值的实现，也就是儒家所说的"内圣外王"。而要实现儒家"内圣外王"需要做到《大学》中所说的"三纲领""八条目"，概括为"修身、齐家、治国、平天下"。二月河在创作"落霞三部曲"时，尤其是在塑造三位帝王和一系列士人形象的过程中，努力发掘儒家文化的丰富内涵，表现出对儒家文化精髓重新表达的努力。

"落霞三部曲"中，二月河对笔下三位帝王形象的呈现并不局限于他们的帝王权术，而是将"文韬"与"武略"并重，以儒家"修齐治平"的标准塑造了三位堪称明君的帝王形象。以《康熙大帝》为例，康熙幼年登基，拜伍次友为师，接受"为君父的则要以

---

① 吴秀明、王姝：《全球化语境与历史叙事的民族本土立场》，《学术月刊》2005年第9期。

天下之心为心"的教导。修身方面，康熙勤于自我能力的提升，在经学、诗词、音律等方面皆有不俗的成就。康熙还把唐太宗作为自己的楷模，常常将自己与唐太宗比较，力图成为有德明君。齐家方面，康熙身为一国之主，日理万机，但是对待儿子十分慈爱，太子胤礽作为康熙寄予厚望的儿子，行为不矩，康熙给了他多次改正的机会，奈何太子并不能体会其中的良苦用心，康熙才不得不废黜。康熙对祖母孝庄太后恪尽孝道，以帝王之尊斑衣戏彩，博太后开怀一笑。在修身齐家方面康熙通过自我修炼提升达到了"内圣"，治国平天下又帮助他实现了"外王"。他广开言路，设立博学鸿儒科，网罗天下汉族儒家人才，拜孝陵、祭孔子，推崇儒家文化，统一全国思想，同时大力推行仁政，还提出君子小人之论和民贵君轻的思想。在平三藩、治黄患、收台湾、征西域和充实国库这些关系到国计民生的大事上，康熙充分展示了上位者的杀伐决断，显示出儒家匡扶社稷、济世救民的责任精神。康熙在位期间之所以能实现他的文治武功，出现"玉宇呈祥"的景象，与他遵循的"内圣外王"之道不无关系。

除了三位帝王，"落霞三部曲"中的众多知识分子形象也都深刻蕴含着儒家思想文化，他们用自己的一生来实践"内圣外王"之道。以伍次友、邬思道、方苞、张廷玉等人为代表的一批汉族知识分子，他们自幼熟读儒家经典，心怀天下苍生，怀抱儒家"修身、齐家、治国、平天下"的理想积极入世，希望能够立圣人言，为帝王师。他们忠君爱国，恪尽职守，为辅佐君王打造太平盛世呕心沥血，康乾盛世的出现他们功不可没。《康熙大帝》中的伍次友历史上并无其人，是二月河虚构出来的一个形象。他家学渊博，拜明末四公子之一的侯方域为师，却在科考中弃安危与名利于不顾，写下了《论圈地乱国》的策论，公然揭露鳌拜集团肆意圈地的罪行，得到康熙赏识，成为帝师，辅助康熙铲除鳌拜集团，事成之后却拒绝为官。在四处讲学的过程中还不忘利用自己的影响宣传清朝在政治、文化、经济等方面的政策，为康熙收拢天下汉族人才提供了极大帮助，甚至帮助康熙制定了"平三藩"的策略。伍次友一生都与康熙保持着亦师亦友的关系，堪称一段君臣佳话。《雍正皇帝》中邬思道的形象塑造更见二月河的匠心独运。邬思道在历史上本是田文镜的幕僚，小说中却成了雍正的门人，二月河把他塑造成了智谋无双、算无遗策的智囊，是雍正顺利获得皇位成就大业之路上不可或缺的助手。邬思道在小说中是典型的儒家饱学之士，他说"我虽通五行，尊的却是儒道"，遵守儒家的行为准则和道德标准，并以此劝诫他人。他曾因不忿科举主考官收受贿赂而把财神像抬到贡院大闹，以致成为朝廷通缉犯，失去了科举为官的途径，但他从未放弃"入世"济世的志向，转而成为尚是雍亲王的胤禛的幕僚。邬思道洞察当时皇位之争的局势，指出"君臣相疑，父子相疑，兄弟相疑，不是国家之福"，"太子之危，危若朝露"，暗示胤禛参与夺嫡，并用星象家的预言迷歌消除胤禛的顾虑，竭尽全力地辅佐这个他认为的明君。最终雍正顺利继位，邬思道却急流勇退，以残废之躯、戴罪之身为由向雍正请辞，选择归隐。这些儒家知识分子久经儒家思想文化的熏染，坚守儒家积极"入世"的训诫，当意识到险恶时局使其难以坚守自我，或有性命之忧时，他们往往会选择退隐山林，这或许就是孟子所言的"达则兼济天下，穷则独善其身"。

其二，淡泊名利的道家情怀。二月河与传统道家思想文化有着亲密关系，他家门楼砖雕上的祖训是"退一步想"、"夫然后行"，"爷爷可以将《道德经》背得滚瓜烂熟，父亲说话间零星不由自主地能蹦出大段的老子语录。父亲晚年抄《道德经》，抄了一本又一本，送人作纪念"。[①] 后来二月河从部队转业到南阳。南阳处于豫、鄂、陕三省交界地带，中原文化和楚文化在此交融，而楚文化与道家文化有着密不可分的关系。这些因素形成的"出世"精神被二月

① 二月河：《密云不雨》，作家出版社 2007 年版，第 15 页。

河不自觉地带到了小说创作中，从而在很大程度上丰富了"落霞三部曲"的文化内蕴。

不同于儒家倡导积极有为的"入世"精神，道家主张清静无为的"出世"精神。所谓"天下熙熙皆为利来，天下攘攘皆为利往"，从古至今，最难看破的便是名、利二字。老子认为"天之道，利而不害；人之道，为而弗争"。人之所以争名利是为了私欲，而私欲过多会导致人性扭曲，因此老子主张"见素抱朴，少私寡欲"，名利富贵虽为世人渴求之物，在老庄看来却如粪土。道家提倡人与自然和谐共处，忘掉名利这些身外之物，这对于个体如何保持自我精神的自由而不被名利异化有重要意义，因此古代封建知识分子在遵循儒家积极"入世"精神的同时，又向往功成身退归隐山林，把道家思想文化作为自己的精神家园。二月河笔下无论是着墨颇多的布衣帝师伍次友，还是小说中没有正面出场的明末遗老黄宗羲、顾炎武，都保持着人格与精神的自由独立，体现着道家的淡泊名利，超然物外。伍次友虽为白衣书生，但是心怀天下，凭着满腹经纶、卓尔不群的独到见地受到康熙赏识。在辅佐康熙成长，助其铲除鳌拜这一心腹大患之后，伍次友却拒绝入朝为官："此时超然退身，可以全身、全名、全节；一入宦海，熏心日久，怕就不能自拔了。"[1]康熙在位期间，极力推崇儒学，开设博学鸿儒科，希望能招来黄宗羲、顾炎武这样才高八斗、德高望重的鸿儒大家为清朝的统治出谋划策，创建太平盛世。然而黄、顾二人丝毫不为名利所动，依旧选择游历江湖，过着那种闲云野鹤、心与道冥的理想生活。

除此之外，二月河还在小说中塑造了一批与伍次友等人不同的形象，他们毕生沉溺于对名利的追求，甚至为此不择手段，可是最终都没什么好结局。《康熙大帝》中的明珠本是满族没落贵族，被伍次友搭救之后发奋苦读，通过科举考试入仕，从小侍卫一直做到

---

[1]　二月河：《康熙大帝·夺宫初政》，长江文艺出版社 2009 年版，第 306 页。

一品大员。明珠为人圆滑世故，又确有真才实学，从最初偶遇伪装成龙儿的康熙便敏锐地察觉到其身份不简单，逢迎之下深得康熙器重，在撤藩、收台湾、平西域等重大事件中都发挥了重要作用。为了追逐名利，明珠表面上谦逊大度，暗地里却不择手段地排除异己。为了独得康熙圣心，他暗中破坏伍次友和苏麻喇姑的婚事，导致苏、伍二人抱憾终身，最终明珠因卖官鬻爵、贪污索贿被弹劾抄家。与明珠相似的还有《雍正皇帝》中的年羹尧。年羹尧十八岁参军，靠着军功不择手段地往上爬，做到了大将军，最终落得被雍正赐死的下场。二月河对明珠、年羹尧的命运安排，显然有道家"世事无常"思想的影子，他自己也说过："我确实有种出世思想，这种意识在作品中不可避免要流露出来，作品中那个人物一旦红极了，我就宰他，让他掉下来。"①

其三，尔虞我诈的法家权谋。不同于儒家提倡的"仁政"和道家的无为而治，法家主张皇权至上，"法家认为君臣之间的关系不过是赤裸裸的权力冲突，为防范君主的权势不至于旁落，利用严刑峻法与阴谋权术来监控群臣与百姓"②。中国历代封建王朝的统治者为了维护统治秩序常常采用法家权谋思想作为维护自己统治的一种工具，逐渐衍生出了封建社会中特有的权谋文化。虽然二月河独辟蹊径，选择康熙、雍正、乾隆三代帝王来展示，大胆地肯定了他们在政治、经济、文化上做出的贡献，努力发掘并阐扬他们身上优秀的中国传统精神文化，但小说并不回避传统文化中消极的一面。在谈到小说中涉及的君臣、父子、兄弟之间的权力之争时，二月河说："那种东西我并不是欣赏，我要把中国传统文化中那些很残忍的东西，封建社会中那些温情脉脉的很虚伪的东西拿出来给读者，

① 二月河：《与鲁枢元先生的通信》，《二月河作品自选集》，河南文艺出版社1999年版，第24页。

② 袁园：《当代历史小说的文化人格塑造》，《文艺评论》2015年第11期。

使他们从中吸取一些有益的东西。"[1]

举例来说。《雍正皇帝》中康熙的诸位皇子在面对皇位的巨大诱惑时，丝毫不顾念父子、兄弟之情，为谋取皇位，法家的阴谋权术成为了最好的工具。譬如，大阿哥胤禔在太子胤礽被废后，不惜栽赃陷害，试图置胤礽于死地；"八爷党"暗中布置人手想要除掉四阿哥胤禛的左膀右臂十三阿哥胤祥；胤禛表面上与世无争，其实只是韬光养晦，隐藏野心获得康熙信任，背地里早已在多处设置眼线，伺机夺取皇位。在雍正正式继位之后，"八爷党"并不死心，策划一系列阴谋妄图推翻雍正改天换日，为了巩固政权雍正也毫不手软，对兄弟实施严厉的打击报复，彻底剿灭"八爷党"的势力，抄家囚禁八阿哥和九阿哥，将八阿哥的名字改为"阿其那"，九阿哥改名"塞思黑"，即满语里猪、狗的意思，雍正的狠毒冷酷可见一斑。"落霞三部曲"中最难能可贵的地方在于并不仅仅为读者展示这些权谋手段，而是从更深的层次揭示权谋文化之下骨肉相残的权力之争所带来的人性异变。小说中的胤禛在最开始并无夺嫡的想法，他信佛，生性仁慈，平日连只蚂蚁都不舍得踩死，只想安稳做个臣子，因此最初他是坚定的"太子党"。然而太子二次被废，夺嫡之争进入白热化，他的身份开始变得微妙起来，在邬思道的暗示之下为求自保，胤禛参与到夺嫡之中，可以说雍正完全是被逼无奈之下才进入权力之争的漩涡。在与手足兄弟的夺嫡斗争中，胤禛原本忠厚仁慈的本性逐步扭曲，最后变成了病态的阴毒残忍，即位后立即将曾经为自己出生入死但知道太多秘密的藩邸旧人逐个绞杀，打压残害兄弟，即便他在位期间勤政爱民，依然背上了弑父屠弟、刻薄寡恩的骂名。二月河通过皇位之争全面展示出健全人性是如何被皇权一步步异化，实施了对封建权谋的现代性反思。

---

[1] 二月河：《与鲁枢元先生的通信》，见《二月河作品自选集》，河南文艺出版社1999年版，第240页。

（二）历史氛围：清代思想文化

二月河并未将笔墨仅仅集中在人物形象的塑造上，在刻画出一系列个性鲜明的人物形象同时，也注重从文化视角着手，试图为读者全景式地展示清初一百三十多年的社会历史风貌和思想文化。"无论环境与经验世界的联系紧密与否，也无论环境在叙事文中的地位如何，叙事文中的行动必须在一定的时空中发生这一点是不可否认的。"[①] 要想在小说中使人物形象真实可感，离不开社会环境的相互作用，展现历史生活更离不开社会环境。"历史小说说到底是作家现代意识与历史现实性两者的紧密结合。"[②] 这就意味着历史小说要展现历史文化精神，就不能仅仅描写历史的人物、事件，还需要营造出特定的历史氛围，正如有学者指出："历史小说要写得好，要能够把读者带到特定的历史氛围中去，从而达到一定的思想艺术效果，这是十分重要的。不仅关系着艺术形象的成败，也关系着小说的成败。"[③] 我们注意到，二月河在小说创作时就尤其注重营造清初浓厚的历史氛围。

为了准确、逼真地再现清初的百年历史，二月河用大量笔墨描绘了一幅清朝市井风俗画。"落霞三部曲"以重大历史事件和重要历史人物的描写、刻画见长，以此把握历史风云变幻的脉络，彰显时代精神，但是如果仅有这些主干内容而没有当时的风俗人情、市井百态，等等逼真细节的填充叙写，未免显得过于单薄，很难支撑起整部小说的丰富世界。因此，这一风俗画的描绘对于真实再现"康雍乾"盛世有着重要作用。比如，小说中多次出现市井中酒楼商铺鳞次栉比的繁华状态，写夜市"一盏盏羊角'气死风'灯布满

---

① 胡亚敏：《叙事学》，华中师范大学出版社 2004 年版，第 158 页。

② 张书恒：《倾斜的道德与思想天平——论二月河"帝王系列"的思想文化内涵》，《南京师范大学文学院学报》2003 年第 4 期。

③ 敏泽：《诗之于史：〈白门柳〉三题》，《文学评论》1999 年第 2 期。

沿街两行连绵蜿蜒足有半里地长，街衢上熙熙攘攘人流穿行，热气腾腾的小吃摊上油烟白雾缭绕，散发出诱人的葱姜香味，夹着小贩们尖着嗓门，一个赛一个的高声叫卖声，主顾讨价还价声，煞是嘈杂"①。《雍正皇帝·九王夺嫡》开篇第一章，用邬思道重游扬州为读者描绘了雍正时期的扬州风貌，还详细介绍了扬州正二月祀神庙会的热闹场面。二月河在营造历史氛围时尽可能实现有据可考，他花了大量的时间查阅、整理相关的古籍资料以及之前积累的"清人笔记"，如他自己所说："我读清人写的日记，里头豆腐几文钱一斤，小麦亩产几斗，那有什么意思？但现在都成了比史志还要详实重要的资料。"②专攻清史的历史学家杨启樵在评价《雍正皇帝》时也说："著者颇读了一些清史资料，以文学笔触阐明历史，显得有根有据，并非杜撰。"③

二月河还在小说中穿插了很多诸如医学棋理、诗词戏文、天文地理、麻衣神相、佛经道教、奇人异士、宫廷生活的相关知识，从而更为丰富地呈现了清朝当时的社会风貌和历史文化。例如，二月河在《雍正皇帝·雕弓天狼》中，通过杨名时发现科场舞弊案的情节详细介绍了清代科举考试的流程、贡院布置的各种规矩以及举子们舞弊的手段；在《乾隆皇帝·秋声紫苑》中，通过乾隆、和珅、于敏中之口，对一些历史典故进行了考据；在描述人物饮酒聚会时常常花费大量的笔墨在古代诗词歌赋、散曲酒令的介绍上，甚至小说中还涉及了中医治疗"气鼓"、狂犬病的处方。二月河所营造的这种文化历史氛围既把读者带到了小说中特定的环境中去，同时又让读者具体领略了清代的社会历史文化。

对社会风俗画的描写和逼真细节的填充固然是营造历史氛围必

---

① 二月河：《雍正皇帝·雕弓天狼》，长江文艺出版社 2009 年版，第 42 页。

② 二月河：《与鲁枢元先生的通信》，见《二月河作品自选集》，河南文艺出版社 1999 年版，第 53 页。

③ 杨启樵：《揭开雍正皇帝隐秘的面纱》（增订本），上海书店出版社 2011 年版，第 321 页。

不可少的内容，但实际上"人"才是一切社会生活的主题，也是营造历史氛围最重要的一环。为此，二月河在小说中加入了才子佳人的爱情故事、贩夫走卒的琐碎日常，同时又从人际关系入手展示社会中的人情冷暖、世态炎凉。小说虽然以塑造人物形象为主，但并不是简单地为人物作传记，而是向读者展示具体历史时空中人物的精神世界。如《雍正皇帝·九王夺嫡》开篇，刘康害怕自己贪腐之事被前来调查的贺露滢上报给朝廷，阴谋将贺露滢毒杀在客店中。军机大臣纪昀一旦被贬充军，不再是权倾朝野的大臣，顷刻间树倒猢狲散，往日的门生故吏或认为他还可复起的，便热情攀附；如想他已无出头之日，便直接闭门不见，丝毫不念往日师生恩谊、僚属情分。如此种种，百态世情，小说从这些层面鲜活呈现了当时社会的世情画卷、人性图景。

冯其庸在评价《康熙大帝·夺宫初政》时，称其"大至帝皇之家、天潢贵胄、纷乱繁复的朝局政务，小至京华物情、市井屠沽以及儿女子媳细碎嘲谑、家庭杂事，纵横跌宕，起伏波澜，无不形声绘色，笔笔俱到"[1]。从整个小说来看，"落霞三部曲"的每一卷都力求还原清朝特定历史氛围，努力全方位展示清朝的思想文化。

值得注意的是，在对传统文化进行书写的同时，二月河也表现出对重建人文精神的某种努力。1980年代，中国社会处于剧烈转型期，"随着意识形态领域发生的变动，整个社会的经济、政治、文化都在发生着深刻的变革，旧有的统一建制文化体系正在发生裂变，由权威盲从而导致的意识形态大一统的局面不复存在，原有的一元主义文化开始被一种价值的多种状态所替代，旧有的价值体系的崩解使得社会的某些方面处于信仰缺席的无神状态"[2]。消费主义把精神层面上的一些传统的东西悉数肢解，文化全球化所带来的同质化趋势也时刻威胁着我国本土文化的生存空间。中国本土文化价

---

[1] 冯其庸：《冯其庸文集》（第三卷），青岛出版社2012年版，第266—267页。

[2] 舒也：《人文重建：可能及如何可能》，《文学评论》2001年第3期。

值观的某种失范，可以说是二月河选择书写传统文化作为重构人文精神路径的重要原因，他用"以史为鉴，可知兴替"的审美观念，践行其"为古人画像，让今人照镜子"的创作法则。显然，二月河在"落霞三部曲"中对中国传统思想文化成功进行了浓墨重彩的表现。还值得关注的是，二月河在创作中一直以现代性的目光重新审视中国传统文化，在重建人文精神、树立中国本土文化自信方面进行了积极的探索和实践，正如他自己所说："我写这书主观意识是灌注我血液中的两种东西。一是爱国，二是华夏文明中认为美的文化遗产。我们现在太需要这两点了，我想借满族人初入关时那虎虎生气，振作一下有些萎靡的精神。"[1] 总之，二月河"落霞三部曲"的"本土化"书写，以及在此意义上发育和生成的文学经验都值得我们长期地关注和研究。

三、二月河小说创作与《红楼梦》

《红楼梦》作为中国经典文学名著，深刻影响了一代又一代的作家，二月河就是这其中较为明显的一位。他自己在接受《文化周刊》采访时曾直言："不管是研究'红学'还是创作自己的作品，我总是把《红楼梦》作为一个模范，或者说是一个典范，来进行学习和借鉴。"[2] 二月河最初由研究《红楼梦》起家，多年红学研究的熏染使他对《红楼梦》推崇备至："曹雪芹是中国古代一位伟大的文学家与艺术家，即使放眼世界，也堪称是一位与英国的莎士比亚、俄国的托尔斯泰等量级别的文学大师。"[3] 可以说，二月河对《红楼

---

[1] 二月河：《与鲁枢元先生的通信》，见《二月河作品自选集》，河南文艺出版社1999年版，第239—240页。

[2] 张丽：《文学经典中的经典——著名作家二月河谈〈红楼梦〉的价值与启迪》，《人民政协报》2015年1月26日。

[3] 同上。

梦》的推崇备至使他有一种浓重的"红楼情结"，这种"红楼情结"使得"落霞三部曲"具有了"红楼痕迹"。很明显，《红楼梦》的文学经验对二月河的小说创作产生了直接的影响，或者进一步说，二月河有意识地把自己的小说创作向《红楼梦》的文学经验靠拢，甚至不在乎因一些方面具有"模仿痕迹"所可能招致诟病的风险。

在早年间研究《红楼梦》的过程中，二月河对曹雪芹的家族历史可谓是烂熟于心，这种熟稔使他在《康熙大帝》中倾尽全力描绘出了一个文武双全的天子近臣——魏东亭。魏东亭在《康熙大帝》中，是康熙乳母孙氏的独生子，康熙初登大宝之后不久便担任了康熙的御前侍卫，基本上是陪着康熙成长，在康熙为掌握政权与鳌拜集团斗智斗勇的过程中更是充当了极其重要的角色。在历史中，康熙的身边并没有魏东亭这个人，但是却有另一个身份经历与魏东亭相似的人——曹寅，也就是说，曹雪芹的祖父曹寅在二月河的笔下改头换面成了魏东亭。二月河本人对魏东亭是以曹寅为原型的说法是认同的。孙玉明先生曾经就魏东亭的姓名来源做过分析，他认为，"曹寅号楝亭，依三国之'曹魏'化'曹'为'魏'；'楝'字去掉'木'字是'柬'似'东'，'亭'字则没有变化。"[1]他也询问过二月河对这个分析的看法，并得到了二月河的肯定回答。在某次访谈中，二月河也说："我的小说《康熙大帝》中有一个人物叫魏东亭，这个人物形象就是以曹雪芹的祖父曹寅为原型进行创作的。"[2]除了从姓名上能看出曹寅与魏东亭的联系，其他地方也能看到曹寅的生活轨迹在魏东亭身上的变相重现。在为官生涯上，魏东亭与曹寅都是少年得志，一路平步青云，只不过现实中的曹寅远没有小说中的魏东亭能力强，地位也没有魏东亭显赫。魏东亭出场之时，因母亲孙氏是康熙的乳母，在康熙登基之后被从热河皇庄提

---

[1] 孙玉明：《二月河的"红楼情"》，《红楼梦学刊》2004 年第 3 期。

[2] 张丽：《文学经典中的经典——著名作家二月河谈〈红楼梦〉的价值与启迪》，《人民政协报》2015 年 1 月 26 日。

拔到内务府当差，紧接着成为康熙的伴读兼御前侍卫，辅助康熙擒获鳌拜之后一路升迁，后为粤、闽、滇、浙海关总督，有密折专奏之权，向康熙报告江南官场大事，以及江南人物风情奇闻趣事，等等。曹寅的母亲孙氏也是康熙的乳母，并且深得圣心，曹寅"十三岁即入宫为伴读、御前侍卫"，后一路升迁，只不过曹寅的升迁之路比较平稳，不像魏东亭升官幅度那么大。后来曹寅任苏州织造、江宁织造，"康熙四十三年开始与苏州织造李煦轮番兼任巡视两淮盐课监察御史。同时，随时访查江南吏治民情，向玄烨专折奏报"[1]。此时曹寅的职责除了采买宫廷所需丝织品外，便是暗中向康熙提供江南地区吏治民情方面的各种情报，这与小说人物魏东亭的职责相合。

魏东亭与曹寅的联系从两人的生母孙氏身上也能找到重要线索。历史上孙氏是曹寅的母亲也是康熙的乳母，《永宪录》载曹寅"母为圣祖保母"[2]，《红楼梦大辞典》也记载："曹雪芹的曾祖母孙氏被选为玄烨保姆"，"为避痘疹，玄烨曾由乳保带在紫禁城西北之福佑寺抚养"。[3]因此康熙继位之后对乳母孙氏之恩不忘，在南巡驻跸江宁织造府时，见到孙氏称她"此吾家老人也"，还亲赐匾额。在二月河的小说中，康熙与魏东亭之母的关系也如同历史上的康熙与曹寅之母的关系一般，《康熙大帝·玉宇呈祥》中康熙南巡也是住在魏东亭家中，见到幼时乳母孙氏时也是颇为感动、亲切。这一段历史在二月河的处理之下，使得魏东亭在文学空间里暂时代替曹寅演绎了现实中的角色。

小说把魏东亭的人生结局也演绎得与曹寅极其相似。历史上，曹寅的死亡一方面是因为得了疟疾，另一方面则是他在任上的巨大亏空带来的巨大心理压力。从《关于江宁织造曹家档案史料》的相

---

① 冯其庸、李希凡：《红楼梦大辞典》，文化艺术出版社 1991 年版，第 830 页。

② ［清］萧奭：《永宪录》，中华书局 1997 年版，第 390 页。

③ 同①书，第 850 页。

关记载上看，曹寅与李煦在轮番兼任巡视两淮盐课监察御史期间造成的巨大亏空，康熙其实是心知肚明的，因这亏空的根本原因在于康熙数次声势浩大的南巡盛典，再加上乳母孙氏的关系，所以康熙并没有对其做出惩戒，而是在康熙四十八年至康熙五十年间多次提醒曹寅、李煦等人尽快将亏空补上。面对巨额债务，再加上康熙再三查问亏空情况，巨大精神压力足以摧毁曹寅。曹寅在康熙四十九年身体已然出现问题，之后多次反复，直到康熙五十一年因感染风寒久治不愈，后转成疟疾去世，亏空问题都没有得到解决，因此冯其庸先生曾说："曹寅的死因，从表面来看，当然是感受风寒，转成疟疾去世的，但从根本上来说，是被这巨大的债务逼死的。"①小说中魏东亭的死亡几乎就是按着曹寅"债病交加"而亡的人生轨迹来的。《康熙大帝·玉宇呈祥》中，康熙南巡住在魏东亭府邸时，曾问魏东亭的母亲、自己的乳母孙氏："阿姆，朕这次来住，恐怕要把你家花得河干海落了吧？"孙氏回答："这是魏家祖上有德，奴才才挣来这个体面，别人家做梦还梦不到呢——倾了家也心甘情愿！"②孙氏一语成谶，日后魏东亭果然因亏空坏事。魏东亭在去世之前也是缠绵病榻，一边忍受着疾病的痛苦，一边又要面对清理亏空的皇子来追债的心理压力。得知魏东亭去世后，康熙曾经斥责过负责清理亏空的胤礽，怪他追逼太过："要不是这么逼着，魏东亭就死得这么早？"③这句话的意思与冯其庸先生见解是一致的。

除了以上几点，还有许多小的细节，如：魏东亭在某次进京述职之时，向康熙透露史鉴梅刚为自己生下了二儿子，康熙因早前的承诺当场给魏东亭的儿子取名魏俯，一个听起来有些奇怪的名字。然而翻阅曹氏家谱会发现，曹寅的继子名叫曹頫，而"俯"与

---

① 冯其庸：《曹、李两家的败落和〈红楼梦〉的诞生》，见《冯其庸文集·沧桑集》（卷七），青岛出版社 2011 年版，第 238 页。

② 二月河：《康熙大帝·玉宇呈祥》，长江文艺出版社 2009 年版，第 311 页。

③ 二月河：《雍正皇帝·九王夺嫡》，长江文艺出版社 2009 年版，第 142 页。

"颓"同音。从这些线索中，我们足以发现二月河的"红楼情结"之深，通过魏东亭这个虚构形象把整个曹家的历史都融入了小说之中。甚至在《乾隆皇帝》中，二月河直接把曹雪芹加了进来，将曹雪芹的大半生都通过小说情节展示给读者。不仅人物、题材这些要素，《红楼梦》在思想经验等诸多方面也对二月河的创作产生了很大影响。《红楼梦》中无论是宝黛之间的爱而不得、贾府众位姑娘的命运，还是贾府这个世代相传的贵族家庭由兴盛到没落的衰败之路，都笼罩着浓重的悲剧意味。这种悲剧意蕴显然影响了二月河的创作。

表面上看，整个"落霞三部曲"用堪称史诗的规模为我们再现了"康雍乾"盛世前后的繁荣景象。但实际上，所谓的辉煌不过是落日前的余晖罢了，无论三位帝王如何宵衣旰食、朝乾夕惕，贤臣名将如何鞠躬尽瘁、死而后已，都无法阻止封建王朝日渐倾颓的趋势，"落霞三部曲"实质上是一部"补天"的悲剧。几千年来，"民族正统论"占据着历史研究和文学创作的重要地位，清王朝作为一个由女真人建立的政权，且退出历史舞台的时候也没能交上一份优秀的答卷，历来是被口诛笔伐的重点，当初民族主义先驱们也是靠着"民族正统论"以"驱除鞑虏，恢复中华"为口号，推翻了清王朝，建立了民主共和政权。但是如果仅以民族作为衡量标准，而不能从客观角度正确看待清朝统治过程中曾经延续很长时间的繁荣，肯定其对于历史发展的积极作用，未免有失偏颇。"真正体现历史进步和社会作用的，不在于朱明汉姓还是清朝异族执掌朝纲，而在于统治者是否赢得了'民心'，是否传承中华文化的命脉，并注入新的活力，进一步推动文明发展的进程。"[①]二月河在"落霞三部曲"中对清朝入关初期那种开创基业的虎虎生气是极为赞赏的，对康熙、雍正和乾隆三代帝王为促进国家统一、生产发展和社会团结

---

① 吴秀明：《世纪交替的历史关注与现代性求索——论新时期历史题材小说思想艺术发展的基本轨迹》，《福建论坛》（人文社会科学版）2002 年第 4 期。

所做出的种种努力也持一种肯定态度。明朝末年，政治废弛，经济衰退，官场腐败严重，再加上土地兼并加剧，与蒙古冲突不断，战乱频繁，国家风雨飘摇，百姓饱受离乱之苦，民不聊生。这时的老百姓最渴望的便是有一个相对安稳的社会，能够休养生息。《康熙大帝》中，不论是以吴三桂、耿精忠、尚可喜为首的"三藩"之乱，假"朱三太子"暴动，还是郑成功的儿子郑克爽在台湾拥兵自重与清廷分庭抗礼，他们都是以"反清复明"为旗帜，维护所谓的"汉族正统"。"三藩""朱三太子"以及郑克爽三方势力的动机，究竟是为了他们口中"反清复明"背后的民族大义，还是仅仅为了个人的一己私利，这里暂且不提，但可以确定的是，"反清复明"无论成败都势必加剧社会的动乱和不安，刚刚安定下来的平民百姓面临的将又是乱世的流离失所，如此一来，国家的统一、社会的安定何时才能实现，百姓的明天又在哪里？因此康熙在平"三藩"、镇压"朱三太子"暴动以及和平收复台湾过程中的雷厉风行、杀伐决断，完全符合历史发展对一个合格统治者的必然要求。二月河笔下的康熙十三岁亲政，十七岁斩杀鳌拜，之后决意平"三藩"，收复台湾，完成国家统一大业；开博学鸿儒科，祭祀明太祖，笼络大批汉臣之心，缓和民族矛盾；疏浚河运，安抚百姓；他修明政治，使百姓安居乐业，是一个"全挂子"皇帝，也称得上是一代圣君。

"落霞三部曲"中，如果说二月河把康熙塑造为创业皇帝，那么雍正就是勤政皇帝。雍正在过往的历史、传说或者文学作品中争议颇大。二月河并没有根据以往经验妄下定论，而是通过大量原始资料的研究，对雍正的形象进行重新评判，并做出了充分肯定。二月河说："我站在故宫博物院看到《雍正朱批谕旨》，线装本足有半米多高，千余万言。在位十三年啊，康熙、乾隆、唐玄宗都不能比。……他是历史上一位勤政皇帝。"[①] 雍正曾言："朕立志以勤先

① 二月河：《新年杂想及雍正》，《二月河作品自选集》，河南文艺出版社 1999 年版，第 224—225 页。

天下，凡大小臣工奏折，悉皆手批。"[1]每日批阅至深夜，"朱批之折，不下万余件"[2]。雍正的勤政在他尚未继位之时就初露端倪。康熙晚年疏于政事，弊政层出，因为太子胤礽懦弱无能，导致许多改革措施半途而废，康熙不满之下对太子两次废立，众皇子趁此机会掀起了夺嫡浪潮。夺嫡之争如火如荼，各皇子之间党同伐异，明争暗斗，甚至大皇子胤禔连"镇魇"之术都用上了，而彼时尚为雍亲王的胤禛不结党、不营私、踏实办差，治理黄淮水患时亲赴黄患区，处理贪腐案时对贪赃枉法者严格执法，毫不通融。雍正凭他的踏实肯干，证明了他才是最合适的下一任皇位继承人的合适人选，最终取得了康熙的信任，传位于他。雍正在位的十多年里，整顿吏治，严禁朋党之争，加强中央集权，奖励垦荒，实行"摊丁入亩"税制，二月河在小说中把这些史料中有迹可循的内容如数呈现，于是，一位大胆革新政治、勤政廉洁、忧国忧民的勤政皇帝出现在读者眼前。在《乾隆皇帝》中，虽然父辈已然打下了良好的基础，但是创业不易，守成更难，况且乾隆又有着开疆拓土，创极盛之世，做千古完人的雄心壮志。小说中，二月河依据史实对乾隆为实现抱负所做出的种种政绩做了艺术描绘。初登皇位，为了促进经济发展，乾隆制定了"以宽为政"的施政方针，放宽了经济政策，使清朝的经济繁荣达到了顶峰。人才方面，乾隆知人善任，不以资历论能力，大胆提拔了一批如阿桂、刘墉一般年纪虽轻但能力出众的官员。整顿吏治方面则继承了雍正的一贯作风，对贪腐官员毫不心慈手软，诸如高恒、刘康等一众官员纷纷落马。平乱上，如对"一枝花"的起义采取剿抚并重、恩威并施的策略，最终成功平叛。

小说不仅在历史的进程中表现了"王朝"的悲剧性，还浓墨重彩地书写了帝王"个体"的悲剧命运——这与《红楼梦》的悲剧叙

---

① 张德礼、刘克、张书恒、徐亚东著《二月河历史叙事的文化审美建构》，人民出版社 2005 年版，第 58 页。
② 同上书，第 59 页。

事有着同样的审美旨趣。虽然清王朝统治过程中，实施了闭关锁国政策，导致中国的发展止步不前，并且大兴文字狱，统治末期在与帝国主义列强的交锋中难以抵抗列强欺凌，签订了无数丧权辱国的条约。但就是这样一个封建王朝，在十六世纪末到十八世纪中后期创造出了历史上有名的"康乾盛世"，给当时的中国老百姓带来了一个半世纪的安定与和平，这与三位帝王的努力是分不开的。在"落霞三部曲"中，为了推动清朝这艘"破烂不堪的头等战舰"在大海之上航行，康熙、雍正、乾隆三代帝王可以说是呕心沥血，然而三位皇帝的结局无一例外都是以悲剧收场。康熙在位六十一年，操劳一生的他到了晚年面对的是吏治腐败，国库空虚，儿子们为了皇帝的宝座争得头破血流，父慈子孝、兄友弟恭成了笑话。雍正从尚为亲王起就走上了整顿吏治的道路，却只落得了"刻薄寡恩""冷面王"的帽子，及至成为皇帝，面对虎视眈眈想要改朝换代的兄弟、大臣，不得不痛下杀手，成了真正的孤家寡人，推行新政的强硬手腕又使得他树敌无数，最后因乱伦而自杀。乾隆怀揣雄心壮志要成为千古完人，一面推行仁政，一面整顿吏治，封疆大吏接连被戮，然而吏治腐败并非他一人之力便可解决，最终只能以一个"十全老人"来安慰自己。三代皇帝的悲剧，从本质上看也是一个时代的悲剧。历史发展的趋势决定了清王朝衰败的必然性，康熙、雍正、乾隆的努力不过是让清王朝放射了灭亡前的最后光辉。封建王朝以皇权至上，因此皇权的归属问题势必会引发各种争斗，"家天下"的诱惑足以让任何人为之铤而走险，父不父，子不子，君不君，臣不臣，人性的弱点暴露在阳光下。封建政治权力的争斗不仅仅出现在皇室，权臣之间也存在，还突出表现为"朋党"之争，各个官僚政治集团为了各自的利益相互倾轧，党同伐异，诸如明珠与索额图、张廷玉与鄂尔泰集团之争。"朋党"之争在清王朝的高度中央集权下并不能撼动皇权，甚至可以成为皇帝制衡百官的一把武器，但是"朋党化"的吏治却会逐渐腐蚀国家肌体，使之腐烂成为一个空壳。

"落霞三部曲"为我们展现了"康乾盛世"的鼎盛繁荣，同时也揭示了繁荣背后隐藏的危机和时代发展的必然趋势。清王朝自身体制上的固有弊端，使得它的辉煌只能是回光返照。而在这个过程中，三位帝王个人的悲剧性命运也大大增添了"落霞"的色彩。

与《红楼梦》一样，二月河的历史小说也出色书写了人物的爱情悲剧。"落霞三部曲"中出现了众多凄美的爱情故事，且大部分都是以悲剧收场，这些也都受到了《红楼梦》的影响。通过一系列悲剧爱情故事，如伍次友与苏麻喇姑，周培公与小锁等，小说为读者带来了极具冲击力的审美体验。小说中伍次友出身于书香世家，才华横溢，又心怀天下、忧国忧民，且嫉恶如仇。会试本是举子获取功名的好机会，伍次友却大胆地在写策论时将矛头直指当朝权臣鳌拜。伍次友此举孤注一掷，丝毫不在意得罪了鳌拜会给自己乃至家族带来杀身之祸，他本就不是看重功名利禄之人，天下苍生在他心中才是第一位，因此他才敢在会试上仗义执言，揭露鳌拜集团的劣行，以求直达天听。同时他又博古通今，深谙朝廷时局，有成为帝师的能力。苏麻喇姑在皇宫长大，聪明漂亮，心气高，从小入宫的她因受孝庄太后喜爱，得以读书识字："这苏麻喇姑天分极高，十岁上头，诗词歌赋，诸子百家的文章就读了不少，到十四岁时，就装了满腹的学问。"[1]苏麻喇姑与普通卑躬屈膝的宫女是不一样的，她有可以骄傲的资本。本来按照后宫的规矩，等苏麻喇姑到了一定的年龄，孝庄太后会亲自为她指一门不错的婚事，然而苏麻喇姑却遇到了伍次友。酒席上的一番"斗口"让她乱了芳心，之后化名为"婉娘"陪着康熙一次次向伍次友登门求教，更进一步地见识了伍次友的才智出众，她的一颗心也彻底归了伍次友。面对温柔漂亮又聪慧过人的"婉娘"，伍次友恭敬严肃，从不越雷池一步，可心里是欣赏她的。苏麻喇姑虽为弱质女流，才智却并不输男子，对伍次友的帮助颇多。例如：伍次友因在会试上做《论圈地乱国》得

---

① 二月河：《康熙大帝·夺宫初政》，长江文艺出版社 2009 年版，第 8 页。

罪鳌拜而落榜后，打算再一次参加秋闱，被苏麻喇姑劝阻。苏麻喇姑先是三言两语指出伍次友再次参加秋闱可能会遇到的危险，打消伍次友参考的念头，接着又指明自己的"主子"可以帮他达成入仕心愿，但是并不逼他顺从，而是把选择权交回到伍次友手中。短短几句话充分展示了苏麻喇姑的聪明睿智和女性的温柔，也让伍次友茅塞顿开，决定"等老贼过世再考"。经过长时间的相处，两人之间情愫暗生，连康熙都瞧出了端倪，心中默许。在鳌拜被擒之后，有意为二人指婚，眼看着大好姻缘将成，却又横生枝节，变成了一出爱情悲剧。鳌拜集团被顺利铲除，少年康熙终于坐稳了皇帝的宝座，这其中伍次友作为帝师一时身价倍增。看着伍次友日益受到康熙的重视，明珠心生怨怼，弃伍次友的救命之恩于不顾，将黑手伸向了伍次友与苏麻喇姑的婚事上。索额图在鳌拜失势后，权势陡增，又恰逢妻子过世，明珠看准时机，建议索额图求娶苏麻喇姑为继室，苏麻喇姑年轻漂亮又深得孝庄太后和康熙的器重，娶了苏麻喇姑，索额图必然可以巩固自己的朝中地位，他心动了。明珠又指出：满汉不能通婚，伍次友和苏麻喇姑不可能结合，康熙又即将迎娶索额图的侄女赫舍里，让索额图的母亲进宫求太后赐婚，太后为了朝廷利益定会答应。果然，索母见过太后，太后便将苏麻喇姑许配给了索额图。在封建王朝中，身为女子，面对爱情和婚姻，苏麻喇姑没有选择的余地，只能被选择、被安排，服从最高统治者。面对太后的赐婚和康熙要封她为妃的想法，削发为尼是她在被逼无奈之下唯一能为自己的爱情做出的选择。虽然不能与伍次友携手一生，但是最起码她不用因为背叛爱情、委身于不爱之人而痛苦一生，这辈子，她的身心只忠于伍次友一人。痛失所爱之后的伍次友也如苏麻喇姑一般，万念俱灰，最终放弃了之前对仕途的追求。距离的拉开并没有切断两人之间的感情，苏麻喇姑的心始终牵挂着伍次友，陪康熙出巡遇到女扮男装的侠女李云娘，就希望李云娘能和伍次友结伴同行；听闻伍次友竟流落京城，卖唱为生，苏麻喇姑惊惧过度以致晕厥。苏麻喇姑最终也因为对伍次友牵挂过甚，早早地就去世了。伍次友也把苏麻喇姑放在心中最重要的位置上，即便后来遇到了李云娘，也常常在无意中拿苏麻喇姑与李云娘比较，甚至因此把李云娘气哭过。原本苏麻喇姑与伍次友两人郎才女貌，会是一出不错的才子佳人爱情喜剧，却因为封建皇权的利益考量，因为官场小人的奸佞，因为封建社会女性的被无视、被压迫，成了一场悲剧。无论从二月河的创作过程来看，还是从阅读的感受来看，"落霞三部曲"的悲剧叙事都与《红楼梦》有着强烈的互文性。

此外，《红楼梦》的艺术形式及叙事细节也对二月河小说创作产生了显著的影响。关于这一点，本书在其他章节也有论述，在这里仅作一个概括的说明。"落霞三部曲"与《红楼梦》最明显的相似点就是小说中有大量的诗词歌赋、谜语笑话。曹雪芹在《红楼梦》中创作的诗词最为精妙的地方在于，很多诗词既揭示了作品中人物的性格特征，又暗示了人物的命运，如金陵十二钗的判词，等等。二月河也借鉴了曹雪芹的这种创作手法。《康熙大帝·夺宫初政》中，伍次友会试结束之后在魏东亭与何桂柱的怂恿之下去扶乩，得到的批字却是一首《忆秦娥》："关山月，直道难行阙如铁。阙如铁，步步行来，步步嗟跌。玉楼诏饮梦何杰，拱手古道难相别。难相别，儿女情长，皎性自洁！"这首词上半阕奠定了基调，"既然'阙如铁'，当然是推不开的了"，预示着伍次友出仕之路的坎坷，下阕"难相别，儿女情长，皎性自洁"，既点明了伍次友"皎性自洁"的品性，又道出了他和苏麻喇姑之间的爱情悲剧。一首词寥寥数语，预言了伍次友的命运。同时二月河笔下伍次友以扶乩这种占卜之术得出《忆秦娥》，《红楼梦》中贾宝玉梦游太虚幻境看到《金陵十二钗》的名册，预设人物命运的诗词都与"怪力乱神"有关，似乎冥冥中自有天意，显然二月河的这种情节安排受到了《红楼梦》的影响。

"落霞三部曲"在细节描写上也对《红楼梦》多有借鉴，尤其是《乾隆皇帝》。《乾隆皇帝》中爱新觉罗皇室成员之间的关系俨然是《红楼梦》中贾府的翻版。《乾隆皇帝》中众皇子日常去太后处请安，若乾隆不在，祖孙之间有说有笑，一派和谐，乾隆一来，瞬间鸦雀无声，连乾隆自己都曾自嘲说："看来太后就像《红楼梦》里的贾母，我就是个贾政。我一来都变成了避猫鼠儿了。"[1]有研究者指出二月河在"落霞三部曲"中对《红楼梦》关于"笑"的经典描写进行了借鉴，如《乾隆皇帝·云暗凤阙》中某次乾隆去慈宁宫向太后请安，恰逢众人给太后说笑话解闷，一个笑话说完，只见"众人初时一怔，突然爆发一阵狂笑。老太后正合碗盖，连茶碗一下子扣了炕桌上，那拉皇后指着颙璇捂着胸，咳得满脸涨红，只说不出话来，乾隆手举酒杯正往唇边送，一口笑出气来吹得酒都溅出去，陈氏、汪氏、金佳氏、魏佳氏在底下笑倒了一片，满殿宫女也都东倒西歪站不稳，只和卓氏听不大懂，跟着众人讪笑而已，颙琪几个阿哥也都笑不可遏，只迫于乾隆严父在场，撑着不肯失态"[2]。这段描写与《红楼梦》中刘姥姥二进荣国府，由于宴席上被凤姐捉弄，说出憨话惹得众人大笑的情节如出一辙。[3]除此之外，类似年末皇庄进贡年例单子、外国进贡的贡单之类的礼单等描写，二月河也承继了《红楼梦》的细节书写经验。

尽管二月河对《红楼梦》有诸多借鉴，在阅读过程中，我们可以发现二月河那种吸收、消化和转化的努力，以及具有个性化的创作效果。二月河当然并不是简单地模仿《红楼梦》，而是充分地吸收、消化其中的经典手法，然后进行艺术加工融入到小说的故事情节中去。可以说《红楼梦》是二月河小说创作过程中的标杆，也是他努力的目标，"他研究了《红楼梦》，涉猎了《清史稿》之后，他

① 二月河：《乾隆皇帝·云暗凤阙》，长江文艺出版社 2009 年版，第 64 页。

② 同上书，第 324 页。

③ 参见赵勇锋：《论〈红楼梦〉对二月河小说创作的影响》，《语文知识》2015 年第 7 期。

在潜意识里已萌生了要写一部可与《红楼梦》相比肩的巨著的意识"①。这种意识必然会令二月河在创作过程有意无意地用《红楼梦》的艺术标准来要求自己。当然，这种对经典的借鉴也具有"冒险性"——毕竟《红楼梦》是如此难以超越的。

重要的是：我们如何看待二月河的这种"借鉴"和"冒险"呢？——或许，进行文学创作的某种尝试总是要冒险的——1980年代的先锋小说创作又何尝不是对西方文学的一次集中"借鉴"和"冒险"呢？吴义勤在谈到"先锋小说"（文中用"新潮小说"这个概念）时指出："'新潮小说'在中国我觉得还是一种特殊的文学潮流、文学运动以及一批特定作家的作品的特指。可以说，'新潮小说'是中国特定历史文化语境中产生的一种文学现象，它的创作者主要是五十年代末、六十年代初出生的一群有较高学历和文学修养的年轻作家，他们受到西方从现代主义到后现代主义等众多不同作家作品的影响，不满于中国文学长期以来的固定模式和陈旧技巧，试图通过小说形式的探索和实验来革命中国小说的面貌，从而实现他们走向世界的文学抱负。应该说他们的努力是很有成效的，在今天无论是谁谈到新时期中国文学的成就都无法忽略它的巨大影响和它带给中国文学的巨大声誉。新时期文学之所以能引起世界文坛的广泛关注也正与新潮小说的成就密不可分。……在创作方面，'新潮小说'的创新意义则有令人怀疑之处，某种程度上来看，'新潮小说'更多时候只不过完成了对西方先进艺术经验的模仿、移植和翻译，更有讽刺意味的是他们所效法的文学'蓝本'常常都是西方已经"落潮"的东西。"②——如果我们承认"先锋小说"（"新潮小说"）的这种"冒险"之于中国文学的价值，那我们就不能轻视二月河创作对中国经典小说经验的如此"集中"借鉴的价值与意义。

---

① 薛继先：《二月河探微》，见冯兴阁、梁桦、刘文平编《聚焦"皇帝作家"二月河》，广东人民出版社 2003 年版，第 310 页。

② 吴义勤：《中国当代新潮小说论》，江苏文艺出版社 1997 年版，第 3 页。

实际上，中国当代许多作家也都表现出对中国文学"本土"经验的重视，正如青年批评家张莉在对话毕飞宇时所说："我发现，在某个时刻，当年的先锋派或者对先锋写作有尝试的那批作家，都开始回溯传统，开始重新理解中国古典文学的意义。格非上课时多次跟我们讨论过中国小说的时间观念的伟大、中国叙事传统的妙处，余华也很早就写随笔说过他意识到中国小说的叙事能量。你刚才讲唐诗和《红楼梦》《水浒传》《聊斋志异》——作家们不约而同的行为总是意味深长。我想，你们这一代作家，大概也都到了五十岁，不管那些中国经典作品有没有真的对你产生过深刻影响，当你对它们念念不忘时，其实是在有意无意间思考个人写作与文学传统、与文学史的关系。——回过头说《聊斋》，中国当代很多中国作家都承认受到了蒲松龄的影响，比如莫言吧，他多次说过他受到其中魔幻想象的影响。"[1]但从创作实践来看，在中国文学经验的继承和复兴方面，作家往往是"说得多"而"做得少"，同时还是"说得好"而"做得差"。这是很耐人寻味的。从这个意义上，二月河是值得尊重的，至少在中国文学本土化的实践上所做出的努力和成就值得我们深入地讨论和反思。

---

① 毕飞宇、张莉：《牙齿是检验真理的第二标准》，人民文学出版社2015年版，第202页。

第六章　个性与区隔：比较研究
视阈中的二月河小说

　　讨论二月河，我们应该在比较研究的视阈中展开。只有这样，才能充分发现其创作的特质所在。问题在于，我们在什么样的视野和什么样的维度中实施比较，才能最大可能和更为有效地发掘二月河创作的艺术品格。批评界通常的做法是，把二月河置放于历史小说潮流中予以观照，特别是将之与其他历史小说家进行比较分析，梳理其艺术特征。这个方式当然是可行的，也是必须的，比如与凌力、唐浩明等历史小说家比较，讨论他们不同的创作风格。在我看来，仅这样做是不够的，我们应该具有更广阔的批评视野。是不是可以把二月河与其他作家比如莫言、余华、苏童甚至新生代小说家进行比较讨论呢？——譬如在想象的方式、寻找历史的路径、小说的通俗性与创新性等方面进行比较分析——或许只有这样做，我们才可以为二月河历史小说的阐释提供新的可能。因此，本章将在更广阔的比较视阈中对二月河和其他作家的一些文本进行解读，尝试探究二月河的艺术能力和艺术经验。

一、个性与共性：历史小说思潮中的
"落霞三部曲"

　　在 1990 年代的文化语境中，许多作家深感时代的巨大变迁，开始对历史题材发生浓厚的兴趣。他们通过对史实的发掘，表达自己对于历史的见解，并在此基础上实施重构历史的书写。除了二月河的长篇系列"落霞三部曲"，还有凌力的《少年天子》《倾国倾城》《暮鼓晨钟》《梦断关河》，唐浩明的《曾国藩》《张之洞》《旷代逸才》，以及刘斯奋、熊召政、张笑天等作家创作的一批长篇历史小说。比这个时间更早一些，还有台湾历史小说家高阳创作的"清朝的皇帝"系列（《开国雄主》《皇清盛世》《盛衰之际》《走向式微》和《日落西山》）。这里，我们把二月河与唐浩明、凌力、高阳进行整体的比较，在共性与个性的分析中探讨二月河创作的艺术品格。

二月河与唐浩明、凌力、高阳的历史小说都具有呈现历史时空的诉求，都鲜明展现了时代变迁的历史境况，都从不同视角表现了一个时代的精神状况。二月河的"落霞三部曲"是典型的帝王书写，他以康熙、雍正和乾隆三个帝王作为基点，进行百科全书式的叙写；通过描写帝王们的政治生活，来展示清朝兴衰的历史貌相。二月河选择一些重大历史事件来塑造丰满的帝王形象，诸如智擒鳌拜、收复台湾、平定三藩等历史事件的叙写，就突显了康熙的智谋和胆识。少年康熙就表现出超出常人的谋略，逐步推进剿灭鳌拜集团的计划。他先隐忍不发，看似妥协地按照鳌拜的意图杀掉禁止圈地的三大臣以及辅政大臣苏克萨哈，实际上在做周密部署。小说正是通过这些历史事件的叙写，成功塑造了雄才大略的帝王形象。唐浩明尤其重视历史事件的"真实性"，在此基础上力图以艺术的方式"还原"一系列重大实事，如清军入关、太平天国运动、洋务运动，等等，明显带有在史实"考证"的空间里确定叙事边界的特征。高阳在"清朝的皇帝系列"第二部《皇清盛世》中，对康熙、雍正和乾隆三位皇帝进行了详细描写，也在努力展现辉煌的盛世历史。其中对于帝王和士大夫形象的重点描述，似乎与二月河不谋而合。高阳小说中多用典籍来介绍人物的出场，如鳌拜的出场便是运用《清史稿》中的一段文字："鳌拜，瓜尔佳氏，满洲镶黄旗人。……（崇德）六年，从郑亲王济尔哈朗围锦州，明总督洪承畴赴援。鳌拜辄先陷阵，五战皆捷，明兵大溃，追击之，擒斩过半。……（顺治）十八年，受顾命辅政，既受事，与内大臣费扬古有隙，又恶其子侍卫倭赫及侍卫西住、折克图、觉罗塞尔弼同直御前，不加礼辅臣，遂论倭赫等擅乘御马及取御用弓矢射鹿，并弃市。又坐费扬古怨望，亦论死，并杀其子尼侃、萨哈连……"[1]还可以发现，二月河和高阳都对《红楼梦》情有独钟，表现出对中国文学传统继承的自觉。在关于帝王的历史评价方面，有些历史小说家的观点也是相同的，譬如，与二月河一样，凌力也曾指出康熙是中国历史上为数不多的有作为的皇帝之一，可以以"辉煌"二字概括其一生，当然其小说也多从这个角度塑造人物形象。

概括而论，二月河、唐浩明、凌力、高阳等历史小说家都在尊重史实的基础上对历史进行了重新审视，成功实施了从史实到审美的艺术转换。他们的小说不同于传统的历史叙事，不再仅仅聚焦某个历史人物，而是刻画出不同的人物形象，鲜活呈现了那段历史的社会生活。他们都表现出对传统文化经验发掘和吸收的努力，并表现出不同程度的批判意识。同时，这些作家让历史小说重回大众视野，在很大程度上激活了读者阅读的兴趣。更可贵的是，他们并没有止步于单纯的史实还原，而是努力进行对历史的重新阐释，并赋予作品更为丰富的艺术内涵。

其中，二月河历史小说的创作个性是显著的。可以说，二月河以自己的方式呈现了"二月河式"的历史小说书写。这种创作个性突出表现在小说叙事的"宏阔性"特征——即那种叙事的磅礴气势、恢宏气度和粗犷而又不失细腻的艺术风格。如果没有二月河，当代历史小说创作的光芒就会黯然很多。而这，在我看来也是二月河之于中国当代文学的意义所在。

可以说，每个历史小说家都会不同程度地注重历史事实的考

---

[1] 高阳：《清朝的皇帝·皇清盛世》，上海文艺出版社 2013 版，第 5 页。

证。但很明显，唐浩明"用力过猛"，这也大大钳制了其想象力的延展，也压抑了小说更多文学性因素的生成，正如有学者在比较研究二月河《雍正皇帝》与唐浩明《曾国藩》后指出的那样："《雍正皇帝》的成绩表明，作家学者化比学者改写小说厉害。知识靠的是死功夫，创作却要有天分（当然有些学者也是有天分的）。不过，在目前都忙着与时间赛跑、抢先出书、将名抵利、竭泽而渔的创作氛围中，又有几人肯像二月河那样每日四小时坚持看书积累学识呢？将《曾国藩》与《雍正皇帝》放在一起比较，它们同为力作，各具千秋，都有竞领风骚的资格。从文化现象的角度看，《曾国藩》无疑比《雍正皇帝》更值得重视；从文学角度看，《雍正皇帝》虽然不无缺憾，但在艺术上远比《曾国藩》圆满。究竟站在何种角度上评价作品，就要看评价者的立场了。我倒宁愿选择后者，因为文学毕竟是文学。"[①]——用文学的而不是其他的标准来评估二月河的历史小说创作，应该是我们最重要的立场和原则。高阳也特别重视典籍的历史考证。他在重构历史的过程中，往往作为一个叙述者介入，表达对历史的主观性认知；甚至不止限于史实本身，还包含对一些课题的探究以及对于史证的不同评价，从而对于史实的真实性程度做出自己的甄别和判断。譬如在借鉴《红楼梦》这个问题上，二月河注重将《红楼梦》的文学经验融于故事建构中，高阳则注重以《红楼梦》为重要线索来"论"清史，将《红楼梦》及相关研究论著作为"清朝的皇帝"叙写的重要参照。高阳在《皇清盛世》中述及清初"圈地"事件时，就以《红楼梦》创作背景的研究成果作为"圈地"事件的一项佐证，并把《红楼梦》中的地点和人物视为某阶段历史的影射。

凌力作为一位女性作家，其小说叙事也表现出某些女性视角的特征。二月河擅长将权谋斗争融于历史叙事中，譬如通过像三臣联折被杀、苏克萨哈喋血、康亲王杰书倒戈等扣人心弦事件的叙述，

---

① 胡平：《评〈曾国藩〉与〈雍正皇帝〉的竞领风骚》，《当代文坛》1997年第4期。

来营造宏大的历史氛围。凌力以女作家特有的细腻笔触，对平民生活世界的处理就显得比较细致、从容，比如小说中对于梦姑逃亡路途中的叙述："已经跑进一处杂乱贫穷的街区了，还没能甩脱身后的追捕。好在是在汉民街，指指点点站在一旁看热闹的不少，学着巡捕腔调怪叫的光屁股娃娃也不少，就是没有一个人肯替他们出力挡一挡梦姑的道。"除了对民间生活的详细叙述，凌力小说中的爱情书写也呈现出温情细腻的女性叙事特征。她笔下的爱情书写可谓类型丰富，无论奸诈的辅政大臣，还是帝王身边的小人物，小说都为之设计了"专属"于他们的爱情故事。譬如企图谋权篡位的辅政大臣鳌拜，小说为其安排了愿与其同甘共苦的玛尔赛作为其情感生活的一部分。安乐王的婢女梦姑与戏子同春至死不渝的爱情叙写，更是一波三折，让人印象深刻。凌力往往将历史氛围营造的关注点聚焦于宫廷生活，摄入婚姻、友谊、爱情等多种元素，通过对家庭生活的叙写来表现人物的性格特征。比如，小说通过对太皇太后的生日、公主的结婚典礼以及皇帝完婚等诸多生活场景的描写，全面呈现了诸多人物所处的生存环境。凌力的小说还注重表现历史环境对于人物性格发展的影响，表现帝王在不同阶段所形成的不同性格。少年康熙年幼即有佛心，笃于亲情友于弟妹，如小说中描绘少年康熙的形象："只见皇上只穿件贴身的月白绸衬褂，冻得腮帮泛青、嘴唇哆嗦，自管飞跑到冰月床边，一把掀开锦被，双手用力抱起烧得浑身滚烫的月妹妹，紧紧贴在自己凉冰冰的身上，还特意把冰冷的脸蛋贴紧那热得如着了火的小脸——他是从春寒中取了凉，回来为月妹妹退高热！"①此时的玄烨不在乎别人眼中所谓的"龙体"，他用自己冰冷的脸蛋为冰月退热更是动人的关爱之情，无关皇权和地位。尽管凌力笔下的康熙不乏为政之道、与权臣周旋的叙写，但这种颇带"抒情性"的叙事特征也是显而易见的。而这，显然与二月河是不同的，二月河小说更多呈现的是一种粗犷、豪迈的

---

① 凌力：《暮鼓晨钟·少年康熙》，北京十月文艺出版社2012年版，第16页。

叙事格调。

二月河在历史小说中所表现的文化态度与立场多引起人们的争议。在我看来，二月河对待历史文化的态度是追求开放性和包容性的，或者进一步说，他采取的更多是一种理解和平视的观照姿态。这种文化态度的核心情感内涵是宏阔的"悲悯意识"。在二月河气势恢弘的历史叙事中，小说留给我们许多有关历史的"无奈"与"忧伤"的阅读感受。而这种阅读感受，首先来自于小说中的悲悯意识。悲悯意识在"落霞"的命名上就能显示出来，它甚至成为整个历史叙述的起点。如此重要的一点，却容易被人们忽略。在史诗般的历史叙述中，二月河把悲悯意识悄悄处理成一种基调，让它成为叙述的起点——小说叙事从这里出发，延展开去并生成丰富的艺术世界。这显然也影响了二月河对于历史人物的塑造。二月河谈到"清帝系列"的创作主旨时说："我尽可能地从传统道德中摄取了带有活力的、有营养的东西赋予我的人物，让读者从这些人物与命运的抗拒联合中去体味中国文化浩然无际的伟大。"[①]当然，二月河的小说并不缺乏对历史文化的批判，这种批判同样是在悲悯意识中衍生的。这一点，也是二月河历史小说创作极其重要的特质。其他历史小说家在创作中对待历史文化的态度，因关注的角度不同各自呈现出不同的特点。与二月河小说创作中广袤、深入的历史观照不同，唐浩明采取的文化观照视角是进入"个体"，通过"个体"的人生选择与命运境况来表现历史文化的特征，《曾国藩》就是这样："作者采取文化的视角，以曾国藩的文化心理发展脉络为重点结构全篇，凸现了主人公作为封建时代最后一个大儒力图按照儒家理想诚意、修身、齐家、治国、平天下，实现立德、立功、立言的人生目标的奋斗过程，使这个形象超越时空的局限，成为中国封建传统

① 秦晓帆：《同源异质的历史诠释——对高阳、唐浩明、二月河文化观的考察》，《小说评论》2008 年第 2 期。

文化精神的具体体现者，获得长久的审美价值。"①凌力的小说对历史文化的批判倾向较为明显，譬如对"哭庙案""奏销案""通海案"和"明史案"等重大历史案件的叙写，显然呈现出鲜明的批判意识。凌力在满人对汉人的残酷统治叙述中用墨颇多，揭示满人对汉人的驱逐不仅有统治地域的缘故，还有更多的文化深层次原因。在1990年代女权主义思潮影响下，凌力将诸多女性形象进行了个性化处理，将她们从历史中挖掘出来，使她们不再是帝王形象的背景，而是将其作为历史的重构者。同时，凌力的人道主义思想也贯穿于创作之中，比如赋予传教士汤若望多重身份。汤若望既是顺治的师父，又是孝庄皇太后的义父，还有许多的信徒。他不是传统意义上的传教士，而是一个富含仁爱思想的导引者形象。而在高阳的小说中，对汤若望的陈述多来源于对《汤若望传》的考证和评价。高阳多从君主和大臣身上寻找理想化的人格魅力，或是通过民俗风情的再现，力图将古典的文化精神融于庸常生活的表达之中。

在历史小说的创作潮流中，作家的艺术想象力也是我们关注的一个重要方面。二月河注重历史真实和艺术真实的有效平衡，在这个过程中，出色的艺术想象力使得他游刃有余地将史实具象化，完成了对康雍乾历史的艺术再造。从历史史实和艺术虚构的关系来看，二月河的艺术想象可以分为三种类型：补充式想象、颠覆式想象和"非史实"想象。

第一，补充式想象。二月河在充分调动史实资源的基础上，充分发挥想象力，合理运用想象来填补史实中遗留的诸多"细节"空白。譬如，《康熙大帝》中康熙与鳌拜较量中的历史"留白"，二月河在小说中予以"补充"，我们把这类想象称之为"补充式想象"。还是以这个例子来说明。在矛盾日趋尖锐化和明朗化的时刻，康熙经过周密的策划和精心安排，最终剿灭了鳌拜集团。首先，二月河为康熙设计了文武结合的双重培养方案：一是秘密拜落第举人、江

①　胡平：《评〈曾国藩〉与〈雍正皇帝〉的竞领风骚》，《当代文坛》1997年第4期。

南才子伍次友为师，勤奋学习历朝皇帝的治国经验；二是以贴身侍卫魏东亭为核心，精心挑选、训练十几名年轻力士以待时机。其次，二月河运用想象来对史实补充润色：《康熙大帝·夺宫初政》第三十九回"老太师落入法网　小毛子杀贼立功"中魏东亭奉命率领侍卫擒杀鳌拜，使出了"柔云八卦掌"，鳌拜则有"沾衣十八跌"的功夫。这种"补充式想象"让遥远的历史事件变得鲜活，增强了小说的艺术魅力。

　　第二，颠覆式想象。二月河不仅合理运用想象填补历史的缝隙，以形成一个完整的艺术世界，而且运用想象对历史进行"颠覆式"的消解和重构，实现对历史事件的文学书写。"雍正之死"这个充满谜团的历史事件，历来为文学创作提供了丰富的想象空间。研究者依据史料推出雍正之死的原因有二：一是频繁参与道教活动，服用丹药中毒而死。[①]二是长期操劳国事，积劳成疾而突发心脑疾病暴毙。[②]而二月河却完全跳脱出这样的历史推想，将雍正之死想象为一场无意的乱伦悲剧：强占而来的弟媳乔引娣竟是自己的亲生女儿，雍正在绝望中与引娣双双自戕。这样一来，二月河将雍正推离了人物原本的历史轨道，对雍正之死进行了颠覆性的想象。在波谲云诡的政治斗争中，二月河呈现了悲剧性结局的个性化想象：雍正居于权力漩涡的中心，在维护自身统治的同时又陷入极度绝望的心境中失却了人性，转而撒手人寰。权力的斗争已让雍正心力交瘁，如果需要什么来瓦解雍正的精神意志，终结生命的话，此时"乱伦"这种反伦理、反人性的行为就显得极具力量。二月河对于雍正死因的想象，颠覆了所有对于"雍正之死"的史料诠释，虽然有人将之称为"使小说稍稍滑向了通俗文学的套数"[③]，但这样的

---

① 参见李国华：《雍正暴亡　丹炉揭谜》，《中国档案》1998 年第 12 期。

② 参见王东峰：《〈清世宗圣训〉与雍正之死》，《兰台世界》2011 年第 22 期。

③ 范阳阳：《从二月河"落霞三部曲"看 90 年代文学场》，《小说评论》2014 年第 1期。

颠覆式想象符合人物性格的内在逻辑，而且在小说中也产生了强烈的艺术效果。

第三，"非史实"想象。如果说，补充式想象和颠覆式想象是二月河想象创作的两大典型，那么"非史实"想象则最能展现出二月河的非凡想象力。这里的"非史实"想象不像前两种想象是基于历史事件的某种"扩充"，而是完全意义上的"虚构"，但是，这种虚构是在具体的历史情境中进行的，且与既有史实发生关系的想象。譬如，伍次友和邬思道便是"非史实"想象中的两个人物代表，他们都未在史料中涉及，完全是作家通过想象塑造出来的理想化士子形象。对于伍次友，譬如他成为帝师需要符合哪些条件，等等，这些都是需要通过想象来构建的。为了彰显伍次友心系苍生、独特见识、胸怀大略的品格，二月河这样铺排想象线索：先从伍次友救明珠入手，穿插交代其家世："是个闻名于大江南北的才子。家世豪富，祖上曾做过几任大官……原是侯方域的学生，清室定鼎之后便从了天意，考了秀才，中了举人。"①接着在大街上因穆里玛光天化日强抢民女之事仗义执言："且慢！穆里玛大人！……堂堂皇城，天子脚下，正是讲理的地方。樵父贩夫，皆可声言，凭什么我就说不得？我偏要管！"紧接着他在科举会试中写出《论圈地乱国》，并引起了康熙的注意。成为帝师后，他更是竭尽全力为康熙出谋划策，帮助康熙智擒鳌拜、平定三藩等。伍次友作为一个虚构的人物，与康熙同置一个时空，成为康熙身边重要的谋士，这样一来，想象与史实相互渗透，虚实相生，产生了相得益彰的效果。

补充式想象、颠覆式想象和"非史实"想象有效建构了二月河瑰丽的艺术世界。在这种视阈中，如果将二月河的小说与其他历史小说进行互读，不难发现二月河文学想象的丰富性，也可以发现其小说创作呈现的某些特质。一是基于"史实"的想象特质。对康雍乾进行全景式的书写，是契合史实的小说叙事。二月河对康雍

---

① 二月河：《康熙大帝·夺宫初政》，长江文艺出版社 2009 年版，第 37 页。

乾历史进行想象再创造的时候，对诸多重要的历史事件均进行了深入的研究。《康熙大帝》中"智斗鳌拜党羽""平定三藩""东收台湾""西平噶尔丹"，《雍正皇帝》中"九王夺嫡""摊丁入亩制度""士民一体当差""西南改土归流""火耗归公"，等等，都是清史中记载的重大政治、经济、军事和文化事件，这些也成为二月河小说的主干故事情节，也是二月河展开想象的基础。从人物塑造来看，二月河笔下的人物同样是基于史实的想象创造。康熙作为杰出的帝王，功绩表现在政治、经济、文化等各个方面，二月河在想象中也是侧重展现康熙的雄才大略和文治武功。二是注重"内在逻辑"的想象。二月河的想象塑造强调人物精神的内在逻辑，注重在浓烈的历史氛围、朝廷斗争中展开人物性格的合理想象。无论伍次友煮酒论功名、三臣联折被杀，还是苏克萨哈喋血、康亲王杰书倒戈等多种扣人心弦与波谲云诡的事件，都是人物精神世界的最好呈示空间，也是人物性格合理存在的环境。在比如，在谋取皇储地位的斗争中，雍正工于心计，善于伪装自己。他在康熙二度废除太子之后，决心参与储位角逐，争取"不世之荣"。但在父皇面前，却装扮成一种"和光同尘、与世无争"的样子。同时，小说还塑造了他阴险狡诈、心狠手毒的一面，特别是登基之后，恐过去夺嫡计谋被人泄露，杀人灭口，把谋臣干将一网打尽。而以上这些都是符合雍正性格发展的内在逻辑，及至最后他将自己置于举目无亲、断无后路的境地，在逻辑上也是经得起推敲的。三是高于史实的想象空间。与同期历史小说家相比，二月河的想象空间显得更为恢弘广阔。二月河的想象范围往往延展到人物一生的命运遭际，比如，小说构建了邬思道一生的命运脉络：出身江南世家，才能出众，本想通过科举考试谋得出身，既能光宗耀祖，又可造福一方百姓。吏制败坏和贪腐盛行，让其无法显露，因未向主考官行贿而名落孙山。他率举人抬财神大闹贡院后被通缉，隐匿苦读却在逃亡途中路遇劫匪，虽得以保命却双足残废，至此功名无望。万念俱灰之际，又被表姐夫和姑父设计陷害，之后被四阿哥安排获救，从此改变了邬思道的命运。小说有意安排了邬思道与雍正相遇，是为九王夺嫡的情节做准备的。邬思道坎坷经历，学穷古今，见识高远，虑事细密，对朝局进行了深刻分析：朝局看似平稳，内中极大隐忧。四阿哥点燃了邬思道隐藏在内心的梦想，即便不能"致君尧舜"，至少可以辅佐这个办差阿哥铲除些社会不平。邬思道为四阿哥制定了一套有针对性的长远计划，使其逐渐树立了争储的信心，接受了"天予弗取，反受其咎"的理念和力争储君之位的策略。邬思道精心的战略措施很快提高了四阿哥的地位，树立了四阿哥在皇帝心中既能干实事、又有大局观的印象，加重了他在争夺皇位中的分量。邬思道的大半生都在为雍正耗费心力，每在紧要时刻或危急关头，都能运筹帷幄、分诊时局。他更是将康熙的帝王心术看得入木三分，帮助四阿哥在变幻莫测的政局中把握主动。在与"八爷党"争斗的最紧要关头，邬思道居中调遣，挽狂澜于既倒，扶大厦于将倾，终使得四爷顺利即位。最终邬思道凭自己的智慧和谋略成功归隐，虽然还时时受到雍正的监视，但却也能全身而退。这种对人物生命轨迹的设置和安排，展现出二月河极为广阔的想象空间。

二月河出色的艺术想象，使其历史书写呈现出更为深厚的艺术内涵。同时，二月河小说在想象中展开了对历史和人性的审视，大大丰富了小说对历史的建构空间。二月河卓越的想象力是其历史小说创作成功的重要因素，也为历史叙事提供了可贵的艺术经验。

二、讨论二月河的重要路径：
与更多作家的比较分析

即使做以上的比较分析，对二月河的探讨，远没有达到令人满意的效果。这是因为，我们想知道二月河的历史书写到底提供了哪些文学意义上的价值，或者说，它在提供文学审美和文学经验方面的可能性有多少。——那我们就不能仅仅在历史小说潮流中来看二月河，而应该把他放在中国当代文学发展的进程中来讨论。这里我们将二月河与一些"非历史"小说家比较，或单个文本的剖析，或整体的扫描，尝试关于二月河研究的更多路径。

（一）故事与创新：与先锋小说的互读

我们拟从读者的阅读感受出发，来确定一个比较的对象。二月河的创作被认为是"雅"文学和"俗"文学的有效结合，其中所谓"俗"文学特征让读者印象深刻。譬如，一些扑朔迷离的情节设置，康熙的艳情、雍正的猝死、年羹尧的命运跌宕等都"迎合"了大众的阅读兴趣，具有"大众故事"的审美旨趣。既然有"雅"的一面，那它就不是单纯的"通俗小说"，而是具有了"纯文学"的某些特质。根据这个艺术特征，我们不妨确定一个曾经的"先锋小说家"与其进行比较讨论。——譬如苏童，我们分析他的一个小说《红粉》，来展开大众故事与先锋创新话题的讨论。那我们接下来要做的，首先必须耐下心来对苏童的《红粉》做一个细致的文本分析。先从先锋小说的背景说起吧。

与二月河创作的时间大致相当，中国先锋小说家 1980 年代开启了小说实验。在这个进程中，先锋派作家追求形式上的颠覆和创新，演示着一个个光怪陆离的文本世界。传统故事的整体性在这些文本中被肢解，似乎叙说传统故事或者照顾故事的可读性便不能承载现代写作诉求及其要表达的丰厚意蕴，现代意义的艺术创新也似乎必须丢掉传统的故事叙说去开辟新的领域。从接受层面来说，"可读性"的破坏也是一个不小的代价。耐人寻味的是，1990 年代以来，小说的"故事性"进行了明显的回归。其中，苏童的小说就具有代表性，给读者留下了深刻的印象。无疑，作为先锋派的代表作家，苏童提供了许多艺术创新的经典文本，与马原、余华、格非等一批作家共同引领了小说写作实验的潮流。值得注意的是，苏童的小说融入了大众故事的可读性，并因此拥有了广泛的读者。这是我们将之与二月河小说互读的基础，也是互读的起点。

我们的比较讨论首先从苏童《红粉》的文本解读开始。从小说故事的构成因素及阅读感受来看，我们有理由认定《红粉》既是传统的大众故事，又是先锋创新的实验文本，小说独特地实现了二者的双重建构。传统故事面对大众，满足大众的审美文化需求，这种价值取向决定了故事的叙述惯例。我们看一看词典给"故事"下的定义："真实的或虚构的用作讲述对象的事情，有连贯性，富吸引力，能感染人。"① 严格地说，这个界定更趋向于通俗文学的故事，有连贯性、富吸引力和能感染人是大众故事的叙述表征。大众故事属于大众文学的范畴，选择的是易于走向读者的叙述途径，"它不同于官方文学的公式化、概念化，也不像一些精英文学那样显得过分正规、庄重、严肃而使人'高处不胜寒'，而是以随意的、平易近人的、亲切的面貌出现在大众面前"②。在创作实践中，作家无论是侧重人物还是侧重事件都按照"从头说起，接上说"③的叙述范式，结构多为由头到尾的纵向叙述。生死情仇、悲欢离合的叙说正符合这种说故事的要求，因而成为大众故事说不尽的话题。《红粉》在很大程度上遵照了大众故事的讲述惯例。这里我们不妨复述（能够复述也是大众故事的特征）一下《红粉》的故事，以便能从整体上把握其故事性的特点：喜红楼的烟花女子秋仪和小萼一同站在车厢里。当卡车驶过城门，秋仪跳车而逃。小萼被送到山洼里进行劳动改造，度日如年。再说秋仪，大闹喜红楼，要回首饰，投奔旧相好老浦，浦家不容，被迫剃度玩月庵。小萼改造期满，竟与老

---

① 参见《现代汉语词典》，商务印书馆 2016 年版，第 471 页。
② 方忠：《台湾通俗文学论稿》，中国华侨出版社 2000 年版，第 5 页。
③ 赵树理：《赵树理论创作》，上海文艺出版社 1985 年版，第 25 页。

浦结婚，生一子悲夫。老浦贪污公款被处以极刑，小萼难以度日，无奈与一北方男人远走高飞，临行将悲夫托于秋仪。时秋仪已被逐出庵外，下嫁冯老五。车站里，秋仪和小萼悲泣而别。不久，小萼音讯皆无。——下面我们来看小说是如何叙述的。《红粉》是按时间顺序来安排场景和动作的。苏童选择了大众故事的讲述方式，用时间顺序来安排场景和行为，组成了非常完整的故事情节，我们似乎在听一个风尘女子的民间传奇，跌宕起伏，引人入胜，而且明显带有"花开两朵，各表一枝"的叙述手法。而一般的先锋派作家却与此不同，他们对故事的古典韵味进行颠覆，对传统小说的情节、连贯性进行反讽，打破叙述的线索，以暧昧取代明晰。同时，我们注意到《红粉》仍然关注对人物的叙写，虽然没有完全聚焦于人物形象，但也给了人物完整并相对丰满的形象。先锋小说淡化人物形象，人物只是一个符号，侧重表现光怪陆离的现代意识，"写人物的小说彻底地属于过去，它是一个时代的特征"[1]。在《红粉》中，秋仪的倔强、泼辣和伤感，小萼的怯弱、顺从和柔情都十分丰满地凸现出来，也表现了穷途末路的昔日阔少爷老浦的生活和性格，甚至连贪婪、刁蛮的鸨母以及冷淡、顽固的浦老太太也给读者留下了深刻印象，而这些形象也正是大众故事所津津乐道和读者期待中的人物造型。我们还应该注意到，小说叙事场景和阅读心理进行了有效融合，阅读形成的情感积淀与叙事场景的交融使读者与故事发生共鸣，共同营造了一种悲喜伤怀的氛围。在这个过程中，读者情感与叙事进程得到了同步演示。譬如，秋仪大闹喜红楼，因小萼引发的训练营骚乱，婚宴之际小萼与秋仪相见等情节引人入胜，在曲折中把故事引向高潮，提升了读者情感与故事叙说的融入程度。秋仪有家难归，坐着黄包车经过家门，"看见她的瞎子老父亲坐在门口剥着蚕豆"，便"从手指上摘下一只大方戒，仍到盛蚕豆的碗里。

---

① ［法］阿兰·罗伯-格里耶：《快照集·为了一种新小说》，余中先译，湖南美术出版社2001年版，第95页。

父亲显然不知道，他仍专心地剥着蚕豆"。秋仪在剃度时，"抓起剪刀，另一只手朝上拎起头发，刷地一剪下去，满头的黑发飘飘地纷纷坠落在庵堂里，秋仪就哭着在空气里抓那些发丝"。这些细节无疑大大增强了故事性和人物形象的丰满程度，对应了读者阅读中的期待心理，触摸了读者情感的敏感点，成功把读者带到传统叙事的氛围中去。相反，一般的先锋小说却尽力破坏读者的阅读情感，用错乱和消解的方式来打破这种和谐。可以说，正因为苏童吸纳了大众故事的叙事模式，选择了为大众易于接受的文本形态，满足了大众的审美期待和阅读习惯，才使得其创新文本没有与读者在沟通上造成阻塞。

现在，我们要追问的是：二月河的历史小说不是这样做的吗？——是这样的，所以读者说它"通俗"。耐人寻味的是，读者特别是批评家没有人把《红粉》与传统的大众故事等同起来，更没有人认为《红粉》像有些大众故事那样"只限于满足人们的好奇心，给人以离奇的刺激性的低级的审美感受"[①]。我们在接受故事的同时，仍然感到小说有浓厚的现代气息和强烈的创新意识。

那么接下来我们再来看一下《红粉》的先锋特征。首先关注小说的题目和两个人物——秋仪和小萼。"红粉"一词有着多义性和模糊性，是实物还是虚指？是代表一种氛围还是一种情感？这种不明晰的特性本身就注定小说具有多维度的审美空间，小说展示的故事含义也与传统小说的意义指向有所不同。如果小说把秋仪和小萼整合成一个符号，把两个人的生活都放在这个符号下演示，让一个人同时拥有两个生存的可能，从而来揭示现代生存的悲剧意识，那么这就是一个典型的先锋小说写法。苏童没有这样做。更重要的是，我们能感觉到小说叙事所切分的两种生存状态，展示了人物真实的生存命运，超越了对特殊群体的诠释而上升到对个体命运的追

---

① 刘再复：《性格组合论》，上海文艺出版社1989年版，第33页。

问。小说没有纷繁炫目的现代手法，却也实现了生存价值的某种颠覆和解构。在叙事的顺延过程中，小说形成了一个潜在的文本，它造成了小说文本的分裂，而这种分裂也正是先锋派作家的审美期待，两种文本的互文效果也就形成了小说独特的艺术创新。比如小说中这样的叙述："秋仪说，咳，我就不会跟女人打交道。她知道我的身份吗？最好她也干过我这行，那就好相处多了。……秋仪笑了笑，这可难说，我这人不会装假。"小说平静地展开叙述，然而却使读者由此产生审视和想象：人生的真实和虚假？生存的无奈和挤压？从而产生一种意义消解的可能。《红粉》的这种语言不像其他先锋小说语言的错乱、新奇，但在叙述中也实现了能指和所指的分离。小说在一种历史背景下展开叙述，撕开历史的面纱，以消解价值的方式触摸历史真实的内核。在故事层面下，小说的创新因素实际上在颠覆、消解大众故事的表层意义。也正是从这里，我们感到作家同时以传统和现代的意识建造自己的审美空间，正如苏童所说："一个好作家对于小说处理应有强烈的自主意识，他希望在小说的每一处打上他的某种特殊的烙印，用自己摸索的方法和方式组织每一个细节每一句对话，然后他按自己的审美态度把小说这座房子构建起来，这一切需要孤独者的勇气和智慧。"[1]

可以说，故事元素和艺术创新一直是小说创作中的话题。《红粉》的大众故事和艺术创新的双重建构，对文本的故事性和创新性的结合做了一次实验。不落俗套的形式创新扩展着小说的审美空间，在解构传统小说历史建构的同时，也保留了走向大众的通道。罗伯-格里耶指出："在现代小说中……也不应该以传统人物的消失为借口，得出人不在场的结论，不应该把对叙述新结构的探寻，同化成一种对任何事件、任何激情、任何历险的单纯的取消。"[2]但

---

① 苏童：《想到什么说什么》，《文学角》1988 年第 6 期。

② ［法］阿兰·罗伯-格里耶：《快照集·为了一种新小说》，余中先译，湖南美术出版社 2001 年版，第 99 页。

是，1980 年代先锋小说在形式探索的同时往往将传统的故事性彻底分解。这里，我们想到杜拉斯和她的《情人》。杜拉斯原属难懂作家之列，但《情人》却受到广泛的欢迎，取得了很大的成功。杜拉斯决不是通俗作家，她向来追求艺术创新，始终进行着艺术形式的试验。正因为如此，她的这种"杜拉斯现象"才倍受人们的关注。《情人》文本中含有大量的多义性话语，并利用叙事结构交替转换展开叙述，但是，"《情人》中杜拉斯式的写法相对来说并没有打乱一般阅读习惯"[①]，故事性较强，并带有大众熟悉的自传体的叙说模式。但是，《情人》的意义已远远超越文本中的故事，"当然不能等同于自叙传，同样也不应仅仅归之于一个故事，作品包含的内容大于情节"[②]，因此小说也明显带有现代艺术创新的诉求，从而实现了大众接受的"可读性"与作家创作的"创新性"的双向整合。从这一点来说，苏童的《红粉》与杜拉斯的《情人》有着趋同的艺术审美旨趣。美国文学评论家亨利·詹姆斯指出："故事和小说，主题和形式，就等于针和线，而我还从来没有听人说过有哪一个帮派的裁缝匠人，竟会建议只用线而不用针，或者只用针而不用线。"[③]然而问题是，我们如何在小说文体变迁中来界定"故事"？小说不能拒绝与更多的读者沟通，那么小说要多大程度上保留"可读性"呢？法国读者基本上可以说因《情人》的"可读性"才靠近杜拉斯的，也不是以"娱乐小说"和"严肃小说"的界限来判别小说的优劣，"一部拙劣的'严肃'小说是拙劣的作品，而一部优秀的'样式'小说是优秀的作品。"[④]苏童没有板起面孔让他的小说完全以"先

---

① ［法］米雷尔·卡勒－格鲁贝尔：《人们为什么不怕杜拉斯了？——关于〈情人〉》，见玛格丽特·杜拉斯：《情人·乌发碧眼》，王道乾、南山译，上海译文出版社 1997 年版，第 189 页。

② 王道乾：《情人·乌发碧眼·前言》，同上书，第 3 页。

③ ［美］亨利·詹姆斯：《小说的艺术》，朱雯、乔倪、朱乃长等译，上海译文出版社 2001 年版，第 24 页。

④ ［美］阿瑟·阿萨·伯杰：《通俗文化、媒介和日常生活中的叙事》，姚媛等译，南京大学出版社 2000 年版，第 138 页。

锋"的形式横空出世，而是让小说成为既有大众故事性又富含创新因素、既有古典韵味又有现代气息的作品。不仅《红粉》，苏童的《1934 年逃亡》《米》《妻妾成群》等不少小说也明显带有这种双重建构的特性。然而，苏童不是一个把先锋小说向通俗层面上运行的作家，他的先锋姿态无可置疑，只是他的这种姿态里有一种追求开放视角的欲望，这使他的这种双重建构是在对小说艺术探寻的审视中完成的。这一点极为重要，使其小说文本具有了独特的艺术品格。中国现代文学也受到西方现代派的影响，1940 年代前后，一些作家如张爱玲、予且、苏青、梅娘、徐訏等用先锋派的手法（注重意识、心理和感觉等）去叙写市井的大众故事，具有可读性又高于通俗小说，实现了"雅俗"共赏。苏童用故事去表现艺术创新，智慧地赋予小说"可读性"，而文本能指的丰富也造就了小说独特的创新空间。不仅如此，苏童运用小说建构的多维性去激发读者的阅读动机，竭力拓展读者的期待视野。"一个故事文本仅仅注意到文学理论所发现的读者兴趣，那么读者的阅读可能只含有一两种相应的阅读期待"①，因此，苏童这种小说叙事意义就不再仅停留在易于接受和现代创新的层面上了，而是提供了一个对文体探索全方位审视的平台。苏童用个性化的方式对小说进行探索，以一种历史和开放的姿态去审视小说的表现形式，"小说的历史不该满足于一个年表或一个简要的谱系：作为当今的主要体裁，小说也是一种通过镜面效应对写作技巧和小说修辞一直提出质疑的体裁"②，这显然突破了某一历史阶段文学思潮的范围。

回到二月河的历史小说创作。那么，二月河的小说只是"娱乐版"的通俗小说吗？显然，我们不能做简单的肯定回答。尽管"落

---

① Stibbs, A., *Reading narrative as literature: signs of life*, Milton Keynes Philadelphia: Open University Press, 1991, P.144.

② ［法］贝尔纳·瓦莱特：《小说—文学分析的现代方法与技巧》，陈艳译，天津人民出版社 2003 年版，第 4 页。

霞三部曲"没有如苏童小说那样聚集"先锋"叙事技术，但同样的一些技术因素也是显而易见的。比如，盛世历史书写中的悲剧叙事，个体人格的分裂叙写，等等（其他章节对此有具体探讨），这些都指向一个具有现代文学意识和特征的复杂文本。只不过，这些特征被"稀释"在宏阔的历史叙事中去了。这样讲，并不是要"抬高"二月河历史小说的文学价值，而是讨论其创新性因素存在的可能，以及在此基础上生成的某些文学经验。1990年代以来，在"故事性"回归的同时，小说创作仍然蕴含了前期先锋小说所积淀的丰厚成果，这或许是当代小说走向沉稳和成熟的路径。莫言九十年代初就认为应学习武侠小说的可读性，引导读者读完小说，并从这个角度去寻找当代小说的出路，新生代作家邱华栋也认为："打破了流行小说和严肃小说的界限，这样的写作方向，应该引起我们同时代作家和读者的注意。"① 从这个意义上说，二月河历史小说具有更多的阐释可能。

（二）如何寻找历史：与新历史小说、新生代小说的比较

如何寻找历史？这是历史小说家需要关注和思考的。无疑，二月河确立了自己的方式，即那种以宏阔的时代展现和丰富的人物书写走近历史时空，实施对历史的想象和重构。如果从社会历史批评和艺术审美的角度看，对这种"寻找"历史的艺术方式如何评判呢？我们仍然需要互文阅读，从比较中讨论二月河历史小说的审美旨趣和审美价值。这里，我们把二月河历史小说与新历史小说、新生代小说进行互读，从"如何寻找历史"的角度切入，在具体文本细读的基础上思考二月河小说阐释的更多可能。

我们不准备选择1990年代"典型"的新历史小说文本，而是

---

① 邱华栋：《当代法国作家亚历山大·雅尔丹的畅销小说〈自由小姐〉》，《文学报》2003年10月16日。

选取一个新近的小说文本。——或许，这样做对于我们从这个维度讨论二月河更有意义。我们以范小青的《我的名字叫王村》进行互读。之所以选择《我的名字叫王村》作为参照对象，一是这部小说有一种寻找历史的诉求，二是其在叙事技术上具有先锋小说和新历史主义小说的艺术特征。在我看来，《我的名字叫王村》是近几年来较为优秀的"新历史主义小说"，尽管人们已不再这样类分和命名。我们首先要做的仍然是文本细读。处在复杂变迁过程中的乡村社会一直是当代小说家关注和思考的对象，《我的名字叫王村》的故事背景就发生在农村。1990 年代以来，乡村变革中的诸多问题，如生态退化、文化没落、信仰危机、基层政权的乱象等一直也是小说创作的重要主题话语。小说家或以对乡村生活场景的具体呈现，或以农民打工者的情感记忆等不同的表现方式来叙述乡村变革的历史，表达对乡村变化的种种关切和忧虑。毋庸置疑，在这个过程中出现了一些优秀的作品，它们对人与土地关系变化的有效表达，对农民的物质世界和精神世界的深度观照都让人印象深刻，成为当代乡土叙事中不可或缺的重要组成部分。但不可否认的是，还有许多小说在一定程度上只是对上述主题的简单表达，"主题先行"的方式让作品变得索然寡味，我们从中很难找到文学应有的鲜活与生动。小说家应该先做好小说家的事情，而不是哲学家和社会学家的事情，过于急切的思想表达往往会对文学产生致命的伤害，正如美国学者佛斯特指出的那样："如果小说本身很烂，无论背后的哲学思想多么伟大，都是徒劳。"[①] 这可以说已经是一个文学常识了，但在创作实践中它依然能够在很大程度上考验一个作家的艺术悟性和艺术能力，也是小说家需要长期面对的问题。《我的名字叫王村》以一个极其简单的故事掀开了复杂历史的一角，用简洁的语言表达了现实生活中的种种疑惑和沧桑变化中的冷暖关怀，让乡村变迁的

---

① ［美］汤玛斯·佛斯特：《美国文学院最受欢迎的 23 堂小说课》，潘美岑译，采实文化事业有限公司 2014 年版，第 260 页。

历史从一次寻找开始。

在小说中，作家对乡村世界的关注是明显的，以乡村为切入口对社会现实的追问和反思也是小说重要的主题诉求。如何构建小说的世界，艺术地表达复杂的主题内蕴，显然在检视着小说家的艺术视角。小说选择一个名叫小王村的村庄，聚焦一个角色即主人公王全，叙述了一个非常简单的故事：抛弃弟弟——寻找弟弟——再寻找弟弟。小说的"尾声"部分大致交代了找到"弟弟"的结果，"弟弟"返回王村，叙述戛然而止。小说从这些"小处"入手，呈现出广阔复杂的社会现实。这一切，首先来自于小说对角色的选择。主人公王全（小说中的"我"）是一个极具特质的个性化人物，主导着小说故事的发展。小说采用第一人称叙事，即以王全的视角展开叙述。王全是一个极其普通的青年农民，从县城中学回到王村成为村中的"高级知识分子"。此时，王全尚未成为其"大哥"和"父亲"的样子，具有父兄所不具有的"自由身份"和自我反思的意识和能力。王全独来独往，身在家中又游离之外。王全的这些"特质"表现，使得人们把他视为"另类"。小说赋予了王全极其鲜明的个性化特征，并由此开始了一个引人入胜的故事。小说对于王全的角色塑造，放弃了许多的铺陈，更多的是把人物置放在叙事的进程中，聚焦他的语言和动作，从而形成了戏剧舞台的表现效果。王全具有复杂的精神内涵，这使小说的叙事充满了艺术的张力。尽管王全表现出天真、率直甚至神经质的一面，但小说没有把他塑造成一个幼稚、愚笨甚至"精神病人"（有些小说以这类人的视角来叙述现实世界）的角色，即便有的时候我们也感到他的言行有些匪夷所思，比如带"弟弟"看病时代替其回答诊问，看见老鼠追着喊"弟弟"，等等，但同时我们也感觉到他并不可笑，甚至可能与他一起面对生活中的种种困惑。我们注意到，小说几乎没有涉及王全在物质方面的欲望，而是集中地关注他的精神欲求，这与对其他角色如父亲、大哥等人物的关注点明显不同。小说对王全精神欲求的展现是通过寻找"弟弟"这个主要事件来实现的。对于"我"来说，寻找"弟弟"并不是一个单纯的事件，它在很大程度上寄寓了人物对于生活目标的一种追寻。丢掉"弟弟"是由全家成员商定后由王全执行的，后来王全坚持去找"弟弟"，当然起因首先是出于内心的道德谴责。但更为重要的是，寻找"弟弟"成为王全追寻"意义"的表征，也是其精神世界中对于"希望"的一种诉求。只有从这个角度，我们才能真正理解王全反复说的"除了我弟弟，其他事情都与我无关"，才能真正理解小说对这个人物塑造的意义所在。可以说，寻找"弟弟"是一个充满隐喻和象征的行动，它蕴藏了小说人物所有的精神符码。

"文学作品中的人物与我们之间的关系是如此密切，以至于他们常常并不是纯粹的'客体'。通过同化的力量，以及同情与反感的作用，他们可以成为我们生命的一部分，成为我们对我们自己进行想象的一部分。"① 在阅读的开始，我们就与主人公建立了密切的关系，同情他，理解他，愿意跟着他去寻找可怜的"弟弟"，也相信他能带我们到达没有去过的地方。也正是从这里开始，小说不仅有效形成了简约而丰厚的艺术意蕴，而且为剖析人的生存体验和生存心理、叩问社会的疑惑和复杂性准备了充分的艺术空间。离开王村的王全就是为了一个单纯的目标——找"弟弟"，可残酷的命运一次次跟他开玩笑，不幸的事情一件件降到他头上，个人命运与社会现实的冲突就这样产生了。王全对此大惑不解，为什么人们总不相信他，为什么那么多人怀疑他是精神病人，为什么有人会在千里之外知道他刚刚做过的事情，为什么事情总不是按照因果的逻辑发展？……这个疑惑的清单可以继续开下去。很明显，王全外出寻找"弟弟"是一次充满疑惑的旅行。显然，小说赋予了这次旅行以特别的意义。在主人公寻找的过程中，身份的悬疑和错乱呈现出一

① ［英］安德鲁·本尼特、尼古拉·罗伊尔：《关键词：文学、批评与理论导论》，汪正龙、李永新译，广西师范大学出版社 2007 年版，第 59 页。

种波谲云诡的现实图景。出门寻找"弟弟"的王全充满了希望和信心，然而意想不到的是，王全不仅没有找到"弟弟"，还差点把自己"弄丢"了。历尽波折找到"弟弟"可能所在的江城救助站，却如同走进了一个"迷魂阵"，工作人员一致认定王全就是一个被救助的对象——所讲的"找弟弟"不过是精神错乱的想象。在他们眼里，根本就没有"弟弟"这个人，因此，王全本人就是"弟弟"。最后，救助站以"弟弟已经回家"的谎言骗王全回家，并专门安排两名工作人员"护送"返程。回家后的情况变得更糟，家人都认为王全在江城已经找到了"弟弟"而故意没有带回来，以至于王全甚至不敢把寻找过程的真相告诉他们。在这里，王全的身份由一个寻找"精神病人"的人开始向"精神病人"转化，这种身份转换使他感到莫名的困惑。更为荒唐的是，这次寻找把王全推到了一个十分尴尬的境地，他似乎证明不了自己是谁，除非把"弟弟"找回来，才能纠正其错乱的身份。因此，王全第二次去江城救助站改变了策略，办了一张假身份证，"扮演"精神病人，进入这个充满疑惑的系统。他努力与这个系统的每个人达成一个默契、相安无事的契约，把自己所有的聪明才智全部用在掩盖真相上面。对人物、事物之间复杂关系的审视也是该小说叙事的重要内涵。通过王全寻找"弟弟"的叙事线索，小说展开了对现实生活中各种关系的质疑，对其勾连的种种可能性进行了展示，从而深度透析了隐藏在平常生活现象之下的生存状态，丰富了对个体生存境况的复杂表达。王村中人与人之间的复杂关系主要围绕村长王长官来展现的。"我爹"王长贵本来与王长官有私仇，但王长官当上村长后，"我爹"却成为他的"一条无耻的狗"。王图与村长的复杂关系在寻找"弟弟"的过程中一直若隐若现。王全刚迈出寻找"弟弟"的第一步，就在乡政府遇到了咨询土地承包法律问题的王图，暗示了王图与村长之间明争暗斗的紧张关系。同时，这种复杂关系还交织着他们二人与前村长王一松、村民王厚根、王宝之间的微妙关系。此外，王全尤其感到困惑的是在江城闯荡的同学王大包与村长之间的关系。王大包与村长的关系如鬼影憧憧，并似乎具有一种神秘的力量，掌控着王村的许多事情，甚至影响到王全寻找"弟弟"的进程。王全不谙世事，却又习惯对事物进行自以为是的分析，然而事情似乎总是不按照生活的逻辑发展，这使他在寻找"弟弟"的过程中经常处于无奈、迷茫和尴尬的窘迫境地。很显然，小说对这些复杂的关系也同样充满了疑惑和反思，一方面展现了它们的隐蔽和神秘，另一方面又表现了它们对现实生活无处不在的巨大影响，并表现了人们在面对这些诡谋关系时的无奈和惊悚。尽管如此，小说并没有进一步做厘清这些关系的努力，更没有层层剥茧地挖掘它们生成的来龙去脉，只是让其自然地呈现在寻找"弟弟"的不同环节中。而且，小说也没有让现实把主人公挤压到狼狈、卑微、心灰意冷甚至同流合污的境地，相反，却给了王全一种抵触和挣扎的精神力量。很容易看出，主人公在一定程度上具有较为独立的人格特征，并一直呈现出一种反抗的姿态。这种对抗在很大程度上强化了个体与现实的冲突，给小说的叙事增加了一道明亮的色彩。

在拓展的叙事空间中，这部小说很轻松地把历史裹挟了进去。在对历史的关注和述说中，作家显然表现出自己的叙事立场，把目光投放到充满疑惑和混乱的社会现实中，思索历史中的不同社会结构，感受在历史的进程中生命体验的某种痛楚。在饱含忧患和反思的情感中，小说以王村为缩影从物质世界和精神世界的变化中为我们呈现出一段历史变迁的复杂图景。在乡村社会的转型和变迁中，传统的道德观念和在此基础上建立的伦理观念正在土崩瓦解，精神信仰的缺失造成了一幕幕令人惊讶的社会乱象。小说撕开乡村社会温情的一层面纱，直接触摸历史变迁中的一种冰冷无情的精神内核。小说表面上似乎把目光仅停留在道德伦理层面上，实际上指涉的是整个乡村社会的信仰危机。物质的欲望几乎占据了所有人的精神世界，对物质的过分贪婪左右着人们的一切行为，而这都与转型中的信仰缺失存在着必然的关联。小说在展示乡村社会人生百态的同时，还对历史转型与变迁中乡村社会的生存问题进行了深切的关注和思考，涉及了乡村发展中的一系列问题，比如土地的流转、村办企业项目、资金筹措、债务问题，等等，从人与土地关系改变的视阈中表现了乡村社会在前行中的挣扎和迷茫。有学者指出："当前乡村社会的变化和复杂都是最显著的，但是，我们在当前乡土文学中却鲜见对这种变化的深刻揭示。……其中或许有地方风情，或许有文化记忆，但却没有对现实的深刻把握和真实再现，没有展现出乡村社会在时代裂变中的真实状貌、复杂心态和内在精神。"[①] 这部小说表现了复杂的生存困境，有效实施了对乡村社会现实一种内在的掘进和审视。同时，小说还表达了对乡村的某种情感记忆，并把它作为乡村历史的重要组成部分融会到故事的叙述中。实际上，这是从文化的维度展开对乡村社会的关注，通过情感记忆的叙述来表现乡村历史变迁的现实图景。王全最后找到了"弟弟"，却因此找不到自己的家了："弟弟骂我是骗子，他没有骂错，是我把弟弟带到了一个没有家的家乡。"正是在这种情况下，"弟弟"的一句话——我知道我的名字，我的名字叫王村——便形成了强烈的艺术效果。小说以"弟弟"的这句话作为结束，既是对乡村历史的情感记忆，也是对一种历史存在与消失的某种疑问和反讽。"弟弟"的头脑中显然储存了王村原来的状貌，他正凭着这种记忆在寻找着自己的家，自己的王村，然而他的寻找却注定永无结果。"弟弟"可以找得回来，王村却被丢掉了，只有"弟弟"以"王村"为自己命名，固执地保持着家乡的情感记忆。从这个意义上讲，"弟弟"再次被丢掉了，而且永远消失，如同远去的王村一样。这是一个令人无比悲凉和感伤的结局，如同夜空燃放的烟花闪烁在叙事结束的时刻。

---

① 贺仲明：《乡土文学的地域性：反思与深入》，《首都师范大学学报》（社会科学版）2012 年第 5 期。

如上所述，《我的名字叫王村》以"新历史主义"创作方式走进历史，并实施对历史的寻找和表达。回到我们讨论的问题上来，二月河寻找历史的方式与此不同。不难看出，《我的名字叫王村》与新历史主义小说的创作诉求是相似的，以荒诞、神秘、变形等方式努力走进历史的"真实"，可以说是追求一种纤细、尖锐的艺术穿透力。而二月河的历史叙事则保持在更为现实的轨道上，在广阔、深厚的空间中探寻历史的真实貌相，追求一种宏阔、厚重的表现力。只是我们在新时期注重西方批评话语的背景下，往往强调了前者的意义而忽视了后者的价值。当然，我们并没有质疑新历史小说家的艺术诉求和艺术方式，他们在西方文化思潮影响中所进行的艺术实践当然是中国当代文学的重要成就。同时，今天回过头来看，我们或许更应该以更谨严的学术态度来对待二月河的历史小说创作，以文学的标准来看待其小说的艺术成就，并把二月河放在当代文学发展的整个进程中去观照。这也是接下来我们将二月河与新生代小说家比较讨论的原因。

越来越多的创作成就向我们证明，新生代小说家已然崛起，正在成为中国当代文坛的中坚力量。其中，一些"70后""80后"作家突显出来，并成为不可忽视的文学力量。值得注意的是，不少新生代小说家也在以自己的方式寻找和书写历史，并创作了一些优秀的作品，譬如徐则臣的《耶路撒冷》《北上》，等等。徐则臣是"70"后重要的作家之一，其《北上》获得了第十届茅盾文学奖。徐则臣等通过"走出去"的方式去反思历史，以个体的方式体验历史，其小说创作呈现出独特的艺术品格。这里，我们就以徐则臣为新生代作家的代表，将其与二月河进行比较分析。在书写历史的视阈中，把二月河与新生代作家的小说互读，不仅可以在更多的参照中展开相关的讨论，也可以在这个视角中观照整个当代小说中的历史叙事。在创作时间上，《耶路撒冷》要比《北上》早一些，我们就以前者为例展开具体的讨论。

《耶路撒冷》对一代人的心灵史进行了深度观照，展开了对一个时代的深刻反思。小说的叙事穿行于街头巷尾和城市高速之间，游走在往昔、现在和未来的现实经验及种种可能之中，从而使叙事空间容纳了丰富的社会面相。如果把一种情感转化为小说的元素并艺术地呈现出来，一般来说小说家必须让它们与故事同行，而这种转化和呈现的效果不仅与故事有关，也与故事存在的空间密切相关。对于小说的叙事空间，王安忆曾说："空间唯有发生含义，才能进入叙述，或者说，我们必须以叙述赋予空间含义，才能使它变形到可以在时间的方式上存在。"[①]《耶路撒冷》把叙事空间的核心聚焦在古老的大运河上，并赋以特殊的含义，使它们有效地介入故事的叙述进程。运河是作为故事和人物的空间因素而存在的，是人物、事件的舞台和背景。但就阅读感受来说，它始终与人物和故事并行，共同推进小说的整体叙事进程，如同童话中一座神秘城堡的叙事功能一样。在文本的表层，小说对运河历史的叙述并不是太多，只是把它们自然地置放在叙事的空间中。然而，运河却一直在吸引读者的注意力，成为故事中不可或缺的重要叙事要素。在这样的叙事方式中，运河历史的变迁和载负的精神记忆得到了进一步的延展和丰富。而且更为重要的是，这种运河历史的呈现方式也是人物精神世界的展示路径。主人公都是"70后"，他们加入"北漂"行列，其生活际遇和精神气质无疑成为这一代人生存状况的重要表征。"70后"经历了中国乡村和城市变革最为激烈的时期，相对于"50后""60后"或者"80后"来说，他们在一定程度上所经历的城乡变迁的冲击应该是最大的。小说显然试图对"70后"一代人精神世界进行辨析和指认，从历史的空间中追寻人物的情感起伏，触摸心灵中的眷恋和痛楚，反思灵魂中的茫然和冲突。正是从这个意义上说，《耶路撒冷》开启并完成了对"70后"一代人的心灵史叙写。小说力图避免新生代小说中常见的"碎片化""符码化"的人

---

① 王安忆：《小说课堂》，商务印书馆 2012 年版，第 142 页。

物形态，而对精神世界的整体特征进行探寻，从而在心灵史书写的维度上实现了对人物形象的精准把握和生动呈现。小说叙述的核心几乎全部集中在人物的情感起伏和心灵变化，叙事进程努力遵循着人物的心灵轨迹向前推进，这或许正如席勒所说："艺术是自由的女儿，它只能从精神的必然性而不能从物质的欲求领受指示。"[①] 还值得注意的是，小说在很大程度上把心灵世界中的虔诚因素作为一代人重要的精神内涵，从而为"70后"的心灵史书写进行了一种庄严的诠释。实际上，我们从书名《耶路撒冷》就感觉到一种象征或者隐喻的意味，这在一定程度上把叙事核心指向了心灵和精神的层面，正如英国当代文学评论家大卫·洛吉指出的那样："书名是小说的一部分——事实上正是我们看到的第一部分——因此在吸引和掌握读者注意力方面，具有相当大的力量。……对于小说家而言，选择书名是创作过程中极为重要的一环，让人可以清楚地看见小说写的是什么。"[②] 时代和历史的变化给予了"70后""到世界去"的梦想和可能，在纷乱的物质世界中，实现精神的某种突围就成为心灵的一种需要。还应该注意到，小说从"到世界去"与"返回故乡"的双重视阈中观照人物的心灵世界，指向了对人物命运的思索，并努力记录着"70后"一代人隐藏在情感深处无以言说的悲怆和哀伤。小说中没有"表象化的世界图像与'无根'的思想"，也没有"狭窄的思想通道与日益苍白的私人经验"，[③] 有效实现了对于历史和时代的文化反思。

让我们再回到二月河的讨论上来。——我们上述的文本的细读对于讨论二月河意味着什么？通过上述分析，两部小说都对"历

---

① ［德］席勒：《美育书简》，徐恒醇译，中国文联出版公司1984年版，第37页。

② ［英］大卫·洛吉：《小说的五十堂课》，李维拉译，木马文化事业有限公司2006年版，第253页。

③ 吴义勤将"表象化的世界图像与'无根'的思想"、"狭窄的思想通道与日益苍白的私人经验"等视为新生代长篇小说的艺术局限，见吴义勤：《自由与局限——中国当代新生代小说家论》，人民文学出版社2010年版，第55—56页。

史"进行了寻找,《我的名字叫王村》采用神秘和怪诞的方式,《耶路撒冷》选择追怀和远行的方式,这些方式都具有有效性也具有审美性。我们要问的是,相比而论,二月河的历史叙事呢?

应该说,二月河小说则是一种更加宏阔的历史叙事。不难看出,二月河并不是要下决心寻找历史的"真相",而是力求使小说形成强大的艺术感染力。如何看待历史的"真相"是一个可以讨论的问题,正如以色列历史学家赫拉利指出:"到了21世纪,新科技可能会让这些虚构故事更为强大。为了了解我们的未来,就必须回顾耶稣基督、法兰西共和国和苹果公司等的故事,看看它们究竟如何得到了如此强大的力量。人类认为自己创造了历史,但历史其实是围绕着各种虚构故事展开的。单一人类个体的基本能力,从石器时代以来并没有多大改变,真要说有什么改变,也可能只是在衰退。但是各种虚构故事的力量在增强,它们推动了历史,让我们从石器时代走到了硅时代。……因此,想评估人类合作网络究竟是好是坏,一切都取决于用什么标准和观点。评判法老时代的埃及,我们要看的是产量、营养还是社会和谐?重视的是贵族、底层农民还是猪和鳄鱼?历史绝不是单一的叙事而是同时有着成千上万种不同的叙事。我们选择讲述其中一种叙事,就等于选择让其他叙事失声。"[①] 但是,二月河仍然选择正面触碰历史,力图全方位呈现和把握历史的丰富性和复杂性。二月河的小说不是"戏说"历史,不是某种抽象历史观念的表达,而是以一种扎实的创作姿态走进历史。当然,小说中呈现的悲剧意识和现代意识也使得二月河区别于传统历史小说家。尤其值得一提的是,在1990年代个人经验书写盛行的思潮中,二月河这种宏阔的创作风格更具有生成某种经验的可能。再者,二月河创作呈现了对于历史和现实认知的丰富性和深厚性,这是当下一种难得的创作品格。我们注意到,许多作家在创作中追

---

① [以色列] 尤瓦尔·赫拉利:《未来简史》,林俊宏译,中信出版集团2017年版,第137—155页。

求"思想"，追求"深度"，追求"人性"的表现，追求"创新"的形式，但是，我们在作品中却看不到生活，看不到历史，也看不到日常的"人心"。在我看来，小说家不能以"极端"的生活伦理来淡化对社会现实生活呈现的重要性，特别是在社会转型的时代，对于世界的深入把握和有效表达应该是所有小说家面临的重要课题。或许，我们现在的小说家不缺乏才气，不缺乏技术，缺乏的是一种沉潜在生活深处的立场和能力，而这也是二月河小说创作留给我们的思考。总之，与当代其他许多小说相比，二月河选择了更为宏阔的历史叙事，以极大的叙事耐心和缜密的叙事方式，形成了气势磅礴和汪洋恣肆的历史叙事话语，从而以强烈的艺术感染力冲击着读者。

在评价其他小说家艺术经验创新的时候，我们不应该遮蔽二月河小说创作的这种意义。这或许就是我们在此进行比较讨论的价值所在吧。

第七章 经验与局限：二月河 历史小说的文化反思

在上述分析之后，我们有必要对二月河的历史小说从整体上进行文化反思。同时，我们也试图以二月河为中心对历史小说创作思潮进行重新审视。1980年代是文学转型的时代，各种新思潮的涌动，各种文体的发展，都表现着时代文学的转变过程。受市场化的影响，1990年代的小说呈现出多元共存的趋势，新写实小说、新历史小说、新生代小说等各种小说思潮的出现，更显示出作家创作视角的多样性。在这个过程中，历史题材创作呈现出非常活跃的状态。历史小说家以一种新的创作视角让历史小说重回大众视野，将着力点置于民族的历史和未来，将历史和文学相结合，对历史进行重构，使得本时期历史小说呈现出独特的艺术特征，发育和生成了不可忽视的艺术经验。有学者指出："对于二十世纪九十年代的中国文学，不同的人往往会得出截然相反的价值判断。悲观论者视文学为商品经济和欲望化时代的祭品，各种各样的炒作，各种价值混乱、华而不实的作家、作品、思潮、流派和文学现象，均被视为文学'堕落'的标志。而乐观论者则把二十世纪九十年代视为中国文学走向自由、新生和成熟的起点，在他们眼中新生代作家的涌现、文学的无序、价值的多元以及'众声的喧哗'，也正是文学繁荣的表征。"[1]同样，对于新时期历史小说的评价争议也很大，譬如对于

———————
[1] 吴义勤：《中国新时期文学的文化反思》，江苏文艺出版社2009年版，第25页。

二月河的小说，有的认为其堪比《红楼梦》，有的则认为其"历史观"有"问题"，创作上"媚俗"倾向严重。因此，如何在文学发展过程中以历史和审美的眼光来审视这些问题，如何在新时期文学的转型中对二月河的历史小说进行必要的文化反思，也是我们深化二月河创作研究的一个重要路径。

一、多元格局中的历史叙事与价值困境

新时期之初，由于作家们不再被禁锢于单一的政治化视角内，历史选材也开始变得多样化，出现了风格不同的历史小说。这些小说创作不再执着于揭示历史的本质，而是呈现丰富复杂的历史场景，体现出与十七年文学中历史叙事的不同。1980 年代中后期的作家们继续探索历史小说的艺术创新，面对历史的风云变幻和时代变革，他们突破题材的限制，将创作触角延伸到中国历史的各个层面，注重开掘历史真相背后的文化底蕴和艺术内涵。1990 年代受到市场化和后现代文化思潮的影响，文学多元化格局逐渐形成，历史小说的创作也开始变得更为丰富和多元。一些作家在尊重历史史实的前提下，不再追求再现和重述历史，而是表达自己对于历史的独特见解，历史重构成为历史小说发展过程中的重要特征。特别是以人物的命运为线索，强调对于人物的心理洞察，以此创造出有声有色的艺术世界，给读者留下了深刻印象。诸如杨书案的《孔子》，凌力、二月河的清代帝王系列以及唐浩明的《曾国藩》等，都展现出人物性格的丰富性和复杂性。除英雄人物之外，小说家们也注重书写各种历史人物的物质世界和精神世界，从而表现出更为复杂的人情和人性。

从新时期文学批评的实践来看，历史小说显然遭遇到了价值困惑。其实，价值困惑对于当代文学来说一直是一个不断被提及的

话题。对于历史小说而言，其价值困惑的核心问题是：人们对其艺术价值的评估比起其他类型作品的评判更加呈现出"悬而未决"的状态；更为严重的是，由于市场化因素的更多介入，历史小说的艺术价值被"遮蔽"的可能性增大了。因此，在文学转型过程中历史小说的审美意义和文学价值需要我们重新反思和研究。我们以二月河小说为中心，对历史小说创作所呈现的以下两个探索性特征进行讨论：

第一，对"真实性"问题的探索。在历史观渐变的过程中，历史小说更注重对"历史精神真实"的阐释。关于历史小说的真实性，有学者对其维度进行了分类：一是历史材料的真实，二是与文化契合的真实，三是情感沟通的真实。①从历史小说创作实践来看，二月河等历史小说家在历史取材的真实与否、历史小说与文化形态是否契合以及历史小说人物情感沟通方面显然都进行了深入思考和积极探索。历史小说家们通过对代表着特定历史时期文化精神的历史人物进行"精神"方面的探析，来叙写历史人物的内心世界，从而外化为历史精神的"真实"。相较于传统小说而言，此时历史小说一反传统历史小说借"古"鉴"今"的教化用途，不再以重叙历史为目标，而是重视对历史的重新表达，强调历史情境与氛围的真实。比如姚雪垠的《李自成》，小说通过一定空间的想象，融入自身的感情色彩，意在塑造出崇祯这个历史人物复杂和丰富的性格：一方面，他刚愎自用、暴烈残忍；另一方面，他又悲观迷信、怯懦多疑。随着历史小说的不断发展和创新，小说家越来越注重对历史的审视。一批历史小说家以文学来还原历史，重新追求历史真实和艺术真实的统一。这里的"艺术真实"指的是经过作家筛选后写进作品的符合生活内在逻辑、具有审美价值的真实。"落霞三部曲"通过对康熙、雍正和乾隆时代的叙述，表达了二月河对于这段历史

---

① 参见蔡爱国：《论当代历史小说真实性的维度》，《华中科技大学学报》（社会科学版）2007年第3期。

的理解和认知。从"历史真实"来看，二月河"帝王系列"中鲜活的历史图景真实可考；从"艺术真实"来看，小说在一些情节上进行了自洽性的艺术虚构，比如让人印象深刻的"雍正之死"等情节。二月河努力按照历史真实和艺术真实的原则，以极大的叙事耐心展开广阔的历史叙事，有效形成了对历史的审视与重构。从这里我们可以看出，二月河等历史小说家在二十世纪八九十年代对"写真实"的问题进行了积极的理论探索和创作实践。对于这种探索和实践的评价，我们应该回到文学生产的历史场域进行讨论。在十七年长篇小说史诗叙事的"真实性"遭到质疑之后，如何在现实的叙事空间中书写"真实"是当时许多小说家面对的课题。选择历史题材，在历史叙事中诉求"真实"，是历史小说家的时代选择。可以说，他们的历史小说与先锋小说、新历史小说等共同构成了中国当代文学转型期最美的文学风景。而二月河，以对文学令人感叹的敬畏和忠诚，以巨大的艺术热情和耐心，为中国当代文学贡献了如此恢弘的艺术画卷，其所蕴含的意义与价值是不应被忽视的。

第二，对传统叙事和民间叙事经验的继承与探索。从艺术结构来看，二月河小说显然借鉴了传统小说章回体的结构，又将武侠、宫闱、公案、言情等一些传统通俗小说中比较成熟的技法有机地融合进来。二月河曾在《康熙大帝·惊风密雨》的自序中提及过自己的阅读经验，在阅读"寻根"的过程中，《三国》《水浒》《红楼》等成为他热爱文学的"因根"。大胆使用传统小说中的叙事结构等艺术要素，成为二月河很明显的创作指向。从叙事内容来看，二月河"帝王系列"中朝代的更替兴衰与《红楼梦》中"贾史王薛"家族走向衰败的历史命运可以互文阅读，它们都指向悲剧性的审美诉求。从人物塑造方式来看，小说往往在简洁的语言中能迅速将一个人物"立起"，譬如《雍正皇帝·九王夺嫡》对邬思道形象的塑造。同时，一走进二月河的小说世界，我们就明显感觉到一种"演义"情怀，这也表现出二月河对于民间叙事话语的重视。二月河的叙事内容不仅仅局限于帝王宫廷的生活，而是扩展到社会生活的方方面面。我们之前说过，二月河小说的创作渊源很大程度上来源于他的阅读经历，他阅读过大量正史如《二十四史》《资治通鉴》《续资治通鉴》等，也阅读大量野史和杂书。二月河小说的大众化和通俗化多源于后者"讲故事"的民间传统，呈现出鲜明的民间审美旨趣。譬如，二月河在塑造邬思道这个人物时并不是面面俱到，而是抓住邬思道聪慧、有胆识的特点设计"传奇"情节，这些情节显然受到了"民间"叙事方式的影响。《乾隆皇帝》中塑造了纪昀"武夫之魄，文秀之心"的形象，在这个过程中穿插了纪昀在皇帝面前吃肉、抽烟等出丑的细节描写，颇具民间叙事的戏剧性和传奇性色彩。相关的论述在本书其他部分有所涉及，此处不再具体展开。总之，二月河在历史小说创作中极为重视传统文学的叙事经验，并大量运用民间叙事的传统方式来设置小说的结构布局。我们还应注意到，二月河努力将民间话语置于一个新的文学空间中去叙说，在尽量续接中国叙事传统的同时，也表现出探索和创新的艺术追求。

综上所述，包括二月河小说在内的新时期历史小说在文学多元格局中呈现出极为鲜明的艺术特征，在很大程度上显现出价值阐释的诸多可能性。与新时期许多作品一样，我们需要更多的耐心对其进行阅读和探讨。更为重要的是，二月河等小说家的历史书写是对中国文学经验继承的一种探索，或许更准确地说是一种"尝试"，即尝试在当下我们如何对接传统文学的叙事方式。能否在当代的语境中用中国的方式讲好中国的历史故事。——我们对这种尝试很容易找到很多角度去指责，但必须承认，这种尝试需要勇气，需要自信，需要丰富的知识积累和出色的长篇驾驭能力。而这些，二月河都做到了。无疑，他给当代文学提供了一种不可忽视的价值和经验。

二、二月河历史小说创作的局限性问题

可以说，任何一个作家的创作都存在一定意义上的局限性。二月河当然也不例外。问题在于，作家的某些局限性意味着什么？我们如何看待这种局限性？从哪个维度上来考察这种局限性？关于二月河的创作，其局限性的讨论也很多，譬如历史观念的问题、"现代性"的问题、市场化倾向，等等问题。关于这些问题，我们前面也有相关的讨论。这里，我们想更多从文学的角度——而不是其他"非文学"的角度——来整体反思二月河历史小说创作的局限性问题。在考察二月河创作渊源、创作过程之后，结合阅读感受，我们认为从"开放和创新"的角度在文学观念的层面上进行讨论，对探讨二月河历史小说创作局限性来说是最为重要的。

从创作渊源来看，二月河的目光更多地投向中国的文学传统和明清的历史时空。——当然，作为历史小说家这很有必要。同时，在我看来，作为一个小说家也应该具有更为广阔的艺术视野，否则，会对文学观念的开放性带来某种限制，在一定程度上会阻碍艺术创新的生成可能。"创作清帝系列小说时，主要对历史特别是清史进行深入研究，并广泛阅读各种野史杂书，对文学书籍特别是当代文学（包括历史文学）了解并不多。"[①]二月河调动创作资源的能力毋庸置疑，熟悉一系列正史、野史和相关杂书，并且注重考据和实证。对于正史中所述重要的历史事件和重大的历史人物，二月河都竭尽所能将他们置放文本中，譬如《康熙大帝》中"智斗鳌拜党羽""平定三藩""东收台湾""西平噶尔丹"，《雍正皇帝》中"九王夺嫡""摊丁入亩制度""士民一体当差""西南改土归流""火耗归公"等重要情节。小说中关于人物的细节描写也充分显示了二月河聚焦历史所形成的深厚的艺术功力。比如，《雍正皇帝》的第

---

① 吴圣刚：《二月河历史小说研究综论》，《江汉论坛》2015 年第 9 期。

二卷《雕弓天狼》第五回"孙嘉淦公廨挥老拳 十三王金殿邀殊宠"中对孙嘉淦的外貌进行了细致生动的描绘:"雍正这才正眼打量跪在炕前的年轻官员,八蟒五爪的袍子外头的补服已被剥掉,大帽子上没有红缨,砗磲顶子也摘掉了,领子上一个纽扣掉了,大约是和葛达浑厮扭时拽脱的,一双金鱼眼,冬瓜一样的脸上长着一个不讨人喜欢的鹰钩鼻子。雍正一眼望去,顿生厌恶之感,吃着茶盯视多时,才开口问道,'你叫孙嘉淦?几时调户部的?朕怎么没见过你?'"①如此细致的刻画,实则是为下一步的情节推动做铺垫的。对孙嘉淦的刻画也丰富了雍正的性格描写:"雍正冷笑道:'没见过朕未必是祸,识得朕也未必是福。康熙六十年进士,除了分到翰林院做编修的,无论外官京官哪有做到六品的?你不知怎样钻刺打点,走了谁的门路,升得这么快了,还不安分?'"②这些描写让读者印象深刻,并形成了较好的艺术效果。二月河在创作之初,已经明确了书写明君形象的诉求,他注重对皇室内部争权夺利的描写,这就使得小说带有宫闱叙事的明显痕迹。在这样的视阈中,二月河多聚焦于朝廷斗争以及对朝堂世界的描绘,把重要的历史事件融入小说世界,并在叙事中营造了宏大的历史氛围。应该说,"落霞三部曲"成功实现了二月河的创作诉求,有效表达了他的艺术审美旨趣。尽管如此,我们仍然可以换一个角度来看:如果二月河具有更为广阔的艺术视角,其笔下人物的精神世界是不是更丰富更复杂一些呢?尽管二月河有较高的古典文化素养,特别是对《红楼梦》也颇有研究,同时我们也能感觉到,二月河在创作时对正在发生转型的文学思潮并不关注,应该说他与当时的文学试验潮流是有隔膜的。或者我们可以这样说,二月河非常"倔强"地守在自己的文学视野中。——无论怎样,这在一定程度上造成了其创作的开放性不够充分。

---

① 二月河:《雍正皇帝·雕弓天狼》,长江文艺出版社,2009年版,第124页。
② 同上书,第125页。

如果进一步分析，我们有必要回顾当时的"文学现场"，搞清楚二月河在创作时中国文学在经历着什么。我们对二月河局限性的思考也正是从这里出发的，在当时文学观念变迁的背景中来思考二月河创作可能存在的局限性问题。二月河的帝王系列小说创作始于1980年代中期，而彼时正是先锋思潮兴起的时代。此时，一批年轻小说家在小说形式上正在探索和实验，借鉴西方文学经验力图文学创新。先锋小说家在扩大生活表现范畴的同时，努力拓展艺术的表现空间，并致力于表现方式的改变。更为重要的是，像刘索拉、马原、余华、莫言等一批先锋小说家们在西方思潮的影响下，文学观念、叙事伦理、生活伦理、历史意识等都发生了重要的变化。比如，马原的先锋写作对传统文学观念进行了有力的冲击，正如有批评家指出："马原的形式主义小说向传统的文学观念和传统的审美习惯作了无声而又强有力的挑战。从这个意义上说，马原的形式主义小说，乃是先锋文学最具实质性的成果。这种形式主义小说的确立，将意味着中国先锋文学的最后成形和中国当代文学的一个历史性转折的最后完成。"① 再比如余华对于"形式"与"真实"的理解："当我发现以往那种就事记事的写作态度只能导致表面的真实以后，我就必须去寻找新的表达方式。寻找的结果，使我不再忠诚所描绘事物的形态，我开始使用一种虚伪的形式。这种形式背离了现实世界提供给我的秩序和逻辑，然而却使我自由地接近了真实。"② 正是在这种观念中，余华建构了一个危机四伏的世界，书写了人类存在的绝望以及内心的恐惧图景。在人物塑造问题上，先锋小说（新潮小说）对"人"进行了前所未有的反思，对"人"的书写实施了积极的探索，正如吴义勤指出："我们必须承认，新时期文学确实建立了一个关于'大写的人'的神话，对于'人'的重新认识、重新塑造已成了新时期中国文学最重要的一条精神线索。但

---

① 李劼：《中国当代新潮小说论》，《钟山》1988 年第 5 期。

② 余华：《虚伪的作品》，《上海文论》1989 年第 5 期。

是，这条线索到了新潮小说这里却令人触目惊心地被切断了，我们不无辛酸地发现，新时期文学苦心经营的那个'人'的神话以及与'人'有关的一套相应的话语体系已经无可挽回地破灭了。当然，话说回来，新潮小说对'人'的消解与革命也不完全是一种无根据的即兴式的'游戏'行为，而是从某个层面上契合了小说从古典向现代转换的内在要求，并代表了在文学与'人'的关系上的某种新的认知。因为，认同文学的'人学'特征，并不是要把'人'抽象化、形而上学化，并不是说这'人学'从古至今就是一成不变的，相反，我们看到，正是这个'人学'在内涵与形式上的巨变，酝酿和决定了传统小说向现代小说的转型。同样是'人学'，其在古典小说和现代小说中的面貌却是截然对立甚至水火不容的。无论是作品中人物形象的审美内涵，还是作家塑造人物的方式抑或对待人的态度与认知上，现代小说与古典小说都已是相去甚远。从这个意义上说，新潮小说对于'人'的理解与处理也可以说正是现代小说转型的一次成功实践。"① 我们之所以列举这些观念，是想以此作为参照，来思考二月河的文学观念在这种文学思潮中的状态。应该说，与当时文学观念的变革相比，二月河的文学观念以及在这方面的探索都具有某种程度的"保守"特征。

如果我们再把目光投向 1990 年代，并结合 1980 年代的文学思潮的变化特征，那么关于上述问题的讨论就会变得更为深入。我们来看这个时期中国文学创作中的颠覆和解构特征。中国文学在 1990年代经历了一次阵痛的转型。无论对其做任何概括性的命名，它都在中国作家独特的心理层递中完成世纪末中国文学的自律进程。新写实主义、私语化的小说都在对传统进行解构，并呈现出浓厚的个性化色彩。历史上任何一种思潮的产生都具有社会历史和思想历史的根源。简单来说，解构主义的文学思潮是理论上受到了现代主义和后现代主义的影响，是在创作主体的复杂性心态与传统乃至现代

---

① 　吴义勤：《中国新时期文学的文化反思》，江苏文艺出版社2009年版，第63—64页。

价值碰撞过程中产生的。五四新文化运动叛逆传统文化，打破以"三纲五常"为核心的专制主义的文化束缚，把思想革命放到了首要的地位，力求解放国民精神促进社会进步，开启了现代文学的启蒙传统。在现代文学三十年的进程中，启蒙倾向尽管有所分流和弱化但从没有衰竭。新中国成立后的十七年文学中政治话语并没有完全遮蔽启蒙传统的延续，诸如妇女解放的启蒙主题小说（如赵树理的一些作品等）仍然有一定的数量。新时期的伤痕小说、反思小说及寻根小说都在一种价值体系内对现实和历史进行了反思。在这个过程中，文学呈现的是探求灵魂的价值意义，创作主体也从不走向虚无，从不游戏崇高，他们试图把持住内心的理想并和文学一起得到净化和提升。创作主体对历史和当下做呼喊状的回忆和剧痛式思索，承受着心理张力的长期折磨。但由于受到社会历史和文化视界的局限，创作主体的这种反思的穿透是有限的。在这种时空的背景下，中国作家在思考文学价值的同时也在思考创作认识论的问题，而且更多地从认识论的角度进行自律性创作，从本体的价值空间走到了日常的细节繁琐，从精神家园走向自我抚摩，从抒情的热烈走到情感的冷漠，从个性的彰显走到个性的内敛，于是出现了"痞子"文学的戏谑生活，新写实文学的世俗价值，私人化写作的感官体验，从而完成了创作主体对传统价值的回避和叛逆。严格来说这是作家创作认识论的转型问题，应值得进一步的探讨。由于创作主体认识的逆转，小说不再去追求负载小说以外的精神道义，不再成为透视灵魂和感悟世界的窗口，自然地强调一种私人化写作，写本能，写欲望，写生存的浅层次状态。文本层次上他们以世俗化为依据，似乎不加分析地否定一切崇高、神圣和一切有价值的问题，消解了神性，零距离地记录生活的细节，拥抱本能的欲望。比如新写实小说描写各类小人物庸碌的生活状态和烦恼的世俗人生，放弃了传统现实主义的人生意义阐说和理想追求，"更多地表现出世俗化的价值取向，即追求物欲而淡化理想、趋于平庸而消解崇高的倾向"①。

在启蒙背景下，现代文学强调了人的个性主题。中国传统文学作品虽然也有大量的自觉思考，但这种"人"是传统整体的"一个"，这种个性思考也都回归到一种"整体"的套路上去。五四新文学所呈现的是对人的个性尊重，对个人价值的肯定，对个体生命的关切。这种个性主题在现代文学发展过程中整体上虽有所衰退，但还是被承延下来。"十七年"和"文革"文学被政治话语和群体话语所覆盖，新时期文学在某种程度上复活了"人"的主题。1990 年代的小说创作表面上似乎消解了个性主题，在日常琐事和感官刺激中逃离了个性的述写。刘震云的《一地鸡毛》中琐屑的日常生活是小林的全部，林白的《一个人的战争》中女人作为身体存在进入叙述，朱文的《我爱美元》中对世俗价值的认同，陈染的《私人生活》对女性身体感觉的直接揭示，何顿的《就这么回事》《告别自己》《无所谓》中对人的灵魂世界的否定和排斥。如果在关注创作对象、创作客体的同时，从内视角出发，结合对创作主体的心理态势的审视，我们的观照视界就会变得更为开阔，那么上述小说文本中内敛的个性也会透视出来。对生活做繁琐、冷漠的处理，是个体内在生命意识无奈的、无表情化的宣泄，是一种"无情"的抒情。人是文学作品创作的主体，这一点就决定了文学创作带有个人化写作的性质，写什么则取决于客观存在对人的影响。个人化写作与文学有着最近的距离，所有的评价都应从这里开始，或者以此作为诉说的平台。1990 年代以来社会变化异常复杂，社会生活包容的层面愈来愈多，人对当下存在的感觉也越来越纷繁和敏锐，因而作家以自己为基点，以感觉为线索去感应世界，是符合逻辑的。八十年代以前文学的宏大叙事偏离了自身的中心，八十年代对文学进行反思，特别在形式上进行了借鉴和探索，功不可没。九十年代从事"个人化写作"的作家，从年龄层次上看，他们易于感知机敏和思

---

① 王庆生主编《中国当代文学》（下卷），华中师范大学出版社 1999 年版，第 95 页。

想解放；从知识结构上看，应该说也较为全面，接受了我们前期文学发展的经验和教训，也没有太多的创作顾忌，充分彰显了他们的个性。就这一点来说，其文学创作是与五四时期文学的个性精神一脉相承并有所发展的。当然，五四精神具有浓厚的思想启蒙色彩，但从文学自身来看，更为重要的是在文本中凸显了人的个性张扬。"个人化写作"秉承了这点，并最大限度地使文学靠近了"人的文学"，在创作中寻找着自己，正如卡西尔所说："认识自我乃是文学探究的最高目标，这样看来是众所公认的。"[①] "文学是人学"，从这个意义上说这种冷漠和欲望下的个性张扬，不是文学的"危机"和"滑坡"，而是对文学的现代化进程的一种急切的呼唤，是在喧嚣的社会背景下对文学精神价值的追求。"作家对于小说处理应有强烈的自主意识，他希望在小说的每一处打上他的某种特殊的烙印。"[②] 1990 年代小说的特殊烙印就在于表征和内在的异化，呈现出小说内在的对个体精神的向度追求。

　　1990 年代小说创作思潮在思想上受到后现代主义的直接影响，同时也是此时中国美学转型的必然结果。后现代主义的思想家首推法国解构主义代表人物雅克·德里达，他的研究是从消解概念入手扩展到哲学世界的。从哲学层面上说，德里达所消解的不只是概念的意义，而是对整个人类思维方式的颠覆。正是这种思维方式的转变，导致创作主体对创作对象的自由式选择，用繁琐的生活和感官欲望对传统创作对象实施否定，于是产生了情感的冷漠和心态茫然，从而使文本指向对价值的解构。受西方后现代主义的冲击，生活与审美、生活与艺术相互渗透的趋向给中国美学以巨大的影响，中国美学继而完成了时代转型，标志着经典美学话语和理论形态的终结，使审美文化类型总体上转向日常生活。在这个过程中，审美主体没有了精神价值的"深不可测"，从"不可承受之重"走向了

---

① ［德］恩斯特·卡西尔：《人论》，甘阳译，上海译文出版社 1985 年版，第 2 页。
② 苏童：《想到什么说什么》，《文学角》1988 年第 6 期。

"不可承受之轻"。在这种情况下，似乎艺术都在转向一种大众化："从八十年代后期以来，大众文化……正在吞噬过去文化所确立的各种边界，它像能量巨大的'黑洞'，把任何其他异质文化的能量都吸引过去，并改变着他们的形态。在这种条件下审美变成生活的一部分，而不再与生活保持绝对明晰的距离。"① 小说创作也正是在这种心态下进行了审美心理的转型，进入到一种自由的感性化和个性化写作的时期。在时代转型的背景下，1990 年代的文学逐渐向社会边缘转移，削弱和淡化了文学的政治功能和意识形态化，民间题材和历史题材的回归表现出九十年代小说在审美取向上的变化。伴随着社会转型而突起的新生代小说思潮无疑是最醒目和最具有代表意味的，邱华栋、何顿、林白、陈染等新生代作家迷恋着自己的私人空间，表现着自己的生活方式和心理欲望，颠覆着传统价值，述写着自己的细腻感觉。然而，穿透文本表征的欲望，这些作家在时代转型的潮流中叙写着个性追求，痛苦地创造着富有个性张力的小说文本，蕴藉着九十年代小说悲剧性的审美意象，构成了这一时期鲜亮的小说底蕴。"在今天这样一个日日新又日日新的社会大转型时期，再自恋的人，只要是认真地生活，认真地感受，在他的自恋性的文字里同样会折射出灵魂深处爆发的强烈欲望和痛苦冲突，这种游离了时代的主流文化制约、发自个人心灵深处的感觉，则往往是小说创作中最动人的因素。"② 这需要我们从精神层面上去剖析小说的艺术特质，所以我们只能从内视角去审视，在转型期的平台上去剖析世俗化表征和内在的个性，从而去真正解读 1990 年代小说颠覆性和个性化的多维审美空间。

再回到二月河的历史小说创作。我们之所以展开对 1990 年代文化场域的回顾，是因为：讨论二月河历史小说创作的局限性问

---

① 周宪：《世纪之交的文化景观》，上海远东出版社 1998 版，第 5 页。
② 陈思和：《碎片中的世界和碎片中的历史》，见李复威编《世纪之交文论》，北京师范大学出版社 1999 版，第 146 页。

题，有必要在上述"多维审美空间"里展开。总之，在我看来，在这种文学发展的浪潮中，二月河历史小说创作的"开放度"在一定程度上是让人感到遗憾的。我们不妨提出一个假设：如果二月河在更为开放的艺术视阈中去创作，其历史小说中是否会呈现出一些更为复杂的元素？——当然，我们只能做这样的推测性讨论，并没有信心做出令人信服的肯定回答。——我们只是想说明，在时代文学思潮中如果二月河的创作视阈拥有更多的开放性，加之他如此规模的历史叙事，二月河的历史小说可能会带来更多的艺术魅力和艺术价值。

这里，我们想到赵本夫的小说创作。在当代作家中，赵本夫的小说创作受中国传统文学的影响是显而易见的，其小说明显呈现出本土化的叙事特征。赵本夫的许多小说同样进行了历史书写，在叙事方式上也具有传统的"传奇"叙事特征，然而其小说融进了丰富现代意识，深刻表达了当下精神世界的某种困惑和诉求。我们以赵本夫的小说《天漏邑》为例来说明这个问题，以期形成对二月河小说考量的一个参考视角。

《天漏邑》是赵本夫2017年初推出的一部长篇小说。五年的潜心创作，使这部小说积淀着赵本夫独具匠心的艺术智慧，呈现出宽广深厚的艺术底蕴。赵本夫的小说艺术特征非常明显，他善于从古朴的民间生活和广阔的历史空间中探寻生活和历史的真相，往往以传奇的叙事线条讲述一个充满神秘性和现代性的生命故事，赋予小说以奇崛瑰丽和深厚绵长的艺术品格。尽管有如此的阅读期待，《天漏邑》的出现仍然令人惊讶。这部新作不仅将赵本夫的艺术风格表现得淋漓尽致，而且负载了作家关于生命、人性和历史等诸多方面崭新的思考，在叙事手法上呈现出更多的探索性和创新性。更为重要的是，在这部小说中，赵本夫以自己独特的艺术世界回应了当今现实世界的时代困惑，有效表达了人们精神世界里的躁动和迷茫，并以小说中的天漏村为起点，与读者一起找寻关于生命救赎、心灵置放和历史记忆的可能路径。天漏邑是一个特殊的村落。小说开篇以中国神话的叙事笔调讲述天漏村的历史：天漏村是女娲炼五色石补天时的破绽，故名天漏。天漏村的自然环境恶劣："在同一时间里，别的地方晴空万里，艳阳高照，天漏村则可能是另一番景象：浓云密布，电闪雷鸣。那雷电也来得猛，如一架状如枯枝的外星轰炸机，突然就出现了，白光闪闪，炮声隆隆，对着天漏村狂轰滥炸，一时间惊天动地，火球乱窜。瞬间，有房屋起火了，山墙轰塌了，紧接着暴雨倾泻而下，轰轰哗哗，如江河崩堤。那雨量大得惊人，每一座房前都是一挂飞瀑，每一条村道都是一条激流。如果从九龙山顶望下去，半山窝的天漏村正在被毁灭之中。"往往在这个过程中，天漏村民惨遭雷击，而且由来已久，"据统计，在三千多年历史上，天漏村死于雷劈的已有一万八千多人。"此外，被雷电击伤的人更多。奇怪的是，天漏村民早就习以为常，固守家园，安居乐业，任何人遭过天雷都是因果相遇，并不值得大惊小怪。所有这些，都不是口传的神话，而是记载在天漏村山洞里古老、神秘的大量竹简上。这就是小说叙事开始时为我们描述的天漏村。从这里为起点，小说叙事安排了历史学家祢五常教授在天漏村研究竹简，讲述村妇宋王氏上山砍柴遭雷击生下男婴宋源，由此生成了两个主要线索并逐步延伸出小说的整个世界。毫无疑问，首先是天漏村的艺术建构吸引了读者。那么，赵本夫为什么在小说中构建一个化外之地的村落呢？在我看来，这是走进《天漏邑》艺术世界的重要通道。很显然，赵本夫并不打算在这部小说中进行一次惯常意义上的乡村叙事，并不想与其他的乡土小说一样对一座乡村的历史文化展开书写，以表达关于现代乡土的文学想象。从小说对天漏村的叙述来看，天漏村神秘莫测，虚实相生，多有象外之境的感觉，如小说中的描述："世上有许多关于天漏村的传说，有说是远古遗民部落，有说是一个古代小国的都城，有说是古代囚徒流放处，有说是一个罪恶的渊薮，有说是一个自由的天堂，从没有什么外力干涉它。当然还有一个传说是，天漏邑根本就不存在，是世人按照自己的想象臆造的一个地方，就像桃花源的传说一样。只不过，桃花源是美的传说，天漏村是恶的传说。历史上各个朝代，都有人像寻找桃花源一样寻找天漏邑，或因好奇探访，或想来此定居，但还是有很多人历尽艰辛，终是没有找到。"在这个意义上说，赵本夫在很大程度上是把天漏邑作为一个意象来处理的，并由它生成深远之意境，从而构成该部小说丰厚的艺术底蕴，正如宗白华指出："化实景为虚境，创想象以象征，使人类最高的心灵具体化、肉身化，这就是'艺术境界'。"① 那么，天漏村想象的艺术指向又在哪里呢？

在我看来，对天漏村的艺术想象是作家在纷繁密集的现代丛林中实施的一次突围。在阅读中，我们明显感觉到，《天漏邑》的用意不在一个村庄的沧桑历史，不是在唱一曲乡土文化的挽歌，也不是书写一部家族史，也不是在乡土的视阈中构建一个桃花源，以寄托一种乌托邦的理想。《天漏邑》的叙事不是按照上述的主题话语来展开的，因此它与上述主题或题材的小说区隔开来，形成自己独特的艺术特性。天漏村，女娲补天的一个漏洞，正是小说所书写的一个世界。赵本夫并不是借神话叙事来为小说蒙上一层神秘性的、寓言式的外衣，而是在表达一个严肃的精神命题：突围——从既以形成的、如此周延的、坚硬的世界秩序中突围，如找寻女娲补天的一个漏洞之地，这就是天漏邑想象的一个重要的艺术维度。当然，突围也是人类在艺术中表现的一个重要主题，在现代社会中尤其如此。面对纷繁多变、喧嚣浮躁的时代气息，小说家用不同的方式表达着人们精神突围的欲望和可能，譬如现代文学、后现代小说中的颠覆、消解、放逐等主题话语的表达。值得注意的是，赵本夫的"突围"方式是独特的。首先，这种突围不是寻求桃花源的隐逸，以乌托邦的理想去逃脱现实社会。天漏村是通向外界的，村

---

① 宗白华:《美学散步》，上海人民出版社1981年版，第59页。

民不是"不知有汉，无论魏晋"的桃花源人，世事动荡似乎与他们息息相关，宋源与千张子就是从这里走出去的抗日英雄。其次，这种突围并不是以激烈的对抗为代价的，不是付之于后现代小说中的那种消解和颠覆方式，而更多地以包容的方式达到某种突围的可能，正如小说扉页引用了茨威格《异端权利》中的一句话："我们的世界大得足以容纳许多真理。"再次，这种突围是在生命救赎的方向上展开的，在罪恶和拯救、真实与虚假、历史与现代交织的纷繁路径上行进的。因此，赵本夫的突围书写显得庄重而传奇、凝重而瑰丽，表达出对抵达人类精神自由之境的强烈诉求，对精神栖息和心理安放的强烈愿想。《天漏邑》的这种突围的主题话语是在时代文化语境中生成的，也就是说，小说丰富的主题话语是在与时代精神境况互读的情形中产生的，在"精神困惑——心灵突围——天漏之地"的思维逻辑中展开的。也正因为如此，小说世界与社会现实之间形成了巨大的艺术张力，这种张力又赋予了天漏村的艺术想象以丰富的阐释空间，从而形成小说丰厚的艺术意蕴和独特的艺术魅力。

当然，话又说回来，二月河的历史小说与赵本夫的小说在创作风格上有明显的差异，两位作家在创作指向上也有很大不同。但是，这并不妨碍我们把二者放在一起对历史叙事、传统文学经验影响、小说中现代意识的渗透等问题展开讨论。没有人能为作家设定一个标准的创作范式，但无疑更为开放的文学视野、更为丰富复杂的艺术内涵是我们评价作家作品的重要参照。我们也不能简单地把二月河与其他作家的文学成就排一个高低的位次，但从其他作家创作的角度来观照二月河的创作——包括对其创作局限性的考量，应该是一个值得重视的路径。

三、"二月河经验"的可能：
关于文学经验的思考

上述对于"局限性"的讨论，并不妨碍我们对于二月河创作经验的探讨。相反，它会把我们接下来的话题进一步引向深入。我们先从二月河小说的一次研讨会说起。1996 年 1 月许多学者和批评家参加了小说《雍正皇帝》的研讨会。研讨会上，陈建功对二月河的小说创作深有感触："我想谈谈这部小说给予我们的启示。二月河先生我虽然不认识，但我看了小说之后，我感到很震惊、很惊讶，我一直在想一个问题：我们的作家到底应该是什么样子？我们的许多作家其实缺乏一种当作家的基本素质。太史公在评论老庄的时候说老庄其学无所不窥，鲁迅在评论《镜花缘》的作者时也说过类似的话。一个作家不光在写作上应有基本的水准，而且应在各方面，山川名物、地理历史、诗词歌赋，包括下九流，都应有丰富的知识才行。所以我看到这部小说时感到很兴奋。小说写到了扬州、安庆，又写到了北京，这些都是我很熟悉的地方。我非常挑剔，想发现它究竟有没有漏洞，但目前为止，我还没有发现太大的破绽。二月河这位作者太厉害了，他对历史、对各方面知识的掌握太全面了。比如说他写北京的运河，枯水期只能到通州，水涨时能到朝阳门，这都是史料中所提及过的。作者不是北京人，但他对北京的很多建筑掌握得非常准确。王蒙曾提倡过作家要学者化，我觉得二月河先生是具备这样的水准的。另外，我还感觉到，一个作家不仅要学者化，还要世俗化，要有对三教九流、民间百态的丰富的知识积累。二月河先生在这方面对我的启发很大，不光对我，对当今的文学界也是富有启示意义的。……本世纪初，传统的章回体小说已经被新潮小说贬抑得很低很低了，但张恨水坚持、摸索写章回体小说新的路子，他认为要写出一种既为中国人爱读的但又有新的内容的章回体小说。由于他的持之以恒，终成一位大家。……二月河先生是很有艺术自觉的作家，他非常自觉地把传统的叙事方式和现代的叙事方式结合起来，写出了一部普通老百姓喜闻乐见、雅俗共赏的小说，这也对中国未来小说的发展道路是一个很大的贡献。"①白烨也从阅读感受谈及该小说的艺术价值："中国作协创研部为了搞好第四届茅盾文学奖评选工作，专门组织了一个读书班，《雍正皇帝》的价值是被我们这个读书班'读'出来的。当时它混在一百三十余部小说里，和其他的小说没有什么区别。二月河这位作家的名气也不太大，在这之前虽写过一本《康熙大帝》，但书出得不大好，影响也甚为有限。读书班的丁临一先看了这书，评价极高，高得令人吃惊。他甚至认为在《红楼梦》之后没有别的书，就数这本《雍正皇帝》，百年不遇。大家听临一这么一说，都抢着去看，看后大家的意见是一致的：这本书确实不错。有些同志虽然认为它不能与《红楼梦》相提并论，但都认为它确实是几十年来少有的一部历史小说佳作。"②会上评论家丁临一对该小说给予了高度评价："《雍正皇帝》这部小说我特别喜欢。在中国作协组织的读书班上，我曾说过《雍正皇帝》是一部五十年不遇，甚至百年不遇的好作品。我说这话决不是故作惊人之语，而是很慎重、很负责地说的。我认真地回想了一下我所读过的能给我印象较深的古今中外的文学作品，我觉得《雍正皇帝》确实是一部难得的历史小说佳作。"③还有一些学者对小说的意义与价值予以肯定，当然也有学者对其局限性进行了讨论。从上述的讨论来看，应该说这些学者的探讨是严肃的，结论也是以其阅读经验来支持的。在这里，我们重点从其创作的"启示"入手，探讨其对当下创作的某种反思意义，讨论其历史小说创

---

① 陈建功在"长篇历史小说《雍正皇帝》研讨会"上的发言，见刘学明：《长篇历史小说〈雍正皇帝〉研讨会纪要》，《当代作家》1996 年第 3 期。

② 白烨在"长篇历史小说《雍正皇帝》研讨会"上的发言，同上。

③ 丁临一在"长篇历史小说《雍正皇帝》研讨会"上的发言，同上。

作所生成艺术经验的可能。

讨论这个问题，我们有必要首先关注一下1980年代以来小说创作中"创作主体"与"创作客体"之间的关系。因为，在社会发生巨大转型的时代，作家对创作客体的处理方式和能力，尤其是作家对创作客体的认知程度，应该是作家面对的一个挑战。对这个问题的观察，便于我们从一个路径更切近地观察二月河的小说创作。为了使讨论更为集中，我们以影响广泛的乡土小说创作为例，以人与土地关系的书写为中心，探讨在乡土小说创作中可能应该反思的问题，从而为二月河的艺术经验提供一个参照。

（一）作为二月河创作讨论的一种参照：
乌托邦想象与有效表达

上世纪八十年代以来，随着中国农村经济文化的复杂转型，乡土文学也发生了深刻的变化，正如乡土文学史家丁帆指出的那样："在如此复杂的社会历史文化语境中，中国乡土小说创作不仅出人意料地从上个世纪80年代末至90年代初的低迷中走了出来，形成一个新的高潮，而且从外形到内质，都发生了不同于以前的颇为显著的变化，生长出许多不容忽视的新质，亦即发生了新的转型。"[1]人、土地无疑是所有乡土文学最主要的书写对象和叙事主题，伴随着几十年来中国社会改革的巨大变化，人与土地关系的改变是空前的，因而也成为乡土文学的叙事焦点。从创作情况来看，无论是对"农民工进城"的观照，还是对"城市异乡者"的书写；无论是对乡村传统的批判，还是对乡村风土的怀恋，实际上都是围绕中国乡村的这次人与土地的变化而展开的。对于人与土地关系书写得是否丰富和深刻，可以说也是衡量乡土文学作品优劣与否的重要标准之一。因此，我们有必要从人与土地关系的视角来审视和反

---

[1] 丁帆：《中国乡土小说的世纪转型研究》，人民文学出版社2013年版，第1页。

思当下的乡土文学创作，从而为更加全面、客观地把握乡土文学发展的状况提供更多的可能路径。我们从情结、现实和想象三个方面来展开。

第一，情结。当我们评价一部乡土小说时，通常说该小说描写了乡村的一种什么样的现实，譬如乡土文化的衰落、传统乡村机制的瓦解、人与土地关系的改变，等等。在这样的阐释中，我们有时把小说文本的世界视为了现实乡土的一种写照，自觉或不自觉地来印证头脑中乡村变化的种种模式或可能。可以说这种情形在一定程度上遮蔽了对作品本身的深入探讨，其意义是值得审视的，正如韦勒克和沃伦所说："倘若研究者只是想当然地把文学单纯当作生活的一面镜子、生活的一种翻版，或把文学当作一种社会文献，这类研究似乎就没有什么价值。只有当我们了解所研究的小说家的艺术手法，并且能够具体地而不是空泛地说明作品中的生活画面与其所反映的社会现实是什么关系，这样的研究才有意义。"[1]因此，探讨乡土小说中的"生活画面与其反映的社会现实"之间的关系就应该是一个值得重视的问题，其中最值得关注的是，当下的乡土小说到底书写了怎样的人与土地的关系。对于这个问题的讨论，创作主体的"乡土情结"是一个不可忽视的重要视角，可以说，乡土情结的不同形态在很大程度上决定了作家对人与土地关系的书写方式。从乡土文学创作的实际情况来看，当下几乎所有的乡土作家都有着不同程度的"乡土情结"，这也是他们进行乡土文学创作的原点和动力。情结总是伴随着某种距离的产生而发育、积淀的，对于乡土情结而言，乡土作家往往是离开了"乡土"之后而产生的一种内心深处的情感纠葛，"一般来说，和现代西方乡土小说所不同的是，中国的绝大多数乡土小说作家，甚至说是百分之百的成功乡土作家都是地域性乡土的逃离者，只有当他们在进入城市文化圈后，才能

---

[1] ［美］勒内·韦勒克、奥斯汀·沃伦：《文学理论》，刘象愚等译，文化艺术出版社2010年版，第107页。

更深刻地感受到乡村文化的真实状态；也只有当他们重返'精神故乡'时，才能在两种文明的反差和落差中找到其描写的视点"①。这一点显然与其他作家的创作情形是不一样的。

为了从整体上把握当下作家的乡土情结，我们将其大致分为以下三种形态：一是怀恋式的乡土情结。这种情结形态具体表现为作家对乡土的一种极为浓郁的情感，沉浸着对乡土故乡挥之不去的记忆和怀想。更为重要的是，在作家的头脑中，怀恋式的乡土情结是现实和具体的，是历历在目的人与物交织在一起的乡村图景。贾平凹应该是怀有这种情结的典型作家，其小说《秦腔》就明显表现了这一点。贾平凹在《秦腔》的《后记》中写道："我决心以这本书为故乡树起一块碑子……当我雄心勃勃在 2003 年的春天动笔之前，我祭奠了棣花街上近十年二十年的亡人，也为棣花街上未亡的人把一杯酒洒在地上，从此我书房当庭摆放的那一个巨大的汉罐里，日日燃香，香烟袅袅，如一根线端端冲上屋顶。我的写作充满了矛盾和痛苦，我不知道该赞歌现实还是诅咒现实，是为棣花街的父老乡亲庆幸还是为他们悲哀。"②贾平凹的这种沉郁的乡土悲情，明显是从对故乡的人与物的具体记忆和想象中孕育和积淀的。二是联想式的乡土情结。与怀恋式的乡土情结不同，尽管作家对故土乡村同样有一种沉积的情感，但这种情感的存在形态是不一样的。作家往往把这种情感在广阔的时空中弥散开来，以故土乡村为一种精神图腾展开联想，打开乡土情感的时空纵深，从而来表现积淀在心中的乡土情结。最为典型的应该是莫言。莫言一直说自己是农民，他与山东高密的乡土情结是难以割舍的。值得关注的是，莫言的乡土情结是以对高密的时空联想方式存在的，他以高密作为情感原点，以发散型的思维探寻着乡土世界的历史和现在、物质和精神的复杂世界，而不同于贾平凹在《秦腔》中对棣花街细密的情感编

① 丁帆：《乡土——寻找与逃离》，《文艺评论》1992 年第 3 期。

② 贾平凹：《秦腔·后记》，作家出版社 2005 年版，第 517 页。

织，因而他在《红高粱家族》一书的扉页上为小说做了这样的情感注脚："谨以此书召唤那些游荡在我的故乡无边无际的通红的高粱地里的英魂和冤魂。"[1] 三是寓言式的乡土情结。这种情结形态往往表现为对乡土情感的抽象化，它不是怀恋式的情感念想，也不是联想式的情感抒发，而是从浓烈的乡土情感中抽离出一种观念，把丰厚的乡土情感简洁化甚至符号化，以一种寓言的方式表达对乡土世界的情感和思考。阎连科可以称得上是寓言式乡土情结的代表作家。

无论以上哪种情结形态，都是来源于作家对乡土世界的记忆和眷恋，来源于作家对乡土世界中人与土地的情感亲近，以及来源于由此而产生的复杂的乡土情感经验。可以说，中国当代优秀的乡土文学作品都是在这些乡土情结中产生的，比如陈忠实、路遥、王安忆、韩少功、刘震云、迟子建、李佩甫、张炜、孙惠芬、关仁山、赵本夫、刘醒龙、刘恒、乔典运、刘庆邦等作家创作的一些乡土小说。在这些作品中，乡土世界中的人、土地以及二者的关系显然是不可能遮蔽的主题话语。值得注意的是，如上所述，乡土情结是作家离开故土乡村后所生成的情感积淀，也就是说正是作家与乡土的现实距离产生了不同形态的乡土情结。那么接下来的问题是，这些在乡土情结中产生的文学书写是否能够有效地表现变化中的乡土世界？或者说变化最为复杂的人与土地的关系在当下的文学创作中是否得到了真实的艺术呈现呢？有学者指出："当前乡村社会正经历着巨大而艰难的转型，其中的政治、经济，特别是伦理文化在接受着现代文化的巨大冲击，较之新文学历史的任何一个时期，当前乡村社会的变化和复杂都是最显著的。但是，我们在当前乡土文学中却鲜见对这种变化的深刻揭示。它们或者是流于作家个人情感的宣泄（包括贾平凹、陈应松等较突出的作家创作中都有显著的表现），或者是对生活停滞的记叙（在许多西部作家的创作中可以普遍地看

---

[1]　莫言：《红高粱家族》，解放军文艺出版社 1997 年版。

到这种迹象）。其中或许有地方风情，或许有文化记忆，但却没有对现实的深刻把握和真实再现，没有展现出乡村社会在时代裂变中的真实状貌、复杂心态和内在精神。"① 因此，乡土情结所生成的乡土书写与现实乡村中人与土地关系之间的关联性是值得反思和审视的，而这必须建立在我们对于人与土地关系的现实观照基础之上的。

第二，现实。在中国乡村正在发生复杂变化的历史背景下，乡土作家都试图真实而深刻地反映人与土地的时代变迁，这应该是没有多大异议的。那么，我们应该怎样认识乡土世界中人与土地关系改变的现实图景呢？这或许是一个社会学的问题，我们在这里不妨对此进行一个大致的梳理，以便从整体上观照当下文学创作关于人与土地的叙写。从乡土生活中人与土地关系的疏密程度的视角出发，我们可以把这种关系分为三类：一是紧密型的关系。紧密型的关系是传统人与土地关系的延续，具体表现为人与土地是不可分离的依附关系，人依旧把耕种劳作作为赖以生存的主要方式。根据我的一些相关考察，从当前中国乡村的整体情况来看，五十岁以上的村民是构成紧密型关系的主要人群。这部分群体是中国传统乡土文化的最后留守者，他们秉承了祖祖辈辈对于土地的观念和情感，以"庄稼人"的身份保持了与土地的紧密关系，以传统农民的生存方式不自觉地抵制着乡村的时代变化。二是松散型的关系。具有松散型关系特征的主体多集中在三十至五十岁之间的群体。他们与土地之间的关系不是完全依赖式的紧密关系，而是一种"半依赖"的松散关系。他们的生存状况已经受到乡村变化的巨大影响，传统的乡土观念在他们身上已经发生了较大的变化，与土地根深蒂固的关系已经逐渐松动，于是他们的脚步已经从乡村的土地上迈开，走向城镇和城市中去获取更多的生活利益。然而，他们依然是以土地为

① 贺仲明：《乡土文学的地域性：反思与深入》，《首都师范大学学报》（社会科学版）2012 年第 5 期。

家，也从事农忙耕作，只是把城镇和城市作为临时的"打工点"，不断地穿梭在城乡之间，相对于紧密型的关系而言，这种联系是一种较为松散的人地关系。三是脱离型的关系。脱离型的关系是指无论从生活方式还是情感观念等方面都已经与传统的人地关系区别开来，这部分群体主要集中在三十岁以下的青年人。他们基本上都已经从乡村的土地上脱离了出去，几乎没有从事农耕活动的经验，分布在大大小小的城市里从事着各种各样的谋生行当。这个群体是当下中国城镇化的主体，他们一部分漂泊在大城市里生存下来，更多的是在小城镇中定居了下来。尽管从土地制度上来说他们在农村尚有一份土地，但他们基本上与土地上的农事无关，间或踏上故土或者尚存的一些对土地的情感或许更多地来源于一种家庭伦理关系的需要。

乡村中人与土地的关系是由以上三种关系交织在一起的复杂网络，正是这种纷繁交错的人地关系构成了当下乡土世界丰富变化的现实景观，缺失了其中任何一种关系的呈现，当下的乡土世界都是不完整的。而且，这三种关系都不是孤立存在的。由于乡村复杂伦理关系的存在，三种关系在此基础上相互影响、相互渗透，共同融进了中国乡村巨变的时代洪流。因此，对任何一种人与土地关系的孤立书写都是对乡土现实图景丰富性的遮蔽，也极易形成对当下乡土世界的一种乌托邦想象。当下的乡土文学书写实际上也注意了这一点，以不同的表现手法力图完成对乡土中国的艺术建构。然而不可忽视的是，如上所述，由于作家乡土情结形态的不同，作家往往不能够较好地实施对人与土地关系的整体把握，或者说在全面把握人与土地关系变化的能力方面在一定程度上显得力不从心。更值得注意的是，由于乡土情结是作家离开土地之后积淀生成的，因而他们笔下的人与土地的关系往往是记忆中的乡土图像，也就是说当下不少乡土文学中的乡土世界是"过去式"的，而不是"进行时"的，这与当下的城市文学形成了鲜明的对比。从文学对现实生活的书写来看，这很大程度上形成了对当下乡土世界变化的一种遮蔽和误读。

当然，乡土记忆是乡土文学作家创作的重要源泉，人与土地的关系也是作家关于乡土世界极其重要的记忆空间。从现代文学的创作实践来看，鲁迅、彭家煌、许杰、蹇先艾、许钦文、台静农、沙汀、艾芜的小说都是在作家离开故土之后，以乡土记忆的方式来创作的。文学创作的实践证明，从小说题材的来源来看，鲁迅等早期的乡土作家仅仅凭自己的乡土记忆就能创作出优秀的乡土小说，譬如鲁迅的《故乡》、彭家煌的《怂恿》、许钦文的《病妇》、台静农的《地之子》等。有一个值得注意的问题是，在这些作家所处的上世纪二三十年代，中国乡村的总体变化并不是非常显著的，特别是人与土地的关系并没有出现太大的改变，因此，作为乡土小说的叙事背景是相对稳定的。作家的创作诉求也不是聚焦乡土世界的变迁，不是展示人与土地关系的可能变化，而是深刻地审视和剖析社会制度和传统乡土文化对人的影响。在小说《故乡》中，"我""回到相隔两千余里，别了二十余年的故乡"，算是简单交代了叙事的背景，并没有铺陈当时乡村的现实图景。鲁迅只是以自己的方式对闰土进行了艺术刻画，便深刻地表现了那个时代农民的精神世界和物质世界。如果把闰土放在一个动荡变化的乡村世界中，特别是在人与土地变化的乡土背景中，那么这个形象就缺乏必要的建构空间，缺乏必要的阐释背景，也就不可能成为一个文学经典形象。上世纪五六十年代，由于政治因素的影响，中国乡村人与土地的关系发生了较大的变化，从而影响了整个农村面貌的改变，这当然对乡土小说的创作也产生了深刻的影响。如果作家再仅仅依赖一种乡土情结和记忆，就很难准确地展现乡土世界的真实变迁，于是才有柳青落户陕西乡村、周立波迁往湖南老家等一批作家融入乡村生活的创作活动。除却政治因素对作家的影响之外，体验乡村生活、把握乡土变化无疑是作家走进乡土世界的内在动力。尽管像《山乡巨变》《创业史》这样的小说明显带有时代的局限性，但它们对乡村变化以及农民精神状态的鲜活展现无疑给人留下了深刻的印象，"作家对农民的历史境遇和心理情感的熟悉，弥补了这种观念'论证式'的构思和展开方式可能出现的弊端"①，它们的表现方式和艺术价值也一直是学术界讨论的问题。而到了八九十年代，中国农村的变革无疑是一场更为深刻的革命。如何丰富地展现当代乡土世界的复杂景观，深入地探析这场变革中农民的精神世界，是当下乡土文学创作不可回避的问题。但是，从阅读感受来看，当代乡土文学中让人感受深刻的依然是"记忆中"的乡土世界，从而也显露出作家乡土历史经验的一种断裂，正如有学者指出的那样："进入新世纪以来，与'乡土世界'相关的小说有一个明显的特点：作家的历史意识出现了裂痕，不再有着完整的内在逻辑，对于充满了生机和混乱的现实，在价值判断上呈现出茫然和困惑。"②在这种情况下，当下变化中的乡村往往作为乡土记忆的一种续曲，而这种续曲在很大程度上也是由作家的乌托邦想象构成的。

第三，想象。文学创作当然离不开想象，但想象也必须具有艺术的逻辑性和艺术的真实性，由此而产生的象征和寓意也应该建立在对现实真实性的把握之上，"小说也正是以这种方式达成了它的叙事与它由叙事所显示的象征寓意之间的平衡——作品的象征寓意，是由对于人物境遇的极具现实性的真实展现凝结而成的"③。譬如，卡夫卡想象小说主人公格里高尔变成甲虫就是一个典型的例子。乡土小说对当下乡村变化以及人与土地关系变革的书写当然也少不了艺术想象的表现方式，但这种想象不是凭空而来的，不是仅凭作家的才气联想而来的，也不应是为一种预设的观念而进行的乡土情节虚构，而应是建立在作家对当下乡村生活变化的熟悉之上，建立在

---

① 洪子诚：《中国当代文学史》，北京大学出版社 1999 年版，第 101 页。

② 王光东：《"乡土世界"文学表达的新因素》，《文学评论》2007 年第 4 期。

③ 王耀辉：《文学文本解读》，华中师范大学出版社 1999 年版，第 154 页。

对人与土地关系改变的了解之上，建立在对乡土中国历史变迁的深入认知之上。只有这样，乡土文学才能真正对应于乡土世界的时代变革，才能鲜活地展示当下的乡土生活，深刻地表现历史变迁中的乡土世界，真实地触摸当下乡土中的精神世界。在我看来，这应是读者对于当下乡土文学的一种阅读期待。然而，乡土作家们往往以自己的"想象"方式来呈现当下的乡土世界，阐释人与土地的时代变化，从而在很大程度上回避了读者的这种阅读期待。关于乡土作家的这种"想象"以下两种情形是值得反思的：

一是"结构性"的想象。不少作家在创作时已经明显感到当下的乡土世界已经今非昔比，自己的乡土记忆已经覆盖不了乡村的变化。作家在一部作品中娴熟地使用完乡土记忆的资源后，此时文本中的乡土世界对于真实的乡村来说并不是完整的，其中关于乡村"现场"的图像缺失就是一个不得不解决的问题。为了弥补这种乡土书写"结构性"的不足，作家往往通过想象来拥有这部分并不熟悉的乡土资源，从而来完成一次完整的乡土世界的艺术建构。在这个过程中，作家的心态是非常失落和矛盾的，正如贾平凹所说："我的创作一直是写农村的，并且是写当前农村的，从《商州》系列到《浮躁》。农村的变化我比较熟悉，但这几年回去发现，变化太大了，按原来的写法已经没办法描绘。农村出现了特别萧条的景况，劳力走光了，剩下的全部是老弱病残。原来我们那个村子，民风民俗特别醇厚，现在'气'散了，我记忆中的那个故乡的形状在现实中没有了。农民离开土地，那和土地联系在一起的生活方式将无法继续。解放以来农村的那种基本形态也已经没有了，解放以来所形成的农村题材的写法也不适合了。"[1]贾平凹在小说《秦腔》中力图叙述清风街近二十年的乡土景观，特别是表现该地方正在发生的时代变迁。小说用极其细密的书写方式去编织乡村的精细图

---

① 贾平凹、郜元宝：《〈秦腔〉与乡土文学的未来》，《文汇报》2005 年 4 月 22 日。

像，塑造了夏天义、夏天智、夏君亭、张引生、白雪等鲜明的人物形象来表现多种文化力量的融汇和对抗。在小说描写的整个乡土世界中，最为生动鲜活的依然是传统的乡土画面，很容易看得出作家对于这些生活画面的熟悉和眷恋，小说也因此成为传统乡土文化的一曲挽歌。而小说关于对清风街带来冲击的一些变革元素的描写则显得有些生疏和僵硬，譬如夏君亭力建农贸市场、丁霸槽开的带有色情服务的万宝酒楼的描写就多带有主观臆想的印痕，像挤进去的"楔子"，用以建构变化之中的乡土世界。类似的情况同样出现在莫言的小说《蛙》中，譬如，小说对袁腮开办代孕公司的描写就显得较为单薄，完成代孕公司的指代意义或许正是作家对其想象书写的主要诉求。这种"结构性"的想象在一定程度上延长了小说叙事的长度，拓展了小说叙事的空间，在表现作品主题方面也发挥了直接的作用。但不可忽视的是，它在很大程度上破坏了小说的艺术逻辑性，弱化了小说应具有的艺术感染力，对于乡土小说而言则大大影响了作品对于乡村变迁中人与土地关系的书写深度。

二是"阐释性"的想象。长期积淀的乡土情结无疑使作家对乡土有一种发自内心的情感关注和创作冲动，但由于不少作家对当下的乡土世界缺乏像以前那样的体验和把握，在创作中往往表现出一些概念化的思维。比如，乡村的人与土地的关系发生了剧烈的变化，传统的农民身份产生了历史的改变，传统的乡土文化受到了时代的冲击，农民离开土地的漂泊和挣扎，打工者难以融入城市的尴尬和苦痛，等等。对于许多作家来说，诸如此类的观念并不是从新鲜的乡村土地或活生生的农民身上获得的，而是从社会学的一些结论或大众媒体的观点上截取的，不少作家在表现这些主题话语的时候其创作往往就出现了主题先行的问题，小说所进行的叙事就很容易产生"阐释概念"的先天不足，此时叙事中的想象部分就具有了一种"阐释性"想象的特点。这种"阐释性"的想象在当下的乡土文学创作中是较为普遍的。米兰·昆德拉曾经说过："小说唯一的存在理由是说出唯有小说才能说出的东西。"① 因此,"阐释性"的想象在很大程度上削弱了小说本身的艺术魅力。从这个意义上说,乡土小说应该丰富、鲜活地展现当下的乡土世界,以文学艺术的方式为读者提供包括人与土地关系在内的乡土多种变化因素的复杂性和可能性,而不应是以想象的故事去说明一种观念,去阐释一个道理。

由于人与土地关系的改变,乡土小说的叙事边界也随之扩大。进城的农民工作为一个特殊的群体进入到作家的创作视野,作家对农民工的书写多为描述农民工在城市中的经历片段,并没有把农民工放在人与土地的层面上去观照,而是更多地叙述农民工在城里的挣扎和艰辛,间或增加农民工的某些不合时宜的行为来营造黑色幽默的效果。对于丰富的精神世界而言,我觉得这是对农民工书写的一种简单化处理。农民工离开土地走进城市,其物质世界与精神世界都发生了巨大的变化,这为作家的创作提供了一个广阔的叙事空间。但由于作家对当下农民生活的陌生感,致使他们在创作时要么割舍农民工之于土地的复杂关联,只是凭"农民工"一词试图让这种关系不言而明;要么就采取"阐释性"想象的方式去弥补体验和认知的不足。在这种情况下,作家往往选择叙述农民工的"另类"故事,用以增强自己创作的自信。小说中的故事一般诉说农民工奔波和辛酸的求生之路,表现他们作为"异乡者"的漂泊的精神感受,反映这部分底层群体的生存状况。这些故事实际上弱化了农民工与土地之间的精神联系,如果从农民的视角来看,这些故事只是一种"传奇",而不具有农民故事的普通性,难以有血有肉地、深入细致地表现人物的精神世界及其当下人与土地关系的复杂变化,因而小说的叙事想象也难以达到一种艺术的真实。《泥鳅》是尤凤伟新世纪以来创作的一部较有影响的长篇小说。小说以农村青年国瑞的生活为主要叙事线索,描写了一群打工者在城市的悲惨命运。

① [捷克] 米兰·昆德拉:《小说的艺术》,董强译,上海译文出版社 2004 年版,第46 页。

其中，国瑞的遭遇最具传奇性。他经过一番打拼，似乎要混迹到城市的上层，被委以公司的董事长兼总经理之职，但这是城市的一个陷阱，只是被人利用以便从银行骗贷。因骗贷而负法律责任，最后国瑞被判处死刑。小说故事光怪陆离，让人印象深刻，表现出作家强烈的现实批判精神。小说显然在很大程度上阻隔了国瑞等人与乡土之间复杂的内在联系，只是简单地赋予了他们以农民工的标签，并用"泥鳅"作为其身份的一种象征。因此，国瑞与城市里非农民身份的底层打工者的遭遇实际上并没有什么特别的不同。这样一来，小说关于农民工的叙写就缺乏对这个社会群体独特属性的具体观照。换句话说，这部小说的创作起点是从农民工在城市里的生活场景开始的，并没有从国瑞所走出的那块土地上去寻找人物的精神踪迹，正如尤凤伟在讲述创作这部作品的缘起时所说："我是在晚报看到了打工妹受到凌辱、打工仔在中介公司受骗的社会新闻，促使我要为这些农民工'立言'。"① 因此，在我看来，这部小说的叙事便在一定程度上打上了一层"阐释性"想象的色彩。如果小说从国瑞离开的土地展开叙事，打开人与土地关系变化的时代纵深，也许更能充分地表现人物丰富、复杂的精神世界，为乡土中国的艺术呈现提供更多的可能性。

毋庸置疑，近几十年来中国的乡土文学已经取得了有目共睹的成就。无论从哪个角度展开对乡土中国的书写，实际上都绕不过人与土地关系的时代变迁。正是这种关系的复杂变化，才赋予当下乡土文学创作极为丰富的言说空间。乡土情结是乡土作家积淀的一种情感和创作资源，它的存在形态也在一定程度上促进了乡土文学风格的多样化，并继续成为乡土文学创作的重要动力之一。人与土地关系变化的复杂性实际上也影响甚至冲击着作家的乡土情结，从而不同程度地调整着作家乡土情结的形态。怀着浓郁的乡土情结，面

---

① 尤凤伟在复旦大学中文系和上海大学当代文化研究中心联合举办的"《泥鳅》作品讨论会"上的发言，见《文汇报》2002 年 6 月 3 日。

对着人与土地关系的现实复杂性，乡土作家用一种乌托邦的乡土想象来调节自己与创作客体的紧张关系，这也只是当下乡土文学所表现的一种创作特点和叙事方式。当然，也有一些作家如关仁山、孙惠芬等一直用一种深切的关注来延续自己的乡土经验，努力表现人与土地改变的乡土世界。譬如关仁山的小说《麦河》就在人与土地关系的视阈中书写了乡村土地权益流转的现实问题，丰富表现了在此基础上的农民生活的动荡和精神世界的微妙变化。再比如"70后"作家叶炜的乡土长篇小说《后土》。进入《后土》的小说世界我们会发现，叶炜带着热烈而沉郁的情感力图还原一个真实的"乡土中国"形象。当然，在这个过程中，叶炜关于乡土世界的艺术想象使得对于"乡土中国"的形象还原实际上演变成一种艺术的建构。从整体上来说，小说在对"乡土中国"形象的还原与建构的主题话语中，言说了作家对乡土的热爱和执着，展现了普通乡村物质世界和精神世界的沧桑变迁，同时在反思的叙事语境中丰富和拓展了"乡土中国"的主题内涵。小说中的"麻庄"显然是"乡土中国"的一个缩影或象征。小说是按照二十四节气的时序推进的，惊蛰、夏至、大暑、立秋、白露等节气名称冠于卷首，对应于叙事时空的不同变化。这使得麻庄的图像在寒来暑往的变换中一一展开，一草一木都在时光的流转中带着季节的温度成为真实可感的场景元素，这在很大程度上增强了乡土叙事的现实感和历史感，为整个小说的叙事定下了一个基调。在乡村图景温情的叙述话语之中，实际上推动小说叙事前行的内在动力是社会变革之中麻庄的跌宕起伏。小说以麻庄基层政权的工作为中心，以王远、曹东风、刘青松等不同时期的村干部的活动为经纬，用极其细密的针线编织了麻庄的历史和现实的纷繁图景。在这个图景之中，麻庄的人性、精神、欲望以及变迁之中的温暖、无奈、悲凉和希望占据了小说主题的重心。可以说，《后土》在一定程度上完成了"70后"作家对于乡土文学价值的独特理解，建构了一个魅力独具的乡土文学世界。

我们之所以"脱离"二月河进行上述问题的分析，是想在这里建立一个"背景"和"参照"，努力超越一种思潮的视阈去观照二月河的创作。从这里我们再回到二月河的话题，问题就变得很有意味。陈建功等学者的评价实际上也是在论及二月河创作的某种启示，涉及作家的素质、作家与世界、作家与文本的关系等问题。这都是很"大"的问题，也是文学理论的基本问题。之所以这些问题被他们以"感慨"的方式提及，是因为二月河在这些方面做的"好"。换而言之，当代文学创作在这些方面做的"不好"。我们不难发现，新时期许多作家对小说所表现的"生活"的认知程度让人担忧，对意欲表达的"世界"具有很明显的"生疏感"，这恐怕是一个值得重视的现象。所以，二月河对其所书写历史"世界"的把握及其为此所作的努力是值得创作界和评论界深刻反思的。

（二）经验与启示：关于"创作难度"与"创作生命"的反思

对于历史小说创作而言，相关丰富、复杂的历史知识首先是对作家的挑战，这也无疑构成作家创作的一种难度。二月河显然经受住了这种考验，他绝不是遮遮掩掩、投机取巧，进行某种概念下的"乌托邦想象"，而是进行了学者式的研究，是在一种历史学家的视野中展开书写的，正如上文提到的陈建功所言："二月河这位作者太厉害了，他对历史、对各方面知识的掌握太全面了。"在当下的文学创作界，或许这应该引起足够的重视。

二月河的"清帝系列"反映清朝前期百余年的历史生活，时间跨度长，历史事件和人物众多，线索纵横交错，内容极其丰富。对于生活在三百余年后的作家而言，需要调动广泛的创作资源。我们已经提到，正史是二月河历史小说创作的主要资源，他读了大量的历史著作，如《二十四史》《资治通鉴》《续资治通鉴》等。仅读《清史》做的笔记就有数万字。"我对中国的历史基本上是两头熟。小时候读《史记》《后汉书》《晋书》。以后在部队里又重点读近代史。就清史而言，不仅要重视重要历史人物，还要熟悉当时的典税制度、风土人情。大量的清人笔记，我都购置、研究了，还有些别人不注意，读起来非常枯燥的东西，如《银谱》等等，我都细细研究。要想写好一个当铺伙计如何识别银子的成色，就必须读懂这些书。"① 这使得二月河对中国古代历史几近耳熟能详，不仅掌握了丰富的历史知识，而且养成了良好的史学素养，众多历史事件在他的脑海中已经发酵成精彩的故事。二月河没有接受过正规的大学教育，读书多凭兴趣，随意性相当大，对野史和各种杂书的广泛阅读帮助二月河扩大了历史视野。如果说正史为二月河的历史小说构建了骨架，那么野史和杂书则使他的小说有血有肉。中国叙事文学的经验影响了二月河的讲故事的方式。二月河从小痴迷《三国演义》《水浒传》《西游记》等古典小说，沉迷于其中九曲回肠、环环相扣的故事，久而久之，脑海中就形成了一些故事的套路。后来一遍遍研究《红楼梦》，并且立志要当《红楼梦》研究专家。而《红楼梦》反映的恰恰是清代康雍乾时期的社会生活，作品中人物的语言必定体现着当时社会语言的特点、风格，这对二月河写作"落霞三部曲"无疑产生了深刻的影响。二月河祖籍山西昔阳，一直生活于河南南阳，血液中浸透着中原文化的精髓，并成为其生命活力的重要体现和支撑，"南阳是一座有着深厚文化积淀的古城，从古代的韩愈、岑参、范仲淹，到近现代的姚雪垠、李季等，以及现在全国闻名的南阳作家群，千百年来许多名扬天下的文人都出现在这里，可以说南阳的历史文化深刻地影响着二月河的过去和未来。"② 清王朝的都城在北京，统治中心在中原，社会文化自然以中原文化为主体。这就意味着，中原区域文化和民风民俗对二月河创作"清

---

① 阿琪:《苍凉悲壮的二月河》,《博览群书》1996 年第 7 期。

② 中央电视台 2010 年 3 月 23 日《二月河访谈》。

帝系列"十分重要，换句话说，中原文化成为其创作"清帝系列"小说的重要资源和依托。有研究者认为："二月河凭借着对传统文化资源的顽强持守，写出了规模不凡的 13 卷 530 余万字的清帝系列小说……传统文化资源与当代人文关怀在其创作意识中已经紧紧地扭结成了整体，在文学意象的设置和文学意义的生成中呈现出一种多元复合的驳杂图景。"① 这与传统文化、区域文化的影响密切相关。在民俗知识方面，二月河也进行了丰富的积淀："二月河清帝系列小说中的戏曲文化母题，有着丰富的民俗内容。二月河对于相关题材的反映，使用了民俗学田野作业的方法。正是这种视角的存在，清帝系列小说中的戏曲民俗，出现了一定程度的变异。"② 二月河在上述资源吸收、把握的过程中下了极其艰苦的功夫，以扎扎实实的"慢功夫"应对了这种创作的巨大难度，正如他自己所说："写书是一个繁杂的过程，首先要搜集清史资料……连清人当初的日记统统都搜集，包括宫廷礼仪、皇帝衣帽档案、食膳档案、起居住行。这东西，没有什么巧办法，凭自己的感知、悟性，还有对这一时期政治、经济、文化全方位的掌握、理解。那时，一斤豆腐多少钱，我都知道，还有纯度百分之十的银子到百分之九十九的银子怎么识别，皇帝一年三百六十五天，什么时辰穿什么衣服，这都需要从查资料开始。……我不喜欢做笔记，就做卡片。哪一本书，哪一页，分类整理，像衣帽档、食膳档。有些书不在图书馆，是我在破烂摊、废品收购站买来的。包括琴棋书画、一般人家的住宅、官宦人家的住宅怎么布局，进去以后，怎么确定它的方位……这样写出之后，没有专家敢挑我，因为我拿的是第一手资料。大作家姚老考证过我的功夫，我列举这些书名，他也就知道我的功底了。这些

① 刘克：《误读的小说和小说的误读——二月河清帝系列小说的历史叙事化借用传统文化资源的经验和教训》，《贵州社会科学》2004 年第 1 期。
② 刘克：《民俗学田野作业范式与二月河历史小说戏曲母题》，《晋阳学刊》2005 年第 2 期。

东西需要下很苦、很细、很琐碎的功夫。但是你又不能丢掉宏观，又要全方位了解清代政治、军事、文化、风情民俗、宫廷礼仪，上至帝王之尊，下至引车卖浆之流，你都应该把他学活，需要下一番别人不肯下的功夫。"[1] 在当今浮躁的社会中，做二月河那样的"功课"是有难度的，许多作家凭所谓的"才气"是不愿下这样的功夫的。不夸张地说，在这方面二月河是一个不容易超越的范例。

正因为这种"苦功夫"，二月河持续了自己的创作生命。这也是二月河留给我们的一个启示。需要再次强调的是，从理论上来说，对于一个严肃作家而言，作家对社会生活的深入、对创作客体的深刻认知应该是"必修课"。我们之所以强调这一点，是因为在小说创作实践中许多作家由于种种原因是想规避这种"难度"的。这与一个作家的创作立场和态度有关，同时与社会的文化氛围又密不可分。而这，也严重影响了作家的创作生命。我们可以从1990年代的小说创作来讨论这个话题，从而在文学史的视阈中来观照二月河的创作启示。

1990年代重要的文学现象是新生代作家的登场。如果从文化和美学的视角对中国二十世纪九十年代新生代小说[2]进行扫描，后现代应该是一个绕不过的话题。中国是否具有后现代生成的社会和文化基础，抑或中国的"后现代"是否像西方的"正宗"后现代主义，都不影响对中国文学在后现代视阈中的审视，更不能排斥用分析后现代性的方法去梳理文学现象。深度模式的削平，时间向空间的转化，文本的开放性和平面化等后现代主义的显著特征在九十年代小说中大量显现着。尽管西方的后现代文化热潮已退却，九十年代的小说家仍然——自觉或不自觉——以十分夸张的姿态在书写后

---

[1]　冯兴阁：《聚焦"皇帝作家"二月河》，广东人民出版社2003年版，第104页。

[2]　新生代应首先是一个时间段内的问题。仅"60年代出生"不能覆盖90年代新生代，所以本文把崛起于90年代所谓"60年代出生"和"70后"统称为90年代新生代作家。90年代新生代小说也在此范围内。

现代浸染给他们的感觉，并且在影响着中国当时乃至以后的小说的创作。这里说的夸张有两个方面：

一是书写姿态的夸张。姿态的夸张又体现在两个层面。第一，作家出场的夸张。1990年代新生代小说家的出场努力造成舞台明星出场的效应，策划一种夸张的最初造型，力图造成观众的哗然和喝彩。从九十年代初"断裂"的文学宣言，到卫慧、棉棉前卫的广告登场，到美女作家的频频闪现，其中还夹杂着许多青年作家激情式的辞职写作，渲染出当代文坛的一派繁荣。这种夸张的态势实际上消解了作家日积月累的苦难深度，走进了削平传统深度、体验当下感觉的后现代语境。后现代主义颠覆历时的线性因果走上共时的空间平台，所以新生代作家表现出想抓住当前空间的急切心情，急于想在当下舞台去表露和体验自我的感受，力求夸张式的到位，一切的思考和等待都要为这种夸张的姿态让路。后现代主义的大众趣味更是让作家们心安理得，从而更增强了这种夸张姿态的张力。第二，书写心态的夸张。后现代语境下的大众化书写，使得小说家们的书写心态异常躁乱。其实小说家们何尝不知道创作应该把持的心态，但他们在喧嚣的氛围下又按捺不住追求时尚的欲望，于是创作的心态就异化成一种张力，对于创作所应秉承的心态来说，这种张力就构成了作家书写心态的夸张。卫慧在《上海宝贝》中的独白就言说了这样的心态："某种意义上，我的朋友们都是用越来越夸张越来越失控的话语制造追命夺魂的快感的一群纨绔子弟，一群吃着翅膀和蓝色、诱惑、不惹真实的脉脉温情相互依存的小虫子，是附在这座城市骨头上的蛆虫，但又万分性感，甜蜜地蠕动，城市的古怪的浪漫与真正的诗意正是由我们这群人创造的。"[①]值得注意的是，新生代小说家们许多采用自传或半自传的叙述策略力图建构较为真实的语境，从心理层面上来说，我以为这是作家们去试图掩饰夸张心态的企图。这种掩饰折射出新生代小说家们在后现代语境中书写心

---

① 卫慧：《上海宝贝》，春风文艺出版社1999年版，第234—235页。

态的矛盾；对于夸张心态来说，这样的努力只不过是欲盖弥彰。

二是欲望和情感的夸张。从宏大叙事模式转向个体化写作，从群体声音转换成私人话语，中国文学经历了历史性的转型。由于先前宏大叙事中的禁锢，作家写作也迅速向自由逼近。后现代主义强调当下空间的感受，消解深度而呈现的开放性和平面化，更给中国作家带来喜悦和支持，他们如饥似渴地书写自我感觉，并享受着书写带来的快意。不仅如此，他们还把笔伸向历史，用书写历史的姿态去颠覆历史。在经过这样一番情感和欲望的狂欢之后，九十年代新生代小说家显然经历了曲终人散后的寂寞和迷茫，在还没有明白试图建构什么或消解什么的时候，他们仍然竭力地挖掘着自己的欲望和情感潜力，用大胆和细致的包装抛出去；甚至他们还不惜制造欲望和情感，明显有"作秀"状，从而造成情感和欲望的夸张书写。

应该注意的是，这种夸张绝不是一种艺术手法，它只是作家的浮躁、茫然和虚弱在文本中的显现，与文本所要指向的情感、欲望和真实相映照，它只能产生一种矫情的潜文本，从而使作家在一定程度上迷失了自己的根本意向。朱文的《我爱美元》中儿子带父亲去嫖娼，如果我们把这种父子关系视为表达手法去突显人的欲望及其欲望和现实的对立，那么到了"美元就是美丽的元，美好的元"的抒情呼喊时，却让人看到了一个上扬的夸张的手势，一种渲染的画外解说。韩东的《障碍》《三人行》中冷漠的叙述语调中处处潜伏着暗示，情感和欲望的展示需要"是否荒淫无耻是圣洁的物质保证呢"这样的诘问来支撑，不能不说是一种矫情的夸张思考。林白的《一个人的战争》像白瓷般细腻地诉说了女人的自恋体验，但开篇却来了一个历时的夸张镜头："那种对自己的凝视很早就开始了，令人难以置信的早。那种对自己的抚摸也从那个时候开始，在幼儿园，五六岁。"这种对儿时行为的溯源俨然带有神秘性思索的姿态，暴露了作者对这种"战争"感觉想去夸张诉说的心迹。至于在《上海宝贝》《糖》等作品中出现的西式情人，我觉得更是欲望和情感夸张的物化体现。"欲望是一种情感结构，它固定在某种特定的形式上，不是在目光里就是在心灵深处。"① 在九十年代新生代小说家书写的文本里，夸张的姿态使得欲望和情感游离在目光之外，走出了心灵深处。

这里我们不是说后现代本身必然带来夸张的姿态，而是小说家自身的夸张欲望在后现代语境里更加膨胀，从而在创作主体的因素方面影响了创作动机，"有什么样的创作动机，实际上也就暗示了作家某一具体作品或其一生文学创作在选材和艺术沉思上的走向。"② 夸张的姿态使作家的艺术沉思走向浅表，从而影响了文学创作的各个过程和结果。夸张的书写姿势给九十年代新生代小说带来一片喧哗，小说家们也在纷繁的评述话语中收获了短暂的快意。然而文学毕竟不是靠夸张的姿势试穿的时装，新生代小说家由于夸张造型所缩小的空间也许正是我们真正需要关注的东西。这里的"缩小"是指小说创作中本应该持守和彰显的东西由于受到其他因素的挤压而萎缩。当然，造成这种萎缩的因素固然很多，但在后现代语境下小说家夸张姿态的影响在 1990 年代无疑是最重要的因素。这样的缩小及其引起的缺憾主要有三个方面：

一是作家创作生命的萎缩。1990 年代新生代小说家无论是他们的文化素养还是其文本书写透射出的才情，与其他时期的作家相比是值得让人们称道的，然而我们目不暇接地看罢他们粉墨登场之后，又看到他们黯然失色地退场。即使他们仍在书写，但他们的希望却在走远，从而构成当代文学史上最具悲剧性的一幕。这些小说家经历过历史的反思时期，受益于文化思潮的激烈碰撞，体味过小说文体创新的实验，却最终没有形成强有力的书写穿透力，没有上升到具有超越性的书写阶段。德国哲学家舍勒说："悲剧性的

① ［美］宇文所安：《迷楼：诗与欲望的迷宫》，程章灿译，生活·读书·新知三联书店 2003 年版，第 12 页。
② 童庆炳：《文学理论教程》，高等教育出版社 1998 年版，第 121 页。

200

必然性主要是指基于世界诸因素和本质及本质联系之上的不可避免性和不可逃脱性。"[①] 从这个意义上来说，把 1990 年代新生代小说创作放在社会和文化背景下观照，那么这些小说的书写具有悲剧性的必然性；如果我们从造成这种必然性的具体环节着眼，那么作家的"出场"是最不能忽视的问题。社会文化的大背景勾结着尚不成熟的小说家急功近利的夸张心态，双重毁灭了这批作家本应鲜亮长久的创作生命。这是这个时期文学的悲剧，也是小说家自身的悲哀。在这个过程中批评家也远离求真而呈现出夸张喝彩的严重倾向："无论是陈染、林白，还是韩东、朱文，也无论是卫慧、棉棉，还是韩寒、周洁茹……这些作家几乎都是在'叫好'声中走上文坛的，批评家们除了赞许之外似乎已经忘了还应做什么了，就更不用说去对他们的局限与不足作认真剖析了。"[②] 这更助长了小说家们夸张出场的热情。同时，小说家还不断扩大自己出场的依附平台，走向更为纷繁的媒体评论："20 世纪 90 年代的许多大红大紫的作品都是评论界并不看好的作品，它们大多数是被晚报的娱乐版炒红的。"[③] 这是一个不容忽视的现象，它从内部侵蚀了作家的创作生命。

　　首先是作家生存空间开始定格和缩小。面对一片喝彩，作家喜形于色或暗自窃喜，在市场对文学创作进行商品化改写的时候，作家更是没有与之保持清醒的距离，没有从创作主体的方面保持独立性，而是坦然或半推半就地裹挟于众多商品之中，在品尝"成名"甜头的时候，也就同时缩小了自己的生长空间，使社会关注的目光和批评话语过早地定位，从而尝尽"跌下去再也爬不起来"的苦果和寂寞。对于许多年轻的小说家而言，这无疑等于其创作生命的天

---

① ［德］舍勒：《论悲剧性现象》，刘小枫主编《人类困境中的审美精神——哲人、诗人论美文选》，魏育青、罗悌伦、吴裕康等译，东方出版中心 1994 年版，第 303 页。

② 吴义勤：《20 世纪 90 年代的中国文学批评》，《文艺研究》2002 年第 5 期。

③ 同上。

折。其次，作家书写的延续性受到阻滞。作家要不断地超越自己，拓宽和延展自己的书写空间，是保持创作生命力的重要因素。然而1990年代新生代小说家的急切心态成为其书写延展性的严重阻滞，最终导致他们行之不远。出场的诱惑使作家耐不住平静，对于文学创作而言这种心态无疑是不健全的，易于形成书写的泡沫，尽管在文本中也出现了点点令人震颤的东西。一批女作家的"女性写作"在这场"登场书写"的潮流中扮演了重要的角色，实际上她们的加入在一定程度上影响了1990年代小说书写的走向，因此她们在"夸张"与"缩小"的整合与对立中也代表性地暴露了同时期作家的共同缺憾。"如何使自己的母语写作与自己对西学的荒诞错位和寓言象征等的借鉴拼贴得更好些，如何使自己的揭露心态意识和人性观察，显得不是过分地具有急切的表现欲，恐怕是徐坤们的'女性写作'需要关注的问题"[①]。"急切"无疑成为了作家创作行进中的阻碍，给创作生命以内在的致命打击。实际上新生代小说家也在经历退场和退场后的迷茫、选择，这是当时夸张和喜悦的代价，对如何续接和再生的痛苦思索乃是文学给予他们的报复。

二是艺术创新空间和读者阅读期待视野的缩小。尽管1990年代新生代小说家以其夸张的姿势和大胆的勇气书写另类的叛逆和解放，也在寻求着艺术创新的路径，但就其文本书写的整体概貌而言，艺术创新空间是大大缩小了。"欲望化写作"的整体态势和集体指向又使其得到"一元化"的指认，从而在很大程度上缩小了读者的期待视野。这可能是1990年代小说家们不能接受的事实。

在1980年代小说实验的进程中，"先锋派"作家追求文本上的颠覆和创新，演示着一个个光怪陆离的文本世界，马原、余华、苏童、孙甘露、格非等一批作家共同引领了小说写作实验的潮流。先锋派作家尤其在文体上向小说的边界摸索，尽管也存在着曲高和寡和模仿的弊陋，但毕竟推进了中国小说书写的艺术创新，扩大了读

---

① 王岳川：《女性话语与身份书写在中国》，《东方文化》2000年第3期。

者的期待视野。池莉、方方、刘震云、刘恒等作家放弃传统现实主义的人生意义阐述和理想追求，描写各类小人物庸碌的生活状态和烦恼的世俗人生，虽然后来有"新写实"的命名，但各自的书写路数差异很大，比如池莉和刘恒的小说。当然我们不会忽视新生代作家之间的差异性，也不会遮蔽其在书写内容上的进展意义，但他们的"欲望化"的集体书写指向却让人感到阅读上的单调。由于重视情感和欲望的过度渲染，艺术创新特别是在艺术形式的创新维度上，较以前的文学潮流来说则是明显后退了。如果说这是 1990 年代新生代小说的一种缺失，我以为依然是夸张的姿势游移了作家探索的欲望，消解了作家需要沉淀和积累的努力。

先锋派和新写实小说家也采用了极其夸张和变形的手法去展现生活和历史的虚伪、无聊，这种夸张是为了一种创新和叛逆书写，而新生代小说的夸张态势则是游离于创作之外的另一些企图，作家夸张的心态往往使其从创作平面上弹跳开来，去窥视由创作带来的其他收获。如果新生代作家在后现代语境下能更多地匍匐在创作层面上——而不是用夸张的手势和心态去书写他们当下的欲望和感觉，那么他们会更好地切入后现代的应有之义，也能在艺术创新和拓展读者期待视野上取得突破。然而有趣的是，此时的先锋派作家则显得成熟多了："先锋派作家不必再以意气急于抛出一篇篇作品来引起注意，文本实验带来的新奇感正在消失，浮躁的心态渐趋平静。"[1] 他们从现实和历史的角度去靠近后现代的语境，书写出了带有浓厚后现代意义的优秀小说，如苏童的《我的帝王生涯》《米》，刘震云的《故乡面和花朵》，等等。如何走出这种"夸张"和"缩小"的尴尬，我以为这是当下文学创作中仍面临的问题。因为同处在后现代语境的书写氛围，我们不妨把华文文学的某地域文学——比如台湾文学，以及外国文学中的一些书写现状作为参照，来思索

---

[1] 张学军：《形式的消解与意义的重建》，见李复威编《世纪之交文论》，北京师范大学出版社 1999 年版，第 34 页。

中国大陆 1990 年代小说的缺失，并试图从中得到某些有益的启示。我们来关注台湾 1990 年代新生代小说家，特别是 1965 年后出生的一批作家，他们是比张曼娟、林燿德、杨照等还晚出现在文坛的青年作家，比如黄锦树、张瀛太、骆以军、陈雪、吴钧尧、陈裕盛、纪大伟等。这些作家在台湾的各种文学奖中获奖，或者出书而开始被注意，这一现象也很像大陆新生代作家追求的出场效应。但是，值得注意的是，这些作家所故意营造的渲染气氛和夸张心态要少得多。在台湾的两报（《联合》《时报》）三刊（《联合文学》《幼狮文艺》《台湾新文学》）中更多地看到作家平静地诉说，批评家对现象和文本的冷静梳理。"他们将不断地发出自己的声音，而我们除了静静观望，可能也得为他们配乐，或者合音。"[1] 这种作家和批评家各自发出自己的声音而不是炒作和指责，在很大程度上也淡出了夸张的欲望。在文本书写上，台湾新生代与大陆 1990 年代新生代小说家一样迎合了时代的文化环境，消解宏大叙事，抹平书写的深度，共同表现出后现代语境下的自我抚摩和欲望展示，但是我们注意到台湾新生代这批作家很沉浸于感受体验和表达，而不是一种夸张的呼喊以期引起注意，因而他们在心态上总有一份积淀的努力，正如王德威评价他们时说："其中不少人因为文学奖而崭露头角，但他（她）们长期默默笔耕的志气，又岂仅限于争取一二奖项？由部分作者为作品的序里，可以看出他（她）们的心路历程……"[2] 尽管他们也经常在较小的平台上去审视和剖析当下感受，也书写感官体验，性泛滥、暴力倾向、自恋、同性恋等，但总能给人这是切入感受内核的书写，对书写对象没有距离的靠近，而大陆新生代作家似乎还没有等到完全熟悉某种体验就迫不及待地宣扬。台湾作家纪大伟的《脐》是同性恋题材的小说，但纪大伟没有突出同性恋体验的

---

① 李瑞腾：《90 年代崛起的新生代小说家》，见陈义芝编《台湾现代小说史综论》，联经出版事业公司 1998 年版，第 513 页。

② 王德威：《众声喧哗之后》，麦田出版社 2001 年版，第 405 页。

张扬诉说，而是把同性恋作为一个平常的事件叙述，在其中注入了性别游移的思索，在平实而真切的自我体验中表达着现代人真实而多维的当下感受，我以为这透视出青年作家的一种沉稳和成熟的心态。因此，如何贴近和切入指涉对象，让心态归位，形成有穿透力的书写，并生成丰厚而不是单薄的思维表达，是当下小说家需要认真面对的问题。

新生代小说家急于表达的夸张心态以及急于出场的欲望使他们不能冷静、沉稳地选择广阔的平台去展现自我，造成了书写时空的狭小。我们可以注意到当前西方的一些小说家的创作往往把个人的故事和体验分解到历史的大背景中去，即使表现后现代语境的当下感受和欲望，他们也往往延展文本中的共时空间，呈现出开放性的、多向度的创作视角。马丁·艾米斯是当代英国最受关注的中年作家之一，他的长篇新作《黄狗》在西方评价很高。小说铺开现代文化生活的平台，展示作家个体存在、色情、犯罪等多方面的自我感受和思考，让读者看到了作家内在的体验与外在社会文化的纷繁整合。拉美国家上世纪六十年代出生的青年作家更是如此，如阿根廷的吉列尔莫·马丁内斯及罗德里格·弗雷桑等小说家，他们的一些小说被评为阿根廷九十年代或某年度优秀小说，并在西方、拉美许多国家出版介绍，获得好评。其小说几乎都有一个广阔的时空，演绎和诉说着小说家对性恋、欲望、游戏、死亡、自杀、罪行的感觉和思考，在彰显个性的同时，又扫视了自我存在的环境，形成了文本广阔的包容性和深刻的思考性。当然，我们还不能说这些作家就代表着后现代语境下的书写趋势，但这至少给我们新生代小说家的创作带来另一个启示：如何在书写中放置自我体验，从而形成多维度的艺术审美趋向。其实，新生代的一些作家也注意和思考了类似的问题，邱华栋曾说："在一个传媒时代里，小说应该是什么样子的？我认为更多的信息已是好小说的重要特征。"[①] 这里注重"更

---

① 邱华栋：《城市战车·代后记》，作家出版社 1997 年版，第 287 页。

多的信息"就具有了对"体验"存在的时空环境等对象丰富展示的意味，只不过依旧由于小说家的夸张态势没有把它做好罢了。

当然，上述只是从一个视角试图在整体上去指认后现代语境下的 1990 年代新生代小说的某种特质，以及由此带来的启示性思考。让我们再回到二月河的话题。1990 年代也是二月河创作的重要时期，而此时的他似乎非常"清醒"，他选择"慎之又慎"的创作姿态，从艺术生命的角度来反思自己的创作："所有牌子都是自己砸的，作家也不例外。作家越出名，读者寄予他的期望值就越高，这个时候，作家就要慎之又慎，努力写出让读者满意的作品，决不让读者失望。作家的创作生命和自然生命一样，都有衰落、消亡之时。我所能做的，就是尽可能延长自己的艺术生命，使自己的创作在相对稳定的状态下进行，一旦有一天被读者厌弃，就应该赶快退出文坛，不要老赖在文坛上，不要以为自己是不落的太阳。"[①]毋庸置疑，二月河不是一个具有"夸张"姿态的作家，其作品的影响不会"昙花一现"，相反，随着时间的推移，"落霞三部曲"所蕴含的艺术魅力将会更多地释放出来。

接下来我们从历史文化（包括前文提到的区域文化）的视角讨论一下文学经验的问题。丹纳指出："每个地域有它特殊的作物和草木，两者跟着地域一同开始，一同告终；植物与地域相连。地域是某些作物与草木存在的条件，地域的存在与否，决定某些植物的出现与否。而所谓地域不过是某种温度、湿度，某些主要形势，相当于我们在另一面所说的时代精神与风俗概况。自然界有它的气候，气候的变化决定这种那种植物的出现；精神方面也有它的气候，它的变化决定这种那种艺术的出现。"[②]历史悠久，幅员辽阔，文化多样，是中国文学的优势资源。有学者在对当代文学作品在国外传播研究的基础上指出："西方看重中国当代文学的中国特色和

---

① 参见冯兴阁：《聚焦"皇帝作家"二月河》，广东人民出版社 2003 年版，第 100 页。
② ［法］丹纳：《艺术哲学》，傅雷译，人民文学出版社 1963 年版，第 8 页。

地域特征，欣赏中华民族文化中本真的语言艺术精品，特别是凝聚着东方哲学和美学精髓的作品。"① 如何在历史书写中发育、生成和积淀更多的中国经验，是当代文学发展长期关注的问题。创作主体与"历史"的融合程度在很大程度上决定了文学经验的生成。文学经验是独特和真实的，具有鲜明的归纳性和启示性的特征。在历史书写中，如果创作主体与作为创作对象或语境的"历史"不能实现充分的融合，那么就无从谈及真正的经验生成，而所有相关的归纳和总结也只不过是虚伪的形式。遗憾的是，作家与"历史"之间"貌合神离"的状态却成为当下小说创作中令人担忧的问题。在阅读中我们不难发现，不少作家与他们书写的"历史"存在着不同程度的隔膜和距离，在某种意义上，这些作家是在仅凭某种概念来展开历史书写，为了能够延续这种书写，小说家往往采用乌托邦的文化想象来填补这种疏离的空白。于是，我们在小说中读到了一种对历史文化粗浅甚至虚假的表达。事实上，创作主体与"历史"的融合，不仅是指作家对于历史风物人情和文化积淀的深入了解，而且还应指作家在情感上能够真正融汇在历史文化之中，甚至达到"我"即是历史存在"一部分"的生命状态。只有这样，作家才能沉浸在历史文化的语境中感知和发现独特的历史精神，书写出真正的历史叙事经验。在这个问题上，沈从文的小说创作是一个经典的范例，正如有学者指出："他的作品之所以能够产生广泛的影响，在'边城'之外激起甚至京都人的心灵共鸣，看来并不在于他铺叙了多少湘西的民间土风或离奇故事，而在于他在写作的过程中把自己沉浸到了乡土传统所存有的想象境界和叙说状态之中。在这种境界与状态下呈现出来的作品，自然也就能使读者，尤其是已经远离自然气息的都市人，在自己心中激起对超越世俗的向往与回忆。沈从文的成功，从另一方面看，也在于他能够把'民族—地域'与'社会—历史'结合在一起，写风土而不孤僻，叙民情而不

---

① 姜智芹：《中国新时期文学在国外的传播与研究》，齐鲁书社 2011 年版，第 291 页。

空虚。因此他的作品也就获得了自成中心的独特价值，而没有成为都市时尚的简单陪衬。"[1]不仅如此，作家真正融入到历史文化的状态之中，在创作时也常常会受到其审美旨趣的浸染，从而对文学的表现方式也会产生重要的影响，这显然对于文学经验的生成来说是极为重要的。需要指出的是，对历史文化的深度融合与借鉴西方文学的表现方式之间并不存在必然的矛盾——尽管当代文学思潮中的极端方式凸显了这种冲突，相反，对西方文学的借鉴往往为作家表现传统历史文化提供了更多的可能，正如杨义在谈到沈从文创作时指出："沈从文的'凤凰情结'，包括苗、汉、土家族杂居的湘西情结，以及荆蛮、三苗相通的楚文化情结，深刻地影响了他的文学创作的价值取向、想象天地和审美形态，沉积成他的文学创作的文化特质和文化基因。应该强调的是，他对这种文化基因和特质的传承，是开放性的传承，而不是封闭性的传承，传承中有着非常深刻的内在的现代性的点化。他的根基在于眷恋湘西，他的成功在于走出湘西。……外来影响也在改变着他的文学创作的文化特质，使他文学创作的文化基因成为具有现代性的复合性。但是这种特质和基因的异变，是再生性的，而不是原生性的。外来影响的作用，主要在于唤醒和释放出他的文学创作的潜力，并赋予他某种形式，而不是代替他的文学潜力的积累和发挥，更不是消解他的文学创作的文化特质和文化基因。沈从文的杰出在于他从外国文学中的影响中找到一种可能性，自觉地发挥了他的'凤凰情结'的优势，从而创作出一个属于沈从文的，别人无法代替的审美形式和审美世界。"[2]汪曾祺也善于融合西方文学的一些元素，正如他自己所说："我是更有意识地吸收民族传统的，在叙述方法上有时简直有点像旧小说，但是有时忽然来一点现代派的手法，意象、比喻，都是从外国移来

---

[1]　徐建新：《全球语境与本土认同——比较文学与族群研究》，四川出版集团巴蜀书社 2008 年版，第 180 页。

[2]　杨义：《重绘中国文学地图》，中国社会科学出版社 2003 年版，第 273—274 页。

的。这一点和前一点其实是一回事。奇,往往就有点洋。但是,我追求的是和谐。我希望溶奇崛于平淡,纳外来于传统,能把它们揉在一起。"① 正是这样的借鉴和融合,使汪曾祺形成了独特的区域书写风格,创作了诸如《受戒》《大淖记事》《故里三陈》《岁寒三友》《七里茶坊》《晚饭花》《桥边小说三篇》《鲍团长》等风格鲜明的短篇小说,并在这个过程中生成和积淀了自己的文学经验,成为具有广泛影响的重要作家。在历史叙事中,只有把中国历史的文化认知上升到人类的文化共知,才能真正突显中国精神和中国经验。无数的创作实践证明,无论多么深刻的人性主题都必须来自作家心灵的"本土世界",而不是思想的简单移植,否则只能造成虚伪的情感和虚假的表达。因此,作家必须把探究人类精神的目光放在浸润着自己情感的区域土地上,从历史文化的语境和独特的生命情态中去发现和表达人类化的主题。二月河的历史叙事显然包含了丰富的文化积淀,也饱含了自己对于历史文化、区域文化的认知和情感,因而其小说具有了"民族"的文化特质,为其"中国经验"的生成带来了可能。

可以说,二月河以自己的方式靠近真正的创作——一种严肃意义而非一时追逐浪潮的创作,以日积月累的积淀来面对创作的难度,以其作品的宏阔和深厚来赢得读者,这应该引起我们的关注和反思。而在这种反思中,二月河创作所发育、生成和积淀的艺术经验也应该引起必要的重视。因为,在一定意义上说,如何面对一种文化思潮使文学创作自信地走向沉稳和成熟,如何调整心态真正靠近文学写作的本体,实现一种穿透和超越式的书写,恐怕是当下小说家应该积极面对的问题。——这或许也是二月河留给当代文学的一个值得重视的艺术经验吧。

---

① 汪曾祺:《〈晚饭花集〉自序》,见《汪曾祺文集》(文论卷),江苏文艺出版社1993年版,第199页。

四、当代文学"经典化"问题
与二月河历史小说

　　在讨论过"二月河经验"的可能之后，接下来就有必要思考二月河历史小说"经典化"的问题。对这个问题的思考，实际上也是对当代文学经典和经典化问题的一种反思。很长时间以来，学术界不断讨论"经典化"的问题，从艺术的各个门类言说在世界多元背景下中国艺术的"经典"形象，这实际上是在新的历史时期对"经典"进行的文化反思。文学界尤其如此。从上个世纪八九十年代对现代文学经典的解构，对现代经典作家的重新排名，到对新时期文学"经典"存在的质疑，无不表现出文学界对"经典"辨识的心态危机。尤其是对于正在发展着的新时期文学，人们对"经典"的态度更是彰显出经典立场的种种迷茫和矛盾。如果说文学经典是一定历史时期的读者在与文学生态进行充分对话和有效叙述的环境中生成的，那么面对既已存在和不断生成的、极为丰富的新时期文学文本，面对"经典"这样一个对文学史起着重要影响、挥之不去的字眼，我们有必要对当下的经典立场进行检视，有必要在多元背景下探讨新时期文学"经典化"的可能性，以"经典化"的方式消除经典视野中的盲区，以对文学敬畏的心态来审视新时期作家作品的历史地位。

　　经典是一个历史范畴的概念，似乎这一点没有太大分歧，正如伊格尔顿认为的那样："所谓'文学经典'以及'民族文学'的无可怀疑的'伟大传统'，却不得不被认为是一个由特定人群出于特定理由而在某一个时代形成的一种建构（construct）。"[①] 从这个意义上说，新时期文学的"经典化"也应该在具体的历史语境中展开。

---

① ［英］特雷·伊格尔顿：《二十世纪西方文学理论》，武晓明译，北京大学出版社2007年版，第11页。

在我看来，在新时期开放、多元的文化背景中，在文学不断回归自身的过程中，特别是在新时期文学与中国现代文学"经典"生成因素差异的比对中，要进行新时期文学"经典化"的尝试和努力，首先有必要实现两个层面的"转向"，即经典立场的转向和评价空间的转向，才有可能在"经典化"的模式、方式和方法探讨上进行有效的学术跟进。所谓经典立场，在我看来是指对经典所持的学术态度以及对构成经典的诸因素在"经典化"中的地位、作用的辨识和看法。我们对"经典"所持何种学术态度，直接决定如何"经典化"的问题。在"经典化"的语境中考察经典立场，我觉得首先要从质疑转向对经典的捍卫。实际上，新时期文学"经典化"阻滞的一个重要因素是对"经典"本身的非议和为难。很长时间以来，文学界存在一种颠覆、解构经典的倾向，对新时期文学更是有一种"去经典化"的声音。其实，早在上世纪八十年代末、九十年代初，正值后现代主义思潮西渐东移之际，对文学经典建构的讨论已成为欧美学术界的一个前沿问题，其中美国批评家哈罗德·布鲁姆以其对经典捍卫的立场影响较大。在面对中国现当代文学近百年发展的历史，我们应该站在对文学历史尊重的立场之上，从"去经典""经典终结"的某些思维路径上折返，在文学的历史范畴中怀有敬畏之心去捍卫经典立场，在历史的场域中体认和守护经典的存在，只有如此，我们才可以真正观照经典生成要素的历史差异，才能以"经典化"的方式来淘洗新时期的作家作品。其次，从"神秘"转向对经典的"祛魅"。对经典的捍卫是对经典历史性的尊重，而不是把经典本身神圣化，更不是以一个历史时期的经典标准和"经典化"效应去要求、感知另一个历史阶段的"经典"作品。长期以来，"经典"似乎以神圣化的魅力和神秘的光环存在于人们关于传统文学的经典观念之中，新时期以来的文学评论界也常常回避对新时期文学作品的"经典"性指认。既然经典是一个历史范畴的概念，对经典的评判要回到其历史的语境，那么对新时期文学的"去经典化"实际上也就是排斥了"经典"的历史性。如果排斥了经典的历史性，对经典生成因素及其影响的认知往往容易稳定在对某一历史时期"经典"的感受，如对现代文学经典的感知和体认。由于那个时代对大师、经典作品的感受方式和流传形式与当下的差异性，加之时空的久远性，于是便逐渐形成了一种神秘的和充满神圣魅力的经典观念；事物的惯性使带有想象成分的这种经典观念沿袭下来，影响了人们对当下"经典"生成因素历史的、动态的考察。新时期以来，文学呈现出多元的审美形态，我们应该在新的文化背景下对"经典"的生成进行历史的审视，打破想象的神秘之"魅"，突破传统"经典"带给我们的心理期待，赋予新时期文学"经典"新的评价标准和评估体系。当然，我们这里说"祛魅"，不是降低经典的品位和等级，而是尽可能改变局限的思维维度，拓宽对新时期文学的审美视角，从而在文学"经典化"进程中建构新的批评语境。

由于新时期文学的产生发展和传播影响的环境发生了巨大的变化，因此，在经典立场转向的基础上，对经典评价空间的历史转向也是"经典化"的一个重要问题。这里所说的评价空间是指评判话语的产生范围，即在那些话语场中对文学进行有效的评估。在我看来，新时期文学的评价空间应该更多地由主流或官方评价空间转向民间的评价空间，转向多维度的公共空间，使评价体系与文学生态在时空上形成契合。民间评价空间的转换是与新时期文学存在的外部环境和由此产生的对文学价值评判因素的变化紧密相关的。由于新时期社会经济文化的复杂变革，文学存在的社会组织模式发生了复杂的变化，其生产、传播和接受的方式也在这种变化中发生了复杂的转换，因此，对于新时期文学的考察也出现了矛盾复杂的局面，而这种局面不可能像过去由政治话语所能左右，散落在公众空间的评判声音有效地促使文学批评充分多元化，并使对文学价值的阐释出现了前所未有的多维空间，对于"经典"的阐释更是众声喧哗。在这种背景下，"经典化"就不可能通过"政治化"、"主流化"

来完成，而是应该放置在民间的空间里来展开，在公众评判的平台上来叙述。

民间评价空间的转换需要更多地研究公众对文学作品的阅读和阐释现状。实际上，目前这方面的研究较为薄弱，"对于中国当代文学在一般读者中的文化传播及其阅读反应，目前尚无系统的学术成果问世"[①]。批评家也往往很少从公众的视角出发，并以这个底座为基础去建构文学经典；而所谓"精英"批评所认同的"经典"又往往难以与公众呼应，"经典"的形象在公众的空间里无法被塑造起来。同时，官方、主流和精英式评判又没有与公众的体认形成畅通的对话交流渠道，于是各自在不同的、相对固定的传播媒介上发出声音，"经典"需要的合唱效应不能形成，"经典"浮出水面当然也无从谈起。因此，转向民间空间需要多角度、开放的学术对话，才可能整合成建构文学经典所需要的批评力量。

实际上，文学"经典化"本身就是一个由批评对话走向最终建构的过程，民间空间的转向则需要更充分的、更多元的对话交流。目前，尽管主流话语也逐渐关注民间视阈，但真正的对话机制并没有形成，各执其词，互不买账，作品获得的公认度远没有达到"经典"所需要的大众接受程度，加之批评家"经典化"对话力量的孱弱，使经典建构很难最终完成。因此，我们应从批评主体、客体及不同批评话语相互影响的视阈进行观照，重视下述四种"经典化"的批评对话：

一是批评家对文本的"经典化"对话。在经典的构建过程中，批评家的作用是无可替代的，是文学经典的"发现人（赞助人）"[②]。文学作品经过批评家创新性的体认并凭借其公信力推荐出去，获得大众读者的阅读主动，最终才可能被广泛接受成为经典。批评家的

① 黄发有：《文学传媒与"文革"后生态》，《当代作家评论》2006 年第 5 期。
② 参见童庆炳：《文学经典建构诸因素及其关系》，《北京大学学报》（哲学社会科学版）2005 年第 9 期。

"发现"必须是建立在与文本充分对话的基础之上，通过个性化的解读从而"发现""经典"，而做到这一点必须要具有"经典化"的阅读视角，即按照经典的内在构成要素对作品进行审视和对话，如夏志清对张爱玲作品的阅读和"发现"。然而，当下这种"经典化"的对话阅读显然做得很不够，不少研究者不仅阅读量达不到应有的广度，对文本也缺乏细读的功夫，只能印象式评说，很大程度上丧失了文学批评所具有的品格，更别说具有创造性地阐释、发现"经典"的可能性了，这实际上大大遮蔽了通向发现"经典"的路径。问题更为严重的是，情况愈是这样批评者愈是用夸张的语言来掩饰，臆断新时期文学"经典"存在的可能。因此，展开与新时期文本"经典化"的真正对话应是新时期文学走向"经典化"的一个极其重要的前提条件。

同时值得注意的是，要有效实现对文本的"经典化"对话，还应该彰显"经典"文本的历史性元素，突出其历史性的文学品格和审美优势。比如，新时期无疑是二十世纪以来汉语发展最为辉煌的阶段，新时期文学语言的不断丰富大大提升了汉语的表现能力，这一点应该是有目共睹的。而语言的创造性和丰富性正是"经典"文学作品极为重要的内在要素，正如有学者指出："文学经典，特别是那些可称为'元典'的文学经典，能促使一个民族的语言和思想登上一个新的平台。正如莎士比亚之于英语和英国文学的现代性、普希金之于俄语和俄罗斯文学的现代性一样，鲁迅和'五四'新文学经典模式也是通过现代汉语独创的艺术世界，把我们民族的语言和思维推向了一个新的高度、新的平台。这样才可能让我们整个现代文学的作家和理论家们在这个平台上共同操作、交流和创造，进而出现一系列的经典性成果。"[1]正像这样对现代文学"经典"语言的关注一样，从语言等其他获得历史性提升的某种因素去阐释和

---

[1] 黄曼君：《回到经典重释经典——关于 20 世纪中国新文学经典化问题》，《文学评论》2004 年第 4 期。

发现潜在的"经典"文本，是走向新时期文学"经典"的一个重要方式。

二是文学批评家与大众读者的对话。一般说来，对于主流意识形态的文学评判来说批评家的声音是个性化的，但是这种声音显然与大众的评判是不同的。文学批评家一般是指"学院派"的研究者，多在严肃的学术刊物上发表观点。由于诸多因素的影响，一般读者和批评者往往也很少关注学术期刊上学者的声音，并没有受其太多的引导，只是更多地按照自己的方式去阅读和理解。在这种情况下，对于新时期文学"经典化"来说，即使有作品被批评家所"发现"，要最终成为"经典"也是几乎不可能的，因为经典的实现还必须经过一般读者的确认，大众读者认可环节的缺失致使"经典化"程序的严重断裂，或者说就根本没有从接受学意义上展开一个"经典化"的过程。我觉得这不仅是新时期文学"经典化"的一个观念问题，也是"经典化"路径的一个迷失。因此，文学批评家与大众读者的对话对于新时期文学"经典化"来说就显得尤为重要。要实现批评家与大众读者的有效对话，关键还是在于批评家们。第一，批评家要在"经典化"的维度上建构批评平台，从学术理念上构建整体的民间批评空间，从走向经典的向度上更多地审视文学批评对一般读者和批评者辐射的可能；第二，要从"经典"接受和传播的视阈中研究一般读者和批评者关注的客体、对象等多种因素，真正了解并吸纳大众读者的声音；第三，要走进和融入一般读者和批评者的批评阵地，参与大众批评，并以创新的阅读引导大众读者的阅读主动和阐释欲望，在不断阅读、传播和阐释的过程中更多地发现"经典"元素，从而最终以广大读者认可的裁决方式实现经典的建构。

三是主流批评与民间批评的对话。毋庸置疑，主流批评话语对文学经典的建构起着重要的作用，政治意识形态和文化权利对于文学"经典化"的影响无疑是非常大的，比如，中国现代文学和十七年许多经典作品的确认无不打上了政治意识形态和文化权利变化的印记。当然，政治意识形态和文化权利对经典的选择并不能完全排斥作品的艺术价值，特别是新时期以来，随着文学的去中心化，主流批评话语也更多地关注了"经典"生成的艺术要素。但是即便如此，由此而"发现"的文学"经典"也没有得到大众的广泛认可，经典建构也难以最终实现。因此，我们要做的是如何运用好主流话语去"赞助""经典"，而主流批评也应更多地与民间批评对话。通过带有官方性质媒体的提倡、引导、重点推出及其展开相应批评是主流批评建构"经典"的重要方式，特别是以评奖的方式举荐作品，一直是主流批评重视的建构途径，比如通过茅盾文学奖来评定优秀的长篇小说。由于主流批评具有更为广泛的社会影响，官方性质的评奖总能引发批评家、一般读者和批评者的积极回应，并通过不同的方式表达民间的批评立场，这实际上是包括批评家、一般读者和批评者为主体的民间批评与主流批评的交流对话，双方的价值立场和审美旨趣无疑会在对话中再次交锋。在这种批评对话中，主流意识形态和文化权利对文学的影响也不可能像十七年一样具有主宰的力量，开放多元的文化背景会促使主流批评和民间批评在某种层面上实现整合，特别是主流话语会更多地关注批评家、一般读者和批评者的声音，从而在一定程度上实施向民间的转向。同时，这种对话给新时期文学作品的阅读、传播和多次阐释带来了更多的可能，有效续接了经典建构的必要环节。从这个意义上说，主流批评和民间批评的对话是新时期文学"经典化"进程中必不可少的重要途径。

无论是批评家对文学"经典"的发现，还是一般读者和批评者的阅读体认，都必须以一定的话语形式表达出去，因此"经典化"的叙述在经典的建构中同样起着举足轻重的作用。当然，文学史的叙述对"经典"的最终建构也会起到重要的影响，我们这里只是着眼于"经典"的"发现"到一般读者认可这一区间，关注如何运用和赓续"经典化"叙述使"经典"走向文学史从而完成一个历史阶段的建构叙事。布迪厄认为："艺术品要作为有价值的象征物存在，只有被人熟悉或得到承认。"[①] 如何被人熟悉或得到承认，这应是"经典化"叙述的核心问题。"经典化"叙述在坚守文学经典品质的同时，应契合社会文化语境，从不同的角度和层面提升叙述的主动性和明确性，活跃"经典"叙述的对话状态，增加"经典"作品被阅读、被传播、被认可的机会，使"经典"作品在这种叙述的汇流中淘洗而出。就目前"经典化"叙述而言，应着重在以下四个具体的层面实施更为有效的"经典"言说：

其一，命名叙述。没有比直接命名"经典"更为直接的"经典化"叙述了，有学者指出："可以说，中国当代文学的经典化问题最为核心的就是命名权的问题。在当代文学经典的确认和命名问题上，当代人常常被剥夺了命名权。"[②] 如果我们更多地关注叙述主体的行为，不难发现许多批评家和研究者回避了"经典"的命名叙述方式，这种"经典"命名叙述的缺失给新时期文学的"经典化"带来了很大的阻力。"经典"的直接命名叙述不仅能突显"经典化"批评主体的在场，而且更为重要的是，使"发现"的作品以"经典"导向的方式迅速进入公众视野。近年来，在文学期刊、作品选本和大学教材上出现了一些严肃学术意义上的"中国现当代文学经典""中国当代文学经典"以及"新时期文学经典作品"等"经典"命名，这些命名与商家以"卖点"为目的的"经典"冠名不同，是批评家、研究者和文学传播媒体带有"经典"建构性质的命名叙述。同时，文学期刊栏目、作品选本的"最优秀""推荐作品"等不同方式的命名，尽管没有直接命名"经典"，实际上也指向"经典"发现的叙述，我们也可以视为"经典化"命名叙述的重要方式，如

① ［法］皮埃尔·布迪厄:《艺术的法则》，刘晖译，中央编译出版社 2001 年版，第 276 页。

② 吴义勤:《我们为什么对同代人如此苛刻？》，《文艺争鸣》2009 年第 9 期。

《北京文学》2003 年曾开设的"特别推荐"等栏目。在推进新时期"经典化"的进程中，无疑需要更多的、更具有学术品质的"经典"命名叙述。

其二，评榜叙述。新时期以来，特别是九十年代以来文学评奖活动及"排行榜"评选活动已经引起了大众读者的普遍关注。我们不妨把这种旨在表明研究机构、批评家文学价值判断及评判文学价值秩序的评奖和"排行榜"评选称之为"经典化"的评榜叙述。十七年文学评奖活动较少，进入新时期尤其是近二十年来各类评奖活动日益繁多。虽然近年来文学评奖活动广受诟病，但不能否认的是，评奖活动对文学作品的阅读、传播和反复阐释起到了重要的助推作用，因此"经典化"进程不能也无法离开文学评奖的叙述方式和叙述效应。在我看来，反思文学评奖活动的标准、机制等问题属于对其如何规范的学术范畴，不应因此而忽略更多地运用文学评奖的叙述方式来进行"经典"建构。当然，我们希望较少的非文学因素影响评奖活动，增强文学评奖的发现力和公信力，从而更有效地参与新时期文学的经典化进程。此外，现在每年都有按文体分类的"排行榜"和年度选本，比如中国小说学会于 2001 年开始推出"小说排行榜"，对每年度的长、中、短篇小说进行评奖，已经受到越来越多的关注和好评。同时还有更多的个性化的"一个人的排行榜"，也在社会上产生了一定的影响。与文学评奖一样，"排行榜"评选无疑也为作品的"发现"起到了多重的引导效应，正如有学者从小说的角度指出："每年各种版本的小说排行榜和小说选本的出版是非常必要和有价值的。它们从不同的角度提供了一个年度内的中国中、短篇小说被'经典化'的机会。因为我们知道，一篇小说如果没有被广泛地阅读，甚至不为人知，那它被'经典化'的概率几乎是没有的。某种程度上，小说排行榜和小说的选本越多，越减少了经典作品被湮没和被遮蔽的可能。"[①] 从这个意义上说，如何

---

① 吴义勤：《"排行榜"是中国小说"经典化"的重要路径》，《天津师范大学学报》（社会科学版）2008 年第 5 期。

更好地关注文学评奖和"排行榜"的评选，让评榜叙述为优秀文学作品走向"经典"提供更多的机遇，则是我们需要面对的一个重要命题。

其三，大学叙述。大学是文学作品阅读、流传和阐释的特殊而又重要的平台，不少优秀作品是先被大学"发现"而后走向大众读者的，因此大学对"经典"的言说也具有重要的引导意义。从阅读群体和阅读效应来看，大学阅读带有较强的活跃性和扩散性，对学生"经典化"阅读的引导方式将直接决定大学叙述的影响力。遗憾的是，对于经典建构而言，这种引导和教育做得非常不充分，教师回避"经典"的命名，很多情况下也做不到"经典化"的阐释，这往往导致学生对"经典"的疏离和质疑，从而使大学作为一个言说主体对新时期"经典"的叙述较为微弱。在我看来，对新时期优秀作品进行"经典化"解读是大学叙述的核心，解读的主体应是从事文学教育尤其是中国现当代文学教学和研究的学者。"经典化"解读不是一般意义上的作品阐释，而是"经典"艺术审美的教育方式和经典建构的引导过程，通过学生的接受效应逐渐汇合成大学的"经典化"叙述，进而引导社会上大众读者的阅读主动性并提供阐释线索。目前，有高校对新时期"经典"作品编纂选本，每篇作品后附一篇深度的解读评论，并命名"经典解读"对学生进行阅读指导，这应是一个非常有益的教学举措，对形成具有影响力和辐射力的大学"经典化"叙述将起到重要的推进作用。由此可见，大学的"经典化"叙述是发现、传播和阐释"经典"的一个有效的平台和渠道，也是新时期文学"经典化"不容忽视的重要路径。

其四，传媒叙述。新时期以来，文学的传播媒介日益走向多元化，这给文学的多样化传播创造了条件。如果从媒体文化与文学的关系中考察新时期文学的"经典化"，那么如何利用、引导文学期刊、文学出版、影视改编、网络传播等传播媒介增强"经典化"叙述，并形成有利于彰显"经典"要素、突显"经典"品格的传媒叙述，则是新时期文学经典化需要关注的一个问题。这里有一个值得探讨的问题是，大众传播媒介往往与大众文化、通俗文化紧密结合，把传媒叙述与"经典化"联系在一起，是否会以牺牲"经典"的品格为代价？正像法兰克福学派的马尔库塞、阿多诺认为应对大众传媒予以深刻反思一样，国内不少学者对诸如影视改编的传播方式在很大程度上持一种否定的态度，担忧会造成"经典"品格的"沦丧"。在我看来，尽管这是一个值得研究的理论问题，但从新时期文学"经典化"的实践来看，我觉得目前不是"经典"文学品格在传播中的"丧失"，而恰恰是更多"经典"及其"品格"被遮蔽、未发现，使太多的文学作品没有被阅读、被阐释、被流传和被认可，因此从接受学的角度来考察，能利用大众传播媒介让一部作品走进大众的视线，得到大众读者的阅读和认知，本身就是这部作品的幸运，而被大众读者阅读和体认正是一部作品"经典化"的必要环节，尤其在目前新时期文学"经典化"遭遇"挤压"的语境中，通过传媒叙述让更多的文学作品受到更多的关注，让更多作品潜在的"经典"品格浮现出来，这对于新时期文学的"经典化"来说是极为重要的。

最后让我们回到二月河的小说。如果我们提出这样的问题：二月河的"落霞三部曲"可以称之为"经典"吗？或者说它们可能成为"经典"吗？——其实，以这样的方式可以追问当代文学中的许多作家作品。这也是我们上述集中讨论当代文学经典和经典化的重要缘由。譬如，仅就二月河的历史小说而言，在提出上述问题时，恐怕我们要再次审视自己的阅读问题：我们在阅读批评方面比一般读者更有话语权吗？我们是否缺乏对其历史化、经典化的兴趣、勇气和能力？因此，新时期文学的经典建构是一个长期的进程，"经典化"路径的探讨也是一个复杂的课题。面对新时期文学"经典化"在当下的困境，也许我们更应该在中国文学走向世界的场域中关注经典生成的同步性，思考新时期文学"经典化"之于当代人的历史意义，以一种使命感参与经典建构的进程，并在探寻"经典化"的路径上实现内心对文学的责任和承诺。

如何对待历史，如何看待历史中的文学和文学中的历史，这些也正在考验着人们的智慧。或许对历史的尊重，对文学的敬畏，以及在此基础上的阅读耐心与理解，将给我们的文学话语带来更多的、更有价值的可能性和丰富性。我们对二月河历史小说的重读与探讨，也是基于这个立场。无论文学如何变化，二月河创作中所展示出来的那种对文学不灭的热情，那种对历史和社会执着的关切，那种力求创新的诉求，都应是人们需要文学的理由，也是文学发展的动力所在。

后　记

　　时值二月河先生离开我们之后的第一个春天。在春光明媚的季节里，我的这次写作充满了深深的怀念之情。

　　写作开始之后，我曾考虑过很多计划，其中有带研究生去南阳拜访二月河的安排。还未成行，就惊闻先生于北京去世。向吴义勤先生了解情况后，我坐在书桌旁好久，望着电脑上的文字，感觉这次写作突然变得沉重起来。这也改变了这本书的结构和写作方式。在写作过程中，我禁不住一次又一次把目光从二月河小说暂时移开，转而对当代其他一些作家作品和文学现象进行相关的讨论。我的脑海里一直想象着通过这些讨论与读者交流的场景。这种想法是由二月河小说引发的，我努力在更广阔的比较视阈中反思文学经验的问题。我认为，只有从"外围"——而不能仅仅从历史小说创作思潮的角度——才能有效找到二月河在中国当代文学进程中的位置。当然，我力有不逮，只是期望通过这种方式能在自己与读者之间留下更多的讨论空间。

　　在写作过程中，我让自己的研究生邓威、李文文、冯隽乔、吴颖顾参与了讨论。我们告诫自己不要预设判断，要尊重阅读感受，用文本细读的方式凝固自己的阅读印象。在共同讨论的基础上，他们参与了资料的整理以及关于某些问题探讨的初稿撰写工作。

　　感谢江苏师范大学文学院张卫中教授的热情鼓励，他提出的

222

许多建议让我受益匪浅。还要感谢王怀义教授一直关心本书的写作，以及给我的许多宝贵意见。

感谢作家出版社李宏伟编辑的督促，感谢田小爽编辑提出的宝贵意见以及为本书付出的大量劳动。最后，感谢我的恩师吴义勤先生，没有他的指导和关心，就不会有这本书。

郝敬波

2019 年 3 月于徐州九里山

图书在版编目（CIP）数据

二月河论／郝敬波著 . -- 北京：作家出版社，2020.1
（中国当代作家论）
ISBN 978 - 7 - 5212 - 0735 - 4

Ⅰ . ①二…　Ⅱ . ①郝…　Ⅲ . ①二月河 – 作家评论
Ⅳ . ①I206.7

中国版本图书馆 CIP 数据核字（2019）第 214043 号

二月河论

总　策　划：吴义勤
主　　　编：谢有顺
作　　　者：郝敬波
出版统筹：李宏伟
责任编辑：田小爽
装帧设计：合和工作室
出版发行：作家出版社有限公司
社　　　址：北京农展馆南里 10 号　　　邮　　编：100125
电话传真：86 – 10 – 65067186（发行中心及邮购部）
　　　　　 86 – 10 – 65004079（总编室）
E – mail: zuojia@zuojia. net. cn
http: // www. zuojiachubanshe. com
印　　　刷：玉田县嘉德印刷有限公司
成品尺寸：152 × 230
字　　　数：181 千
印　　　张：14.5
版　　　次：2020 年 1 月第 1 版
印　　　次：2020 年 1 月第 1 次印刷
ISBN 978 – 7 – 5212 – 0735 – 4
定　　　价：45.00 元

中国当代作家论

第一辑

阿城论	杨　肖　著	定价：39.00 元
昌耀论	张光昕　著	定价：46.00 元
格非论	陈斯拉　著	定价：45.00 元
贾平凹论	苏沙丽　著	定价：45.00 元
路遥论	杨晓帆　著	定价：45.00 元
王蒙论	王春林　著	定价：48.00 元
王小波论	房　伟　著	定价：45.00 元
严歌苓论	刘　艳　著	定价：45.00 元
余华论	刘　旭　著	定价：46.00 元

第二辑

陈映真论　任相梅　著　　定价: 58.00 元

二月河论　郝敬波　著　　定价: 45.00 元

韩东论　　张元珂　著　　定价: 50.00 元

刘恒论　　李　莉　著　　定价: 45.00 元

苏童论　　张学昕　著　　定价: 46.00 元

于坚论　　霍俊明　著　　定价: 55.00 元

张炜论　　赵月斌　著　　定价: 46.00 元